水东人文谭
开阳故事

贵州省开阳县人大常委会　主编

中国言实出版社

图书在版编目(CIP)数据

水东人文谭·开阳故事 / 贵州省开阳县人大常委会
主编. -- 北京：中国言实出版社, 2021.12
　　ISBN 978-7-5171-4003-0

　　Ⅰ.①水… Ⅱ.①贵… Ⅲ.①散文集—中国—当代
Ⅳ.①I267

中国版本图书馆CIP数据核字(2022)第012902号

水东人文谭·开阳故事

总 监 制：朱艳华
责任编辑：宫媛媛
责任校对：郭江妮

出版发行：中国言实出版社
　　　　　地　　址：北京市朝阳区北苑路180号加利大厦5号楼105室
　　　　　邮　　编：100101
　　　　　编辑部：北京市海淀区花园路6号院B座6层
　　　　　邮　　编：100088
　　　　　电　　话：64924853（总编室）　64924716（发行部）
　　　　　网　　址：www.zgyscbs.cn　E-mail：zgyscbs@263.net

经　　销：新华书店
印　　刷：廊坊市海涛印刷有限公司
版　　次：2022年1月第1版　　2022年1月第1次印刷
规　　格：710毫米×1000毫米　1/16　16.5印张
字　　数：240千字

定　　价：98.00元
书　　号：ISBN 978-7-5171-4003-0

《水东人文谭·开阳故事》
编 委 会 名 单

讲好开阳故事

（代序）

　　《水东人文谭·开阳故事》一书即将付梓，通观书稿，这是一本值得一读的好书，其中不乏作者独特的视角、真挚的情感，于了解开阳历史文化大有裨益，值得反复品读。

　　书中满怀"留住乡愁"的美好愿望，以散文随笔的抒情格调，将从远古走来的开阳历史人文故事娓娓道来，再配以蒋仕敏精心拍摄的精美图片，图文并茂，读之如临其境，融知识性、可读性为一体，集故事性、趣味性于一身，阅读本书，就是在翻阅开阳的悠远画卷、聆听历史的足音、共赴诗和远方，寻一段岁月光阴。

　　"天上有颗开阳星，地上有座开阳城"，首篇即从"开阳"名称来历说起，新颖别致。对于远方的客人来说，开阳有些许陌生、神秘，而对生于斯长于斯的大多数开阳人来说，也存在"只缘身在此山中"般的一知半解，根本原因在于对开阳自身的历史人文知识知之不多、了解较少。

　　开阳这片土地的历史可追溯至二万七千五百多年前，"打儿窝"古人类文化遗址考古发掘出土的旧石器、骨器、烧堆、灰堆、动物骨骼化石等即可予以佐证。该文化遗址目前仅发掘4.55米深、8平方米面积的作业面，下面堆积多深尚需进一步发掘。据考古学家预测，这一遗址的上限年代应该超过三万年。作者在《考古开阳》一文中写道：开阳"居然有这么悠远的历史，就像在我们的身后突然出现了一道巨大的山影，着实把人吓一跳"，并感叹"岁月悠悠，'打儿窝'的早期人类在地老天荒中，如此这般地度过一万年、两万年，再度过七千年，从旧石器时代走进新石器时代，进入了人类文明时代"，二万七千五百多年的历史链条从未间断过，没有出现"黑屏期"，实属罕见。史料记载，开阳在春秋时代为牂牁国辖地，战国时属于西南夜郎国，秦朝时属于象郡，汉朝时划归且兰县，魏晋时期又属牂牁郡。唐贞观四年（630年）置蛮州于今开阳白马洞，是开阳设治的发端。宋代改为大万谷落，其总管府仍在白马洞。元代置乖西军民府，明初置乖西长官司，明崇祯四年（1631年）置开州，清代仍称开州，民国初年废州设县，改开州为紫江县，民国十九年（1930年）改为开阳县至今。

开阳久远的历史和文化基因一脉相承，作者将开阳全域的山水人文、地域风情浓缩为四十余篇美文，犹如四十余颗明珠，用开阳历史这根金线穿掇成串，扒梳成册，透过漫漫历史烟尘，让我们深谙开阳"人杰地灵"之蕴涵，对先辈们的敬意油然而生，为身为开阳人而倍感自豪、倍感骄傲。先辈们以勤劳智慧和艰辛付出，以对这方山水的热爱，叩开一道道雄关险隘，战胜无数艰难困苦，唤醒沉睡的秀美山川，创造了令人骄傲自豪的灿烂文化。特别是，党的十八大以来，在以习近平同志为核心的党中央坚强领导下，历届县委、县政府严格落实省委、市委部署要求，接续奋斗、开拓进取，广大党员干部攻坚克难、苦干实干，社会各界广泛参与、鼎力支持，县域经济态势持续向好、社会大局和谐稳定、民生福祉明显改善、政治生态风清气正，高质量完成国家脱贫普查验收，连续入选中国西部百强县，先后获"中国富硒农产品之乡""中国绿色磷都""中国散文诗之乡"等荣誉称号700余项，开明、开放、开拓的开阳正成为充满生机和活力的沃土，我们加快高质量发展的信心决心愈加坚定、步伐越走越实，正满怀豪情壮志围绕"四新"主攻"四化"、落实"强省会"战略，全力打造"中国·储能之都、硒养胜地"，努力建设黔中高质量发展示范区，奋力朝着社会主义现代化的目标昂首迈进！而这方山水，也用源远流长的博大情怀、历久弥新的传统文化孕育、浸润和接纳了一代代、一批批的精英人瑞，宋鼎、宋隆济、宋阿重、宋钦、刘淑贞、宋昂、宋昱、宋然、宋万化、杨立信、刘启昌、何人凤、徐昌、冯咏、蓝阿秧、石虎臣、戴鹿芝、李立元、钟昌祚、许阁书、朱启钤，等等，他们生于此或是聚于斯，皆为开阳之大幸！开阳因他们而实现了文化的飞跃。

被誉为历史文化"活化石""民族记忆之背影"的非物质文化遗产，历经岁月淘漉、承载历史记忆和文化血脉，早已凝结成开阳人特有的基因和标识。作者也用了相当的篇幅讲述了开阳这个由多民族所组成的大家庭的"非遗"故事。还有开阳富硒茶，竟是那般有故事，那般清香，沁人心脾。来吧，来开阳喝茶听故事！

是为序。

中共开阳县委书记　王启云

2021年12月20日

目 录

开阳城

　　城是家的家，家是城的院，无论何时，无论何地，城总是留住"乡愁"的最佳之地。作为贵州省省会贵阳市所辖的开阳县，蕞尔小城，同样亦是"小城故事多"，单"开阳"一名的来历就极有故事。

天上有颗开阳星，地上有座开阳城。

　　这是民谣，但并非无中生有，无迹可寻。每当月明星稀，浩瀚神奇的天空，向北而望，排列成斗形的七颗大而亮的星星，正闪烁着耀眼的光芒，那就是人们崇拜的北斗七星，它们分别是：天枢、天璇、天玑、天权、玉衡、开阳、瑶光，道家称它们为天罡星。这七星分别掌管着自然界的天地运行、四时变化、五行分布，人间世事的吉凶否泰等，故这七星亦称七政。

　　北斗七星中的第六星即开阳星，道家称之为北极武曲星君，亦称真武大帝或真武祖师，其塑像为脚踏龟蛇，威武神圣，被尊为财富武勇之神星。传说，为政者，若不劝农桑，不务稼穑，峻法滥刑，退贤伤政，开阳星就会不明或者变色，给为政当权者以严肃的警示。开阳星是一颗政治色彩很浓的神星。

　　因此，开阳城在始建之时，即于城中金袍山上（今开阳县第三中学所在地）建北极观。北极观供奉的即是真武祖师，故又称北极观为祖师观，至今老一辈的开阳人都习惯称开阳三中所在地为祖师观。

　　民国《开阳县志稿》说："开阳，本开州之别名，其称已古。"上述即为

开阳古城门

　　"古"的诠释吧。南明永历年间（1647—1661年），遵义人郭之翰赴任贵定知县时，途经开州，写有《开阳道中》一诗：

开阳城新貌一瞥

款段行来计几程，开阳古道莫知名。
梦中芳草春何在，陌上垂杨浪有情。
老我二毛千里外，愁他百舌五更声。
即应飞渡茶山去，点点渔舟共笑迎。

　　"开阳"一名除了北斗七星之说外，还有"开阳明之学"一说。清光绪十一年（1885年），知州胡壁重建毁于战火的开阳书院，他在《重建开阳书院碑记》中说："开阳者，盖欲开阳明之学也，县以此为名，义兼赅之焉。"此说亦事出有因，清康熙三十八年（1699年）开阳才正式设立学政，在这之前，开阳"士子"附学于敷勇卫龙场驿（今修文县城），而龙场驿正是明正德年间，王阳明遭贬谪龙场悟道讲学之地。

　　开阳既然"其称已古"，为何又称开州呢？

这还得从开阳的历史沿革说起。周、秦时代开阳属且兰国辖地，两汉属牂牁郡管辖。西晋初年，在开阳双流镇老董场附近置万寿县。东晋时，在开阳境内置安州，建有城池，时间仅四年，无迹可寻。唐贞观四年（630年），在今开阳双流白马村同知衙建蛮州衙署，宋鼎任蛮州刺使，这是宋氏统治水东的开始。唐末战乱，宋氏一度淡出蛮州。五代时，宋朝化又出任清州（今贵安新区马场一带，后人称曾州）刺使。北宋初年，宋景阳夺回蛮州，改称蛮州为"大万谷落"，宋景阳任总管府都总管。

开阳的建制沿革是清晰的，但城池地点均不在今天的开阳城，名称也不叫"开阳"。直到元代开始，开阳城才逐渐见于史籍。

元大德五年（1301年），雍真葛蛮土官宋隆济（水东宋氏土司），不堪元朝蒙古人的欺压，揭竿而起，率其辖区内的苗族、布依族、汉族等民族反对元朝统治者，烧毁了雍真总管府（流官府衙署，位于今开阳县第一中学附近），夺走官印，即"雍真等处蛮夷管民印"（铜质，此印1982年在黔西县被发现，现藏于黔西县文管所）。总管府的达鲁花赤（管印官，即总管府长官）也里千携妻儿、家丁等逃往底窝总管府（今禾丰马头寨）避难，却受到拥护支持宋隆济的底窝总管龙郎率领4000人的多义军围攻，妻儿及家丁被杀，也里千逃脱。接着宋隆济的义军攻陷贵州城（今贵阳城），贵州知州张怀德战死。这场战争持续了三年，影响极大。

《元史》载："乖西军民府，皇庆元年立"，即指被宋隆济烧毁后重建的乖西军民府衙署。清道光年间的《贵阳府志》补充解释说："乖西军民府即大乖西，今开州城北云峰山，明初水西苗据此，于峰侧集市，名开科龙场。"开阳之"开"在这里始见，也正是建开阳城的开始。

历史上，水东、水西两大土司总是交织在一起，元代乖西军民府原本为水东宋氏的领地，明初被水西安氏攻占，并设府治于今开阳城东开阳一中附近，于云峰山侧（今开阳一中教学楼、大操场一片地）集场，逢辰戌日赶场，时值地方开科举士，故称"开科龙场"。大约过了十年，即明宣德初年，水东

龙会寺旁的新貌

宋氏已与水西安氏合署办公,宋、安两大土司同为贵州宣慰使。此时,宋斌又夺回乖西地盘,将"开科龙场"改为"开科马头",归为水东宋氏所辖的十二马头之一。今开阳一中旁仍有"马头寨"之地名。

水东、水西两大土司分分合合地一起走到了明天启元年(1621年),这一年,两家联手,反抗明朝廷,攻城陷州,直逼省城贵阳。明崇祯二年(1629年),宋、安两大土司的反叛被平息,宋氏统治水东的历史就此画上了句号。

明朝廷对水东宋氏领地的处置,是将宋氏所辖十二马头"改土归流",设州治,由朝廷派知州管辖。而这个新设置的州取什么名呢?还颇费一番思量。时任云、贵、川、湖及广西总督的朱燮元,特为此上《督黔善后事宜疏》:"洪边开科地方,该河防道佥事沈翘楚亲督筑石城一座,乞请皇上俱新名。"崇祯皇帝接奏后思量再三,取"开科马头"的"开"字,赐黔省新建州为"开州",隶属贵阳府。开州下辖忠、孝、礼、义、廉、耻(后改让)、弟、清、思内、思外十里及乖西正、副长官司二司。河防道（开州建治前设置的管县内军事的机构）金事沈翘楚和朝廷派遣的开州首任知州黄嘉隽，在风水师谌文学（开阳双流人）的指点下，选定了与开科马头近在咫尺的杨黄寨作为开州新治所在地，修造开州城。

《开阳县志稿》载："州治旧名杨黄寨，（杨）华祖杨黄三所居，故名。"杨黄三的后人杨华，在建开州城时，不但无偿献出山林土地，还主动迁出祖坟十三所。杨家祖茔地即建开州衙署的地方（今县城正街百货大楼和原城关工商所之间）。此举令知州黄嘉隽很感动，特划拨100亩良田作补偿，杨华辞让不受，黄知州出据"印扎，世免徭役"，杨华入祀乡贤祠。为建开州城主动迁祖坟、让老宅、献山林田土的还有周、简、赵、李、卢五户人家，加杨华一户共六户，州府为了表彰他们，特于开阳城西门外立"功德碑"，一户一块，共计六块，故今开阳城西仍有"六块碑"之地名。

开阳城老街一角

经过一年多的艰苦努力，一座不大不小的山城拔地而起。你看它，背靠鳌山（原县文广局后山），右连米阳坡（县医院后山），左襟金袍山（开阳三中所在地），面朝三台山（三台案山）。三面环山，一面平畴，四象分明，气象万千，形似一把太师椅。城内几乎每条街道都有水井，清澈甘洌，居民靠井而居，依井兴市。山头古树参天，竹木成荫。溪水绕城，四水汇于城东，同归一流。龙主水，水兴龙，四水汇于一流即四龙相汇一处，因此于该地建龙会寺。修筑城墙五百一十丈二尺，城墙高一丈二尺。建城门四座，东曰布德，西曰永迎，南曰贵阳，北曰茶山。西门和北门设有水门水关，城墙四门上均建有城楼。这正是风水师谌文学追求的"山环水绕，负阴抱阳"的宝地。

东汉许慎在《说文解字》中说："城，所以盛民也"，是百姓自守自卫安居乐业之地。然而开阳城这块"风水宝地"却难以自守，太师椅上的开阳城几乎没有安逸过，经受了太多的战火洗礼和多次的修复扩建。就在开州城建好后的第十三个年头，即明崇祯十五年（1642年），当地苗族、布依族起义，围攻开州城，城破，首任知州黄嘉隽、吏目聂禁等皆战死，城中的知州衙署、寺庙等建筑被毁。直到清康熙元年（1662年），知州徐昌修复开州城。清乾隆三十四年（1769年），知州赵由坤重修开州城，城墙全部换成石头，并增周围至七百四十三丈，高增至一丈七尺。城门分别易名，东曰迎旭，南曰向治，西曰涌金，北曰拱辰。"南北有月城，东西有照墙，城恒高耸及要塞处有炮台四座，门各有楼，石方高度，每层均为一律，有若砖瓦砌成。虽地有起伏，而石块则平如水，故欲测城山的高低，数其石层即可知之。工程精美，有足称者"（引自《开阳县志稿》）。开州城至清代中后期，成了贵州有名的城池，当时即有"开州的城墙，安顺的牌坊"之说。

坚固的开州城，还是未能抵挡住发生在清代中后期的咸同起义，何德胜的义军曾两次攻破开州城，同治二年（1863年）的那一次，知州戴鹿芝及家人因城破而亡。战乱平息后，清光绪七年（1881年），知州梁宗辉修复被战乱损毁的城墙，改西门为"挹爽"门。民国元年（1912年），开州最后一任知州简协中，筹集八百两白银最后一次修葺开州城四门，并分别更名，东门曰"黄鹂唤晴"，南门曰"紫水澄波"，西门曰"白马拥瑞"，北门曰"清江稳渡"。此时的开州城是最为完美的，但却是它最后的时光。从20世纪50年代至80年代，开州城墙被陆续拆毁，现在仅可见数十米残垣断壁了。

开州之称谓，从明末至民国初年，沿用了300多年。民国元年（1912年），民国政府实行废厅、州、府制，建县制。时任民国政府内务部总长的正是开州籍人氏朱启钤，他在给大总统袁世凯的《奏请改定各省重复县名呈》中说："土地为立国之本，正名实敷政之先，关系重大"，拟定全国126处重复县名需更改，"拟定新名之标准，均以古代郡邑境内山川为限，庶几显而有征，以矫陋习。"开州属更名之列，因直隶（今河北省一部分）有开州，四川有开县，不得重复。开州境内有河流名"紫江"（今清河，亦称清龙河），河流不大，名气大，元代在紫江流域即有"底窝紫江等处""纳坝紫江等处"和"光州"，均为五品级的州。"紫水洗泥"即开阳古八景之一。至今开阳南江风景区仍有一地名"洗泥坝"。于是"紫江"即成了开州的名称——紫江县，州衙署改为县政府，知州改称县长。民国十九年（1930年），民国政府对全国县名再次作调整时，改紫江县为开阳县，沿用至今。

朱启钤对"紫江"这一称谓情有独钟，时时处处自称为"紫江朱启钤"，并将其编撰的家谱命名为《紫江朱氏家乘》。

开阳城，从乖西军民府、开科龙场、开科马头寨、杨黄寨、开州城、紫江城、开阳城，几经变化，这一路走来，竟已是七百余年。

"天上有颗开阳星，地上有座开阳城"，曾经是保民安民的一道围墙，如今成了万家灯火的一座大院。开阳城从昨天走来，向明天走去，一路风尘，一路春光无限。

考古开阳

一道斜立的巨大岩石，远观极似一山洞洞口，走近才看清楚它不是洞口，而是一堵能遮挡风雨的岩框。

在这里，有一个美丽的传说，年轻夫妇要想家里添丁进口，就到这岩石下，置办起香案供品，面朝岩框，一番跪拜祈祷之后，转身直立，手握拳头大小的石头，想生男孩就用左手，想生女孩就用右手，只要将手中的石头反手扔进岩框下的石窝里，定能如愿以偿。于是，人们把这里称为"打儿窝"。

"打儿窝"传说是否属实，难以考证，但冥冥之中却隐藏着一个大故事——开阳历史的源头。

开阳的历史，一般说成1391年，即从公元630年算起至今（2021年）。那是指唐贞观四年（630年），在开阳双流白马洞设置蛮州，辖地即今开阳县和贵阳老城区、修文、息烽、清镇、龙里等区县。

这是史籍的记载，属于行政地理学上的概念。其实，开阳的历史还可以越过这个概念，往前推进。开阳县域早在春秋时代为牂牁国地，战国时属西南大夜郎国，秦始皇二十六年（公元前221年）属象郡，汉武帝时划入且兰县，魏属牂牁郡。唐以后，史载较为清晰，唐置蛮州；宋置大万谷落总管府；元置乖西军民府；明初置乖西长官司，明崇祯四年（1631年）置开州；清仍称开州；民国初年废州府设县，置紫江县，民国十九年（1930年）改为开阳县至今。

然而，我们还可以继续沿着人类历史的长河溯源。因为，开阳"打儿

"打儿窝"就在岩框下

窝"文化遗址的考古发掘,目前可以确定的历史已有27500年。

出乎意料吧,这片土地,居然有这么悠远的历史,就像在我们的身后突然出现了一道巨大的山影,着实把人吓一跳。

而这又实实在在是自2003年以来,对"打儿窝"文化遗址进行考古发掘所证实了的。

"打儿窝",位于开阳县南江布依族苗族乡土桥村,南江峡谷东南端的贵开公路旁,距开阳县城20公里,距贵阳市区57公里。"打儿窝"文化遗址已发掘的占地面积约177平方米,在前述的岩框之下,旁有一洞,出泉水,青山环绕,面临一小盆地(洗泥坝),溪流纵横。水草丰美之地,如今是开阳有名的产粮区。2003年8月,贵州省考古研究所为配合贵开二级公路的修建,受贵阳市公路局委托,对拟建公路沿线进行文物考古调查时发现了"打儿窝"文化遗址。同年9月,贵州省考古研究所对遗址进行了第一次抢救性发掘。试掘面积8平方米,试掘深度4.55米。虽未到底,但已有18个叠压关系清楚的文化层显露出来。这18个文化层出现的遗迹共有34个，即墓葬11个、灰坑9个、灰堆8个、骨堆1个、钙板胶结物5个。整个探方几乎每层都有大量的动物碎骨出现，收集一起大约千余公斤。其中有已灭绝的动物化石——中国犀臼齿19颗和巨貘臼齿7颗。哺乳动物牙化石2181颗，上下颌骨115块，各部位骨骼化石1415块，骨制品9327件。有大量的石器、石料和陶片。有东汉晚期的"剪轮钱"，明代的青花瓷片、瓦块，还有圆圈纹陶片，属贵州首次出土。

不知是哪年哪月哪一天，在一个水草丰茂的部落里，突然闯进一群似牛非牛的独角兽（犀牛）和似猪非猪的长鼻兽（巨貘），来者不善，横冲直撞，见人就伤，大有抢占这块地盘的意思。此时，不知是谁登高一呼，应者无数，他们手握尖利的石块，从四山奔下，围攻这群怪兽。

"这里是我们的家园！滚开！"

这群怪兽大都飞奔逃窜了，但还是有几只被尖利的石器砸中，应声倒下，被原始的人们剥其皮食其肉，随之而来的是一片欢呼雀跃声。

后来不但闯进这个部落的野兽们遭此厄运，就连四周的各类野兽也遭到人类的围猎，茹毛饮血，制伏剥皮。

又不知过了几世几劫，一天，一位正在打磨石器的原始人，在两块石头撞击时，火星溅在身旁的干草堆上，先是冒微烟，接着风吹烟散火苗起。他愣住了，他从未见过这炙烤得全身发热的东西为何物，不知如何是好。火越燃越大，点着旁边的一堆木棒，最后还烧熟了置放在木棒上刚打回的几只野兔。烤熟的野兔，散发出他从未闻到过的香味，再尝试撕烤熟兔肉，太好吃了！这也是他从未吃到过的美味。他把当时能喊到的人都喊来吃烤熟的兔肉。紧接而来又是一片惊呼。

他们保存了火种。从此这个部落不再茹毛饮血吃生肉了。并且开始驯养动物、种植食用作物等，有了稳定的食物来源。

难怪今日南江景区的烧烤生意那般火爆，原来这里的烧烤第一家竟然开在万年之前！

岁月悠悠，"打儿窝"的早期人类在地老天荒中，如此这般地度过两万年，再度过七千年，从旧石器时代走进新石器时代，进入了文明时代。"打儿窝"文化遗址出土的犀牛、巨貘臼齿化石，人骨、兽骨化石，骨器、石器，灰堆、灰坑等即是明显的证据。中国科学院古脊椎动物与古人类研究所，两度派专家学者至"打儿窝"文化遗址进行科学发掘，并对遗址中出土物——人骨与兽骨——进行"碳十四测年法"断代测定，从遗址最上面的距今1635年到下面的距今27520年，上下跨度达26000余年。并且由于当时发掘过程中发掘面积较小，仅8平方米，发掘的深度又超过了安全值，到了4.55米也不见底，下面的堆积还有多深，暂时无从知晓。故专家称"打儿窝"文化遗址的上限年代极有可能超过3万年以上。

　　"打儿窝"文化遗址中的人骨化石，以及1985年考古工作者在开阳高寨乡平寨幺老寨的一个洞穴中，采集到两枚人的臼齿化石，经测定均为距今约1—4万年前旧石器时代晚期，与北京周口店的"山顶洞人"、四川"资阳人"、广西"柳江人"等同属一个发展时期的"晚期智人类"型，专家称为"开阳人"。

　　"打儿窝"文化遗址为乌江流域的人类生态、文化的发祥地，提供了一个新的佐证。将黔中腹地的贵阳开阳历史上限，推进到了2万多年前。

　　从旧石器时代进入新石器时代的原始人类到哪里去了？是否也如其他一些早期人类的历史一样出现了"黑屏期"，或戛然而断，或迁徙流亡？都没有，这些人就没有挪过"窝"。在一个地点连绵不断地生活成千上万年，经历了十分漫长的社会生活发展过程。固定的地理位置后面，是稳定漫长的人口繁衍、技艺传承、社会进步等人类进程的缩影。"打儿窝"出土的陶片，褐色的夹沙陶，纹饰以细绳纹为主。虽然有点粗糙，但它代表的却是人类进入了一个重要时期，即专家们称道的"绳纹陶时代"。这一时代，人类找到驯养动物、种植食物等方法，人类渐渐定居下来，开始影响甚至改变自然环境，改进原先的石器和骨器，开始烧制陶器。建筑、宗教、城市、文字等都在这一时期萌芽，文化发展概况可以说是今日人类社会的雏形。

　　还有东汉时期"剪轮钱"，明代的瓦块、青花瓷片等，无不在向世人讲述着这片土地的过去。宽仅8平方米，深只有4.55米的发掘，串连叠加在一起的竟然是这片土地近3万年的历史！

　　考古可以爬梳剔抉远古时代的残留遗迹，寻觅与当代生气勃勃的文化创造的密切关系。"打儿窝"文化遗址的发掘，让人们看到了一个从远古走来充满诗意的开阳。

同知衙

同知衙，一个平凡普通的山间小村寨。

到同知衙，算是故地重游了。26年前，我作为县里下派帮村干部，就住在同知衙寨中。记得当年的同知衙寨，基本都是木房，小青瓦、歇山顶、抬梁穿斗式的木结构民房，一栋紧挨一栋，自由自在地摆在大山的怀抱里。远远地望同知衙寨，像一片不规则的树叶粘贴在那里。

寨中除了民房，还有一座小寺庙，旁边有一块不大不小的公用活动用地，我记得当时人们称这块空地为"典坝"，是村民们活动聚会的地方。我想这"典"字用得好，很传统，古色古香。寨前是久同公路，往寨左行二三公里是赫赫有名的白马洞，即今管辖同知衙寨的双流镇白马村村支"两委"所在地。往寨右行十来公里，是修文县的久场镇政府所在地。公路前面是一条奔腾不息的小溪流。

如今的同知衙寨与我初到时大不同了，当年的木房大都变成了两层或两层以上的砖混小洋楼。那座小寺庙还在，"典坝"建成了小广场，四周还装有好几种健身器材。寨中有在营业的"农家乐"。寨前的公路变成宽敞平坦的柏油公路。没有变的是寨前那条溪流，仍然欢快流淌着。同知衙亦同其他村寨一样正享受着新时代赋予的小康生活。

同知衙，一个不平凡不普通的村寨。

26年前，走进同知衙的我，是为了协助开展村级组织建设工作的。下车伊始，调查研究为首。这一调一研，方才知道：好生了得！同知衙寨一带竟然是千年水东宋氏的发祥地，唐初朝廷设置的蛮州治所是否在今天的同知衙寨，还有待进一步考证，但元代宋阿重的顺元宣抚同知衙署在今同知衙寨是可以肯定的。并且就是因为这位四品官员的职位是：顺元宣抚同知，该地是顺元宣抚同知衙署所在地，故简称"同知衙"。风风雨雨七百年，什么都杳无踪影了，唯独"同知衙"作地名，一直沿用至今。

史载，元朝大德八年（1304年），水东宋氏入黔第十四代宋阿重，任顺元宣抚同知时，即将其衙署从曾竹长官司（今贵安新区马场镇）迁雍真葛蛮乖西等处（今双流镇）白马洞同知衙。宋阿重因此成了水东宋氏土司同知衙署的创建者，元明两代统治水东地域的奠基人。也因此，史籍中，总是将水东宋氏职衔弄成"宣慰同知"，以讹传讹，沿袭至今。宋氏统治水东地长达千余年，任过"同知"一职的仅宋阿重一人。

> 曾竹长官宋阿重，（宋）景阳之三十四世孙，先世以功代清州刺史宋朝化之后，至阿重，于（宋）隆济之反也，阿重弃家朝京师。陈灭贼（宋隆济）计，帝赐之衣，长为顺元宣抚同知。及蛇节之擒也，隆济窜逸，阿重乃深入乌撒、乌蒙，至于水东（在今四川叙永），招谕木楼苗僚，生获隆济以献。遂令阿重居隆济故地，命其为靖江路，以阿重为总管。其所居，今同知衙是也。

这是道光年间的《贵阳府志》上的一段叙述。宋阿重的祖先因平乱有功，任曾竹长官司长官，并世袭。元初宋阿重袭职。宋阿重之族叔宋隆济任雍真葛蛮（今开阳双流镇）土官，因不满元朝蒙古族统治者的欺压，揭竿而起，亲率"紫江诸蛮四千人攻杨黄寨，杀掠甚众"。攻占顺元城（今贵阳城），贵州知州张怀德战死。这是一场西南地区最大规模的反对元朝统治者运动，朝野震惊。此时在曾竹任长官的宋阿重，不但不参与不支持其叔父宋隆济的运动，反倒出卖了其叔宋隆济。当其叔父一路所向披靡时，宋阿重首先到大都（今北

同知衙

京），向元朝廷献计平定宋隆济，元朝皇帝大悦，亲赐玉衣，作为奖赏。由于宋阿重的献计，宋隆济的军队节节败退，以致宋隆济流窜逃生。宋阿重还是不放过，亲自深入四川蔺州水东，俘获叔父宋隆济，押献给元朝廷。元朝皇帝非常高兴，再行嘉奖，并让宋阿重官升至顺元宣抚同知，后又升任顺元宣抚使，八番顺元等处宣慰使等职，准宋阿重将其宣抚同知衙署迁至其叔父宋隆济的领地——今白马洞同知衙。迁衙署后，宋阿重逐渐将其辖地基本划定在后来的水东统治区域。

宋阿重于元泰定元年（1324年）卒于同知衙，元朝廷赠贵国公封号，谥号忠宣，葬于祖蒙山，即今开阳禾丰乡典寨村祖阳坡。宋阿重死后，其子宋居混，曾任过平月长官司长官，当时因其体弱多病，年逾五旬，宋阿重八番顺元宣慰使之职由宋居混之子、宋阿重之孙宋钦袭。年仅十九岁的宋钦袭任顺元宣慰使职后，与其妻刘淑贞共同努力，共创辉煌。明初，宋钦与水西霭翠等归附明朝，改八番顺元宣慰使司为贵州宣慰司，霭翠和宋钦同任贵州宣慰使司宣慰使，衙署同迁贵州城（今贵阳城），并合署办公。霭翠辖地水西。宋钦辖洪边等十二马头，代管贵竹等十个长官司，即史称"水东地区"。这一行政区划一直到明末。

元大德八年（1304年），宋阿重深入蔺州水东（今四川叙永一带），生擒因起义而声名大振的叔父宋隆济，并将其亲献元朝廷。宋隆济被灭掉了，宋阿重不但保住了宋家基业，自己还加官晋爵。这之后，为何又将其衙署从曾竹迁到同知衙呢？这看似随意的举动，其实有更深层次的原因。

《唐书》《太平寰宇记》等文献记载：唐贞观四年（630年）设立蛮州。唐初诗人张籍，游历蛮州并著有《蛮州》一诗。

瘴水蛮中入洞流，人家多住竹棚头。
青山海上无城郭，唯见松牌记象州。

这是最早描写贵阳区域的诗词作品。"瘴水"即带瘴气的水,其实是古人对西南一带湿热气候的一种解释。"蛮"即蛮州,《贵阳府志》说,唐代蛮州的治所就是同知衙,诗人张籍游历的即是同知衙一带。蛮州很大,今贵阳市域(即明代的水东区域)都属蛮州,同时还领巴江一县(今贵定县一部分)。唐德宗建中三年(782年),蛮州刺使宋鼎向朝廷进贡朱砂五百两,证明了唐王朝在大西南的山国之中设立蛮州的原因,即因蛮州治所一带盛产朱砂。朱砂是李唐王朝的必需品,他们认为自己是道家创始人李聃(老子)之后,长生不老之灵丹妙药即由朱砂为主要原材料炼制而成。同知衙一带为朱砂的盛产地之一,直到清中叶,这一带还是朱砂重要的集散地。这也是诗人张籍要来游蛮州的主要原因,朱砂在当时是稀罕物啊!什么情况,得亲自去看看。于是诗人来到蛮州州治所在地,看到湿热的森林峡谷地带,温泉流入喀斯特溶洞,这里的人家,大都住在木架竹编的房子里。这种住房,还能在今天的同知衙寨中看到,当地人称灰夹墙,房屋的墙壁是用竹编外敷石灰泥而成的。同知衙一带虽为四品级的州治,却无城郭,有的是四周的青山和山间的小山塘,多好的生态环境啊!还能看到畅通大路(即刺使宋鼎开通的蛮州道)的松木制作的路牌。这是当时经济发达的象征。

诗中的景象,正是宋氏统治水东地区千余年的始发地同知衙一带,也是同知衙设治所的开始。唐末五代,战乱纷纷,蛮州宋氏一度淡出蛮州。北宋初年,宋景阳又夺回了蛮州,按当地土著习俗改称蛮州为"大万谷落",仍在同知衙设"大万谷落总管府",宋景阳任"大万谷落总管府都总管",并世袭。蛮州地重新成为水东宋氏族人之领地。

作为宋景阳第十三代传人的宋隆济一场怒发冲冠、揭竿而起的运动,险些葬送宋氏基业。宋阿重胸怀异志,大义灭亲,不但保全水东宋氏,重建宋氏同知衙署,还成了水东宋氏辉煌业绩的奠基人。

漫步在今天的同知衙寨中,想寻觅一点当年衙署的遗迹,哪怕一砖一瓦也好,但实在太难。唐宋时期不说,就是从明初宋钦搬离同知衙算起,至今也有640多年了。只有寨前那条小溪,那条被诗人张籍称为"瘴水"的小溪,仍在唱诵着同知衙的故事。

朱砂和它的保护神

欲知晓开阳历史，必先了解朱砂。

然而，我最初对朱砂却是一知半解的，只在《红楼梦》里读到过有关朱砂的文字，该书第六十三回中写到，贾敬这位袭了爵位宁国府的掌门人，国事家事概不过问，一心只在城外的玄真观里同道士们修行炼丹。最后是"吞金服砂，烧胀而殁"。道士们解释说，贾敬"功行未到，且服不得"，而他却不听

白马洞宝王庙

劝阻，悄悄服下，便"升仙"了。这其实就是服食了用朱砂炼制的所谓仙丹中毒身亡的结果。于是，我对于朱砂在情感上即疙疙瘩瘩的，有些不畅。后来，由于工作的关系，阅读了许多关于朱砂的文字，走访过开阳朱砂开采冶炼的遗址，方知作为开阳人不了解朱砂，是大大的不应该！开阳有案可稽的1400余年的历史即可以从开阳朱砂的开采冶炼说起。

朱砂，又称丹砂、辰砂、汞砂等，为古代方士炼丹（仙丹）的主要原料，也可作颜料、药引等之用。色彩晶莹，纯明鲜红，故称为"朱砂""丹砂"，被视为鲜血与生命的象征。古代皇帝批阅奏章时，用的"朱笔"即是毛笔蘸朱砂批字，故叫"朱批"。朱砂用火烧（提炼）转变为水银，水银积存与空气混合演变又还原为朱砂。这种神秘转化、生生不息的特性，致使古人认为朱砂能炼制成长生不老的仙药。东晋的道士学者、炼丹术士葛洪说，丹砂"烧之成水银，积变又还成丹砂"，故又称朱砂为"还丹"。史载，早在2300多年前的战国时期，即有方士（术士）兴起炼丹的方术，结果炼出了人造"金银"，即冶炼出含锌的貌似黄金的黄铜，以及含镍的类似白银的白铜。司马迁在《史记》里就提到战国时期燕国炼丹方士的姓名和事迹。

东汉末年，道教兴起。道教的初衷是用符咒消灾，用药物治病和诵经纳福，这就使道教和炼丹术发生了联系，使炼丹术有了更广泛的社会基础。晋朝时期，炼丹术基本上被道教所垄断。由朱砂炼出的丹丸完全被神化了。实际上，由于丹丸中含有大量的汞、铅等有毒物质，人吃了以后不但不能长生不老或成仙，反而会中毒，更快死去。除了《红楼梦》中的贾敬死于服食"仙丹"之外，历史记载中，唐朝的太宗、宪宗、穆宗、武宗、宣宗等皇帝，均因服了仙丹中毒而死。正如北宋文学家欧阳修说的"惑世以害生"。而任何事都是辩证的，都有两面性，炼丹术士们在长期的炼丹实践中，认识了很多物质的特性，积累了不少药物、冶金、化学等方面的知识，无论在实验操作技术的发明方面，还是在无机药物的应用方面，都替医药科学的化学实验做了一些开创性的工作，炼制一些无机药品及对这些药品性能的认识，都走在世界的前列，如用水银、猪油合剂作利尿药，比欧洲早1200多年，唐朝人就会用水银、锡和银制造牙齿填充剂，而欧洲人采用这一方法却是1000年以后的事了。"四大发明"之一的火药，就是来自方士的炼丹实践。炼丹术在唐代传到阿拉伯国家，12世纪传至欧洲，对近代化学的产生起了重要的作用。

神奇的朱砂，何以在唐朝引得好几位皇帝"不怕牺牲，前仆后继"地食用呢？一个重要的原因是，唐朝为李氏一族的天下，自视老子李聃为其祖先，崇尚道教，于是炼丹成风，食用仙丹成时尚。谁能进贡朱砂给朝廷，谁必得重用，民国时期的《开阳县志稿》载："唐德宗建中三年（782年）蛮州刺史宋鼎入朝贡朱砂五百两。"宋鼎官职是"西南蕃大酋长正议大夫检校蛮州长史继袭蛮州刺史资阳郡开国公赐紫金鱼袋"。这一口气都读不完的官职称谓实在罕见。蛮州治就在今开阳白马洞一带，千年水东的序幕就此拉开。水东宋氏也因朱砂开采而登上了政治舞台。

白马洞即在今开阳双流镇，双流因有乖西山，故古名乖西。乖西地因朱砂的开采冶炼，不仅成就了水东宋氏，更兴起了杨氏和刘氏土司，虽然级别上低于宋氏，为宋氏所辖的十个长官司之一，但是当明末宋氏被灭掉后，杨氏和刘氏的乖西长官司成了清代260余年开阳的统治者，朱砂经济成了古代开阳重要的经济基础。

宝王庙，即是开阳朱砂文化的重要见证。宝王庙历经数百年风雨的戏楼、观音殿等古代建筑，特别是那古建筑上的木雕、砖雕等好生了得，让观者震撼。宝王庙的古建筑令人赞叹，这里所产生的朱砂文化现象，以及所遗留下的朱砂文化遗迹，更引起了人们的重视。朱砂文化遗存在这里独树一帜，可谓得天独厚。宝王庙，成了中国乃至世界唯一仅存的朱砂神庙。

深秋时节，我们再次探访宝王庙。

从贵阳出发，沿贵遵公路行至久场收费站出来，再沿开阳方向行十余公里，便到了白马洞集市。从集市一头左拐进山二三里就是宝王庙了。

宝王是哪路神仙？原先是宝王的神位，今天见到的却是观音菩萨，宝王同佛教是否有关呢？回答是否定的。宝王同佛教没有任何关系。此宝王与佛教里的宝王完全不是一回事，佛教里所谓的宝王指的是佛陀的尊称，而此地的宝王与贵州随处可见的黑神庙里的黑神一样，是经历了由人到神的演化的，属于地域神。宝王的神位变成今天观世音的宝座，是历史变迁和民间多神信仰所致。宝王，即公元前1055年至公元前1021年周成王大会诸侯时，仡佬先民濮人酋长，因贡献朱砂（丹砂），被周成王封为"宝王"，即晋宝之王。渐渐地这位晋宝之王就成了仡佬族人顶礼膜拜的朱砂神，享受了立专祠奉祀的待遇，朱砂神宝王从此即成了仡佬族的图腾。

开阳自古为仡佬族聚居地，例如元代雍真葛蛮（开阳西部）土官宋隆济揭竿而起，率领西南地区各族群众最大规模的反对元朝统治者的战争，当时即有底窝（禾丰）仡佬族总管龙郎率4000多人响应。古代凡开采朱砂的地方一般都建有朱砂神庙——宝王庙，除了开阳外，尚有修文、务川、万山等朱砂开采地，这些地方均建有宝王庙。然而遗憾的是，这些地方的宝王庙都没有保存下来，全部遭毁。唯有开阳宝王庙奇迹般地保存至今。

"为何要选择这夹皮沟式的地方建宝王庙呢？"我每次到宝王庙总是想到这个问题。查阅相关历史资料得知，这宝王庙一带的朱砂开采从隋末开始，经唐、宋，到元、明时代，渐成规模，清代达到鼎盛时期，特别是在清道光末年至咸丰初年，大约有10年的时间，这里是中国乃至世界最大的朱砂开采冶炼中心，最大的水银集散市场。就在这宝王庙附近，就有数以万计的朱砂开采冶炼工人。清乾隆时期，人们用朱砂冶炼水银，从而形成了永兴场（今开阳双流镇集市）、白马用砂坝、狗场坝（今开阳永温镇集市）、白杨林（今开阳金中镇）等四大集市。白马朱砂矿主、广盆朱砂矿主等八大矿主，在开阳永兴场开设了贵州最早的三合号、裕发号、聚盛号等八大商号。同时，八大商号共同集资2000多两白银，投入宝王庙的重建中。由于白马一带是中国最早大规模采用煤冶炼水银之地，清咸丰初年仅宝王庙附近的白马水银厂每天出产水银30担，年总产量达400吨，占全国水银产量1000吨的40%。中国水银产量已超过年产

800吨的世界水银头号大国西班牙。白马水银厂一家缴纳朱砂年税2000多两白银。清代咸同起义爆发后，白马朱砂水银遭受重创，元气大伤。到清光绪初年开始复苏。至民国年间，白马洞宝王庙一带恢复水银厂18家，冶炼灶70多座，再次成为中国重要朱砂水银生产基地。

1949年新中国成立后，白马朱砂的开采冶炼发生了根本性的变化。1951年，白马汞矿厂建成并开采冶炼朱砂。1957年，其被改为贵州省公安厅开阳汞矿厂，同时驻有贵州公安内卫第一团第七连，守护朱砂矿的开采和冶炼；1959年后被改为二机部"四六一矿"；1963年更名为"七六一矿"，均以朱砂开采冶炼为主。1965年七六一矿归属国防工办，以开采稀有金属铀（朱砂的附生矿）为主。1989年，白马朱砂矿开采全部结束，所有采矿洞关闭。

没想到，中国第一颗原子弹所需的铀竟然出自这里。小小白马洞一地，因朱砂的开采冶炼，不仅创造了开阳历史的辉煌，还为我们的共和国增光添彩。

清康熙年间的贵州巡抚田雯，进士出身，是位学者型官员，在他的《黔书·朱砂》一文中写道："自马蹄关（白马，与修文县分界地）至用砂坝十里而近，自用砂坝至洋水热水五十里而遥，皆砂厂也。"其对朱砂洞穴开采的四种方式叙述道："尾之掘地而下曰井；平行洞入者曰壪；直而高者曰天平；坠而斜者曰牛吸水。"对朱砂开采的艰辛，田雯写道："焚膏而入，蛇行匍匐，如追亡子，控金颐，而逐原鹿，夜以为旦，死生震压之所不计也……方其负荷而出，投之水，淘之汰之。摇以床，漂以箕。既净，囊而洒之。"这是一位十分关心民生疾苦的官员，400年前他所关注的以白马为中心的朱砂开采，亦如田雯本人一样成了历史，令人们珍惜追忆。

我们探访了至今还留有遗存在宝王庙用砂坝一带的明清八大朱砂矿中的观音壪和广盆壪。现已探明的朱砂矿开采洞穴共计400余个，宝王庙附近有三座清代僧人墓、三座现代汞矿开采烈士墓以及七六一矿开采冶炼的遗址等。

再回宝王庙，准备打道回府时，已是夕阳西下，秋风残照中的宝王庙更显得沉寂肃穆。观音殿里莲花宝座上的观音菩萨塑像也渐渐朦胧起来，似乎变成了头戴雉羽金冠的宝王。

"何人殿外喧嚣？"声洪琅然，振聋发聩。

我等来矣！正是奔您而来的，尊敬的宝王殿下！

马头寨

未进寨，先见山。

那山叫百花山，算不得高大，但却葱郁。半山腰好大一平台，参天古树的翠绿间掩映着一个几百户人家的村寨，大都是黑褐色小青瓦的木房，一栋紧挨一栋，错落有致，井然有序。或早或晚，炊烟袅袅，白雾轻飘，成群的白鹭总是绕着树梢，时飞时栖，不愿离去，点点流动着的银白，成了这幅水墨画的点睛之笔。

那画中的山寨就是全国第六批重点文物保护单位——开阳禾丰马头寨，是布依族土司官寨。

每次走进马头寨，我总是沉醉在宋昱《过底窝呈友人》一诗所描绘的情景里。

> 猎猎狞波破紫烟，郊关一望满旌旃。
> 英雄已有周公瑾，倜傥宁无鲁仲连。
> 羌管落梅凄夜月，雕弓射雁堕秋田。
> 清歌妙舞家家醉，闲向新知说往年。

如果从北宋初年宋景阳，作为水东宋氏入黔始祖算起的话，到宋昂、宋昱兄弟二人，正好是宋景阳的第十九世孙。宋昂于明正统八年（1443年），正式袭任贵州宣慰使职，他不仅继承其父宋斌的政治智慧，更是开创了水东发展的

马头寨古民居

新局面。

《过底窝呈友人》所描绘的正是宋昂任贵州宣慰使治下的底窝马头。那是一个喜获丰收的金秋时节，儒雅谦逊的宋昱来到了其兄长治下的十二马头中的底窝马头。也许是第一次到吧，宋昱不禁感慨万端。不仅被那玉水绕金盆、有"米窝坝"之称的田园风光所折服，更有底窝马头寨那一桩桩一件件的往事，如烟如雾飘浮心间，因为那些都是他们宋家家里的事啊！眼前的马头寨，那可是在他们的入黔始祖宋景阳在白马洞建"大万谷落都总管府"时即开始建的古寨。元代成了底窝紫江等处（元代行政区域名称，相当于州一级）的治所。由于地处紫江边底窝坝，故名底窝寨，是名副其实的官寨，被称为底窝总管府。这之后不久，发生在底窝总管府的事，凭着诗人的敏感，宋昱怎能忘记？

宋昱的远祖、雍真葛蛮土官宋隆济，因不满元朝廷的苛索欺压，揭竿而起，首先攻破了位于今开阳县城流官的雍真总管府，总管府达鲁花赤（蒙古族人或色目人掌印之官）也里干携带官印和家小逃往底窝总管府避难。宋隆济又率起义军攻破底窝总管府，也里干侥幸逃脱，但其妻忙葛龙等被杀。这便是诗人宋昱在诗的前两句所写的"猎猎狞波破紫烟，郊关一望满旌旃"的情景。紫江（清河）沿岸，风吹战旗猎猎响，破坏了往日的宁静，底窝坝四周亦是旌旗招展，围攻底窝总管府的喊杀声，惊天动地，好不惨烈！宋隆济不仅攻破底窝总管府，连顺元（贵阳城）亦被攻破，贵州知州张怀德战死。宋隆济的军队一直打到四川，打到云南。这场战争持续了三年，朝野震惊。

这场战争的结果怎样呢？结果是宋昱的高祖、任曾竹长官的宋阿重，深入四川蔺州水东亲自抓获了宋昱的远祖宋隆济，献于元朝廷。战争彻底平息了，宋阿重得到元王朝的嘉奖，升了官，创建了离马头寨不远的白马同知衙。宋阿重成了水东宋氏辉煌业绩的奠基人。

作为宋氏家族史，宋昱是不愿提及此事的，侄儿出卖了叔叔，邀功请赏，升官晋爵。这事想起来总觉得有些不光彩。故诗人笔锋一转，写道："英雄已有周公瑾，倜傥宁无鲁仲连"，战国时齐国的鲁仲连，三国时吴国的周瑜，那是何等的雄姿英发，风流倜傥，结果又怎样呢？大江东去，浪淘尽千古风流人物。当年硝烟弥漫、杀声震天的战场，早已是"羌管落梅凄月夜，雕弓射雁堕秋田"，一切皆如眼前的平静安详。

如果说宋昱的远祖宋隆济是满怀怨气、怒气、杀气进入马头寨的，那么几十年之后，宋昱的又一位同宗前辈宋德茂则是欢天喜地走进马头寨的。明朝初年，宋德茂"随军征黔"有功，宋昱的祖父宋钦袭任贵州宣慰使之后，于明洪武五年（1372年）委任宋德茂任底窝"马头"（布依族聚居地以"马"作基层行政区域名称，"马头"即是布依族头领），并代管葛马、纳坝、垅上、开科等六马头，从五品，世袭。宋德茂在前辈宋隆济捣毁的元代底窝紫江等处总管府的基础上，重建底窝马头府——马头寨。

马头寨之所以能成为一个五品官衙所在地，还因为其地理位置特殊，物产丰富，位于堪称开阳母亲河清龙河（古称紫江）边上，靠山面水，负阴抱阳，冬无严寒、夏无酷暑。因盛产优质大米，被称为"米窝坝"。宋德茂不辱使命，开创了马头寨的新辉煌。这才有宋昱到底窝马头寨时的"清歌妙舞家家醉"的太平盛世景象。马头寨的故事太多，"闲向新知说往年"，待我闲暇时再告诉你马头寨的新情况吧。

正如宋昱所说，这底窝马头寨他家祖上不仅"往年"旧事说不完，他后辈儿孙"往后"的事更多。马头寨曾两度作为水东宋氏"贵州宣慰使"的衙署，这相当于是副省级的治所。

明弘治末年至正德初年（1503—1510年），宋昂之子、宋昱之侄、袭任了"贵州宣慰使"之职的宋然，由于同合署办公的水西"贵州宣慰使"安贵荣，各有企图，各怀鬼胎，都想吞并对方，扩大领地。一次，安氏借故暂返水西，将"贵州宣慰使"大印交给宋然代管。宋然以为时机已到，便私自将其贵州宣慰使衙署迁至底窝马头寨，后又迁至陈湖马头大羊场（今龙岗镇）。此时，安贵荣趁机怂恿陈湖马头一带的苗民造宋然的反，围攻大羊场宋然的衙署。这"借刀杀人"之计，被遭贬至龙场驿（修文县城）的王阳明识破了机关，看出了破绽。王阳明奉劝安贵荣，赶紧出兵帮助宋然平息叛乱，否则你安贵荣也性命难保。朝廷早有"改土归流"之意，苦于找不到机会，你们的窝里之斗，正是给朝廷可乘之机。朝廷之兵，朝发夕至，一箭双雕，灭掉你们安宋两家，易如反掌。安贵荣听取了王阳明的劝告，出兵平息了叛乱。宋然只身逃回了洪边（乌当新添寨），削职为民，其贵州宣慰使一职让予其弟宋炫。宋炫是继父辈宋昂、宋昱之后宋氏土司的又一位著名诗人，有诗集《桂轩拙稿》刊行。宋炫虽然才华横溢、学富五车，但也难扭转被其兄宋然折腾的水东局势。水东宋氏从此由盛转衰。这是马头寨首次成为三品大员衙署所在地。

马头寨第二次作为水东贵州宣慰使衙署是明朝末年。明天启元年（1623年），宋昂、宋昱的第六代孙宋万化，袭任水东贵州宣慰使职。次年，随同水西贵州宣慰同知安邦彦，挟持宣慰使安位一起反叛明朝廷。两年后，宋万化被明军擒斩于大水塘（今龙岗镇大水塘村），洪边（乌当新添寨）衙署被摧毁。宋万化之子宋嗣殷"擅袭"水东贵州宣慰使职，收葬其父宋万化于马头寨对面山坳里。宋万化墓至今犹存。宋嗣殷又在马头寨设水东宣慰使司衙署，继续抗击明军。但毕竟是强弩之末，最终还是被明军剿灭了。马头寨作为水东贵州宣慰使末代衙署，有近九年的历史。

为了躲避明军的斩尽杀绝，宋万化之次子、宋嗣殷之胞弟宋嗣杰只得隐姓埋名，带其兄长后人，潜居在马头寨附近岩上寨（今坪寨后山），宋嗣杰养育了四个儿子。直到清康熙年间，宋万化的后人才从岩上寨移居山下。因此，如今清龙河边坪寨、水头寨、祖阳坡等村寨的宋氏一族即为宋万化的直系后人。

明军在剿灭宋万化、宋嗣殷父子的同时，作为末代水东贵州宣慰衙署的马头寨自然也难逃厄运，末任底窝总管府马头（总管）为宋德茂的直系后人宋显坤，备受株连。也是宋万化后人下山后，宋显坤的后人才得以重振家园，与宋嗣杰的后人一起，重修宋氏祠堂、重建庙宇、立学堂，重整水东宋氏家业。

如今漫步在马头寨，那一栋栋悬山青瓦顶、穿斗抬梁式的近百栋木结构民房，依山就势，呈扇形，紧密地簇拥着那扇把头的底窝总管府。总管府虽是遗址，但那台阶、院墙、院墙上的"寿"字变形的石雕图案和"长发□□"的大型石刻，等等，无不彰显出当年的恢宏气势。

"英雄已有周公瑾，倜傥宁无鲁仲连"，"俱往矣，数风流人物，还看今朝"！如果宋昱再来底窝马头寨的话，看到的就不仅仅是"清歌妙舞家家醉"的情景，如今的底窝马头值得说道的，实在太多太多。

开阳港

一

开阳能通江达海了！

"贵竹路从峰顶入，夜郎人自日边来"，如此跬步皆山的地方，竟能通江达海，简直就是一个梦。然而这个梦却成了现实，请看这则报道：

新近落成的乌江第一港——开阳洛旺河港区迎来了第一批货物运输船队，彻底结束了贵阳不通水运的历史。

开阳港

开阳港，位于贵阳市所辖开阳县花梨镇清江村，因乌江最大的水电站构皮滩水电站的关闸蓄水，乌江右岸的一级支流洛旺河便形成一个集水面积6600平方公里的大型港口。这是一个吞吐能力达420万吨的乌江流域第一大港口，有1000吨级货运泊位6个，40车位滚装泊位1个。从这里顺江而下，约24公里水路到达乌江主航道，再经瓮安、余庆、思南到达沿河，出省界后到重庆的彭水、涪陵进入长江，至重庆市约590公里水路。

　　这里距离贵阳老城区80公里，距离开阳县城20公里。这里是贵阳连通长江三角经济区和海外市场的桥头堡，是贵州省进入长江航运的北大门，是乌江航运的启运港。这里汇聚"高速大走廊、铁路大动脉、水路大通道、空港大联运"的最大优势。

　　高峡出平湖，洛旺河成了开阳港。洛旺河即贵阳南明河末段。南明河绕贵阳城南，东北流向，一路奔腾，呼朋引伴，招溪纳流，大约140公里后，即是洛旺河，再行20余公里汇入了省内最大河流——乌江。洛旺河又称清水河或清水江。

　　现存最早的贵州省志、明弘治年间的《贵州图经新志》载："清水江，在治城东一百五十里，其水清冽疾驰，岸峰壁立，崎岖难行。乖西、巴乡诸部苗、佬，倚此为险"。明代诗人廖驹有诗曰：

　　蔼蔼烟横古渡头，关门未锁夕阳收。
　　千章木隐群猿啸，万叠山藏一水流。

　　群山之中奔腾着的洛旺河，无语东流，野渡无人，雾霭锁江，古树参天，群猿呼啸，好一派地老天荒的景致。

　　从远古走来的洛旺河，如今没有了野性，不再疾驰，也没有那派义无反顾的决绝势头，不再挟浪推波、凌厉锐进，而是慈眉善目、雍容大度。站在高处看，宽阔平静的水面像缠绕在岸峰腰间的一大块绸缎，在阳光下泛着金光，

开阳港

船只一过，绸缎被裁剪开，随即又天衣无缝地合拢。大大小小的船来来往往，进进出出。洛旺河蝶变成了开阳港！

二

其实，洛旺河应该叫落望河才对。

话说很久以前，一位姓贺的书生进京赶考，他日夜兼程行至这河边，野渡无人，更没有船只。这是涨春水的季节，面对波涛汹涌的河面，书生束手无策，只得耐心等待。三天后，汹涌的河水果然消了许多，变得风平浪静，浅显可行。书生高兴了，决定蹚水过河，于是他将穿在身上的衣服脱了，捆在书箱上，书箱扛在肩上，小心翼翼地朝对岸走去。刚至河中间，突然河水暴涨（河上游突降暴雨所致），水淹至腰，而且暗流汹涌，无法行动。眼看书生将被不断上涨的河水冲走。这一幕，恰巧被云游至河东岸轿顶山上的张三丰看见，大动恻隐之心，决定救他一救。张三丰这位武当派的创始人，道法好生了得，要救行将溺水的书生，易如反掌，只见他拿出平常喝水用的葫芦（寓意福禄）瓜做的水瓢，投向河中，一时间风平浪静，急流勇退，书生得救了。

张三丰看着被他救起的惊魂未定的书生，问明来历，又见书生气度不凡，一表人才，想点化他一番，帮一帮他。

"看你如此不畏艰辛，不就是想考取功名、将来享受荣华富贵吗？愿意在此地成家立业不？荣华富贵很快可得。"张三丰问道。

"愿意，愿意！"面对救命恩人如此说道，书生只当是逗他开心哩，也就随口回答。

"好，你看，那一片田土房舍都是你的了！"

随着张三丰手指的方向，书生果真看到河东岸一片田地房舍好端端地呈现在那里，海市蜃楼竟成了人间仙境，炊烟袅袅，鸡犬相闻。

书生哭了，是喜极而泣。

"我还赠你一个名字，你不是姓贺吗？你现在就叫'贺福生'吧。好好过日子，一定要守住你的荣华富贵！"说罢，张三丰飘然而去。书生叩谢不止。

贺书生从此即叫"贺福生"了。

贺福生来到张三丰所点的那片神奇的土地上，由于有张神仙的暗中相助，加上贺福生自己的努力，在不长的时间内他就拥有了堆积如山的金银财宝，良田沃土宽广无比，成了这一带的首富。贺福生还娶了花姑为妻，十年不到花姑为他生了八个如花似玉的女儿。

贺福生的日子，那是锦上添花，火里烹油。踌躇满志的贺福生，渐渐产生了不满足的情绪。

八个女儿虽说都很乖巧，但终究不是我贺家的香火传承人，要是有个儿子该多好；自己当年也是满腹经纶，为进京赶考沦落至此，而现在却成了一个乡间财主，要是能走上仕途，当当官该多好；人们都说我贺福生比玉皇大帝还强，玉帝只有七个女儿，我有八个。但玉帝后宫佳丽无数，我却只有花姑一个，终日老口老嘴，大眼瞪小眼，怎么也得拥有三妻四妾才行。

这些想法在贺福生的头脑中越来越膨胀，当花姑再为他生了第九胎仍是女儿时，贺福生几乎崩溃了。这现实简直就是存心与自己过不去！贺福生迫不得已只得上轿顶山找张三丰，说说自己的想法，求他再次指点迷津，实现自己的愿望。

张三丰修行所在的轿顶山离贺福生家住地很近，张三丰早已发现了贺福生难填的欲壑，本打算找机会开导一下贺福生，现在听了他的一番诉求之后，张三丰更是大失所望，没想到贺福生已经到了不可救药的地步！张三丰二话不说，随即取出当年搭救贺福生的那只瓜瓢，往前一执，瓜瓢随即化作了一道高耸的石岩，即至今还能看到的瓜瓢岩，岩壁上立即呈现了四个大字：人心不足。再将手中的拂尘一展一挥，山下贺福生的那片田土房舍随即化为乌有，消失了！

张三丰没有让贺福生死，让他在一块岩石上打坐修行。那一坐就再也没有起来过，至今贺福生都还坐在那块危石上哩。

贺福生那九个如花似玉的女儿后来也化为河岸上形态各异的九座山峰，

即九女峰。九女峰如今也是开阳港不可不观的风景。

端坐在悬崖上的贺福生，望着奔腾不息的河水，作何感想？"福兮祸所伏，祸兮福所倚"，祸福既相互依存，又互相转化，辩证统一。落难的贺（祸）姓书生，得张三丰搭救，并帮助他获得幸福（福生）。然而，饱读诗书的贺福生，利欲熏心，竟然忘掉了祸福会相互转化的道理，人心不足，贪得无厌，膨胀的欲望岂能不落空？"福生"转眼又成了"祸生"。这河便成了落望河。

三

来无影去无踪的张三丰，何时离开轿顶山的不得而知，但他确实是离开了，并且是过洛旺河向西而去的。他过洛旺河时，见水流湍急，又无船只，欲过河者，都得像贺福生一样蹚水过河，实在太危险了。于是，张三丰又动善念，为行人修造一座石桥，也方便沿河两岸百姓往来过河。

说干就干，只见张三丰端坐于洛旺河渡口的巨石上作起法来，口中念念有词，左手比成剑指一比一画，右手握拂尘一甩一挥，两岸巨石像一头头大肥猪，缓慢地爬向河边结集，等待调用。张三丰看准其中最大的那一块，调它作桥墩，再合适不过了，你看它敦实稳重，体大形巨，天生的中流砥柱。

张三丰又向巨石施法，巨石一点一点地向河中间稳步移动。太重了，太慢了，巨石刚被移至河中央，雄鸡报晓，天快亮了。时辰已到，无法完成造桥的任务了。张三丰只留下一声长叹，飘然而去。

也不知过了多久，张三丰准备造桥的地方成了渡口，即洛旺河渡口，是通往瓮安、福泉、黄平等地的要津。张三丰给贺福生点化的那片田土房舍其实并没有消失，此时人烟稠密、兴旺发达起来了，洛旺河渡口自然也繁忙起来。

洛旺河渡口先是两岸孙、谌、吴、柏等八姓富户的私家渡口，轮流值守渡船，分别收取费用。民国《开阳县志稿》载："轿顶山雄峙江岸，拾级而登，约计十里，可达山顶。咸同之间，苗首何得胜即据为营垒，与官军对峙焉。渡口江面较阔，水流亦平，惟中有巨石（兴许即是张神仙驱动至河中间为桥墩的那块），水涨湍险，渡送艰危。开渡自何年，日久莫知。"

贵州历史上的咸同起义，义军首领何得胜以洛旺河为天险，将张三丰修道的轿顶山改作营垒与官军对峙。时任开州知州的戴鹿芝渡过洛旺河，上轿顶山劝降何得胜。待到何得胜送戴鹿芝至洛旺河渡口分手时，何得胜亲扶戴知州上船，戴鹿芝离去后，何得胜独自立于洛旺河渡口，望河兴叹，仰天长啸："好官啊！好官啊！"潸然泪下。这是感天动地的硬汉之叹，完全是被戴鹿芝"置生死于度外，一心为民谋福利"的浩然正气所深深感动啊！

咸同起义平息后，清光绪十五年（1889年），开州（开阳）知州胡璧，到任之初，便首先走访开阳交通要道上的洛旺河渡口，得知"若遇春夏雨多，水涨流急，则需索更甚，商旅苦之"（引自《开阳县志稿》），于是胡知州联合思外杨司（今开阳花梨一带）两位总甲吴朝锦和汪天伦（相当于今之乡长），将私渡改为义渡，捐资集款，除购买田业（租息作渡夫工钱）、修造船只及两岸渡夫住房等，还特别建造供商旅休憩的凉亭两座，东岸曰日升，西岸曰月恒。知州胡璧亲撰《洛旺河义渡碑记》："夫为政在便民，民苟便，当勇为之。设义渡，济行人，亦便民之端也。"此碑记与胡知州所拟义渡章程、募银数额、田业花桃、丘块四至、捐助人姓名等，均勤石刊碑，竖诸东岸日升亭旁。

一直到新中国成立初，305省道修建后，洛旺河义渡渡口上边建了木桥。1969年在木桥原址上建钢筋水泥桥。2009年，随着构皮滩水电站的建成，洛旺河老桥完成它的使命，于渡口上方再造高桥，联通两岸。如今于新桥桥头观开阳港，已成最美景致。

洛旺河渡口东西两岸的"日升""月恒"两亭安在？那可是堪称人类壮举的红军二万五千里长征途中的一处见证呢！

四

龙安河一定要控制在我军手中，因为这是保障顺利渡乌江的一个屏障。

这是开国上将张爱萍将军，在他的回忆文章《手榴弹打坍了一营敌人》一文中的开篇首句。在这里，张将军把洛旺河写成了"龙安河"，不是笔误，而是方言所致。在花梨街至洛旺河一带，"洛"和"龙"两字的读音几乎没有差别，连起来读"洛旺"和"龙安"也没有多大差别。而且，从四川达县走出的张将军，其乡音也与这一带方言十分接近。因此，张将军把"洛旺"听成"龙安"完全在情理之中。

中国工农红军二万五千里长征，曾三次途经开阳。1934年12月18日，中央政治局在黎平召开会议，决定让红二、红六军团和红四方面军积极活动，牵制湘敌和川敌策应中央红军渡过乌江天险，进入黔北，占领遵义。因此，1934年12月31日，由军团长彭德怀、政治委员杨尚昆率领的红三军团进入开阳花梨镇。这是红军首次过开阳。

红三军团四师十二团七连一排，作为先头部队，于1934年12月31日夜赶到洛旺河渡口，在当地老乡的帮助下，红军找到了渡口船老大，人称"船边吴家"的吴老者（建义渡的吴朝锦后人），他引导红军，把几天前被国民党守军沉入河底的义渡大船打捞起来，将七连一排的红军分好几船渡过河去。

红军进入贵阳市的第一战就此打响。

时任红三军团第四师政治部主任的张爱萍将军亲自参与了这场战斗，他在回忆文章中写道：

偌大的一条河呵！水深不可测，流速也很大，在河的我岸是很开阔的河坪，而彼岸是连绵不断的小山坡，有利于敌人的扼守，不利于我们的渡河，要渡过去，自然增加了不少的困难。

渡河的船虽然只有一只，然而，渡，是不成问题的。首先渡河的十二团开始渡河了。

首先渡河的一排人，把重机关枪架在船头，每个指战员的枪都是子弹上膛，个个都精神紧张地注视着敌岸，在河的这边，由团属机枪连占领阵地，掩护渡河部队渡河。已经渡过去的七连，刚刚上山坡，就与敌人接触了。

"呼！"手榴弹向敌人掷过去了。

"哎哟！这是啥子炮呀？"敌人的队伍里发出声音来。

"呼！呼！"接连掷了几个过去，敌人的阵地里，应声而倒的有好几个，敌人的先头部队不能抵挡地坍了下去。敌人后续部队还未展开，在先头部队的影响之下，跟着向后转了……

枪声渐渐地远了，缴获的胜利品，遍山都是，除步枪外，还有烟枪。

这即是张爱萍将军参与的"激战洛旺河"的战斗情景，时间是1935年1月1日。

红三军团控制了洛旺河渡口后，大部队还分别从洛旺河渡口下游的水口渡、龙坡渡等几个渡口过清水江，直奔茶山关、楠木渡等，抢渡乌江，占领遵义城，为遵义会议的胜利召开提供了坚强的保障。

洛旺河义渡东西两岸的凉亭"日升"和"月恒"，即是在激战洛旺河的战斗中被战火毁掉的。

十几年前，张爱萍将军的女儿张小艾，遵从父亲的遗愿，重走长征路，对张将军当年所经历的一处处战斗遗址进行实地考察，当她来到洛旺河渡口时，不禁感慨万分。

洛旺河，落望河，野渡、私渡、义渡、开阳港，这一路走来，正应了那句著名的诗句：人间正道是沧桑。

城关龙之城

　　城关即开阳县城之别名，是座山间小城，与大江大河无涉，离海更是遥远。而那兴风作浪、翻江倒海的龙却在山城有故事。

　　开阳城的始建，能选杨黄寨作州城建衙门，除了地理位置的独特以外，还有一个重要因素——井多。城内之水井星罗棋布，几条主要街道都有井，至今以井名作地名的不在少数。那些井，有的尚能供人们使用，如东门井、白沙井等，有的则如京城里的王府井一样，井是不存在了，而名称却长留于世，如龙井、葡萄井等。这本也不奇怪，靠水而居，依井兴市，各地都差不多。然而，奇的是开阳城的井里有龙，还不只一条龙，好几口井里都有龙。你还别不信，以为都是哄小孩的传说，那部清道光年间编撰的《贵阳府志》，就有三则开阳城的井中有龙的记载，言之凿凿，永载史册，信不信由你。

一、葡萄井之龙

　　居城之中鳌山，在（开）州署后，状如鳌。对峙者为三台山，在城西，州（城）之屏蔽也。其左为祖师山，上有祖师观，又名北极观，下有葡萄井，深不可测。明崇祯十年，有龙自泉（井）出，观中盘柱木龙，挟观内钟与之斗，一时雷雨俱作，山麓震撼。

　　你看这则记载，故事发生的时间是明崇祯十年，即1637年，开州城建成

二十世纪六十年代的开阳葡萄井

开阳城之东门井

后的第六个年头。故事发生的地点是祖师观下的葡萄井，故事的主角是葡萄井里的龙和祖师观盘柱上的木龙。这里不但葡萄井有龙，竟连祖师观盘柱上的木龙也是活灵活现的。

这则记载，简直就是一部电影剧本，意境优美，层次分明，故事情节精彩动人。

你看那群山环绕、形似太师椅上的开州城，州署衙门背靠城之鳌山，面朝三台案山，右连米杨坡，左襟祖师山。好一座祖师山，人称"开阳第一山"，一山独秀，位居于开州城中，苍松翠柏，郁郁葱葱，奇石幽洞，掩映在丛丛簇簇的各色竹木花草之中。曲径通幽，一步一景，煞是迷人。

葡萄溪流，自州城西门而入，绕祖师山脚，在葡萄井边打个盹，又一路唱着歌出州城北门而东去。

壁立于葡萄溪旁的祖师山，每当夕阳西下，远远望去，像一领金色战袍，故称金袍山。始建开州城即在金袍山上建北极观，供奉北斗七星中第六星开阳星，即道家所谓的北极武曲星，亦称真武大帝、真武祖师，所以金袍山名为祖师山。

祖师山脚有井，水自井底石缝里汩汩冒出，犹如成串亮晶晶的葡萄往外涌，此井故名葡萄井。其井深不可测，神秘得很，原来这井里有龙。这葡萄井中之龙，很不安分守己，有怨气。龙本该归于大江大海，它却受制于区区葡萄一井，井底之龙，能不烦吗？活生生的一大材小用。于是，明崇祯十年的一天，井中之龙，腾跃而出，冲天直上。谁知祖师观中盘柱上的木龙，亦是得道之龙，被脚下葡萄井中之龙所激怒，实在看不下去了，决定教训一下井中之龙，于是木龙飞离木柱，腾空而起，"挟观内之钟"作武器，大战井中之龙。刹那间，开州城内飞沙走石，雷雨大作，山麓震撼。好一番木龙战水龙之场景，动人心魄，精彩至极。这情形至今仍是开阳人茶余饭后津津乐道的谈资。

葡萄井中的龙受了木龙的教训，从此皈依佛法，闭井不出。葡萄井旁人们还特别建了龙王庙，受了人间的香火，你说它还好意思出来兴风作浪？"北极巍巍气象雄，开阳灵秀此所钟"，祖师观自建观（庙）以来，香火一直旺盛。至1940年，祖师观改作开阳中学，成了开阳兴办中学之始。

尽管葡萄井已不复存在，但它毕竟是当年开阳城居民的主要饮用水源，开阳古"八景"之一，是承载开阳城百姓乡愁之地，只要提及葡萄井，妇孺皆知，老少全晓。

二、龙井之龙

以龙井命名的地方，还真不少。开阳城的龙井是开阳城从北街往东街的必经之地。过龙井，爬完龙井坎，即是城之东街。龙井里是否都有龙，不一定，就算有，也不尽相同。开阳城龙井之龙与其他地方就大不一样，你看《贵阳府志》的记载：

明末，有王某居井前，其妻梦金甲人告以明日借路，当避之。

其家信其言，走避，忽雷雨大作，堂中地陷水涌，中有蚯蚓长尺余，从空中飞去。

这条龙与葡萄井中的龙完全不一样，是良龙，是奔前程之龙。有行动，要起身，怕惊扰百姓，先托梦告知住在井边的王某之妇人，明日只是借道而过，你们一家避一避吧，不会伤害你们的。次日，王家人都离家躲避。龙出来了，竟然不是从井中出来，而是"堂中地陷水涌"而出。原来是王家的堂屋压住了此龙的栖身之处，为了生存和发展，不得不出。龙冲出时虽然雷雨大作，但人们见到的仅是一条微不足道的蚯蚓，"从空中飞去"。它是为了不惊吓王家和城中百姓，渐飞渐长，要到那风起云涌、能施展本领之地，才能现出原形。

龙飞走了，龙井也不复存在了。龙井是什么时候消失的也无从考证。年长者都说，只听老一辈的人讲龙井之龙的故事，都没有见过龙井，更没看到那飞走的龙。如今龙井一带已成了开阳城的闹市区。龙井虽然见不到了，井中这龙也飞走了，而龙井前的"龙井坎"这一地名倒是留存了下来。

三、白沙井之龙

如果说葡萄井之龙是逆龙，有怨气，兴雷动雨，野性十足；龙井之龙是良龙，是有远大前程有希望的龙；那么白沙井之龙则是安详、和谐、人情味浓厚的龙。

白沙井，在开州城北，康熙二年，井中龙见，知州徐昌祀之乃去。

《贵阳府志》上的这则记载，言简意赅，明白晓畅，区区二十四个字，竟囊括了记叙文的六大要素，是一则完完全全的小小说。故事里的时间、地点、人物是真实而准确的。这则记载，不仅可作文学作品欣赏，还可了解那段特殊的历史。可谓是微言大义，春秋笔法！

　　开州城建好后的第十三个年头，即明崇祯十五年（1642年），开州城被起义军攻破，首任知州黄嘉隽、开州吏目（管开州军事之官）聂禁皆战死。义军还毁掉了州衙和寺庙等大部分城内建筑。开州城被攻破后的两年，即1644年，明王朝灭亡。之后近二十年的时间里，朱明王朝的皇族子孙，先后在南方建立了弘光、隆武、绍武、永历等政权，与清初的顺治朝廷抗衡，意欲挽回大明江山，历史上称这一段为"南明时期"。清顺治十八年（1661年），清朝彻底灭掉南明政权，基本统一了南方各地。清廷派遣江西东乡人徐昌任开州知州。此时的开州城千疮百孔，二十年前遭毁的衙署、城墙、宫室等尚未恢复，官吏只得暂居寺观中办公。徐昌请求拨款修葺的奏章均被驳回。无奈之下，作为开州知州的徐昌拿出自己的年薪五百两白银，带头捐资，并动员下属，有钱出钱、有力出力，为修复开州城做贡献。经过两年的艰苦努力，到清康熙二年（1663年），开阳城的修复基本完成。此时的开州城又恢复始建时的欣欣向荣之景象。

　　开州城北门一里许有水井，因井底细沙洁白如雪，故称白沙井。正是在人们庆贺开州城修复完工的那一年，也是记载上的康熙二年，白沙井中之龙出现了。现身在白沙井中的龙，并未有什么动作，只是静静地等待着知州徐昌。徐知州得报后，立即率州衙的文武官员，往白沙井边点烛焚香，一番祷告祀拜之后，白沙井中之龙满意地隐去了。

　　这白沙井中之龙，并未出井，也没有云从雨助，兴师动众，而是悄悄现身，默默隐去。原来此龙是受上天的指派，现身来看看开州知州徐昌，对徐知州为修复开州城所作的艰辛努力表示赞许，表示慰问。此后没过几年，徐昌升迁调离开阳城，开阳人把徐昌列入开阳名宦祠中，永受香火祀拜。

　　故人已乘黄鹤去，白沙井中的龙亦不复出现，然而白沙井还在，依旧水质优良，清冽甘甜，人们还在享用白沙井之水。如今井旁还开了一家酒作坊，自酿的高粱酒、苞谷酒都成了抢手货。真是好酒不怕巷子深，何况这白沙井还有"潜"来看望过徐知州的龙呢。

双流乖西山

　　作为开阳人，不知道乖西山的所在、乖西山的故事，数典忘祖，这实在是不应该的。

　　于是，我决定游一游乖西山。

　　从贵阳出发，沿东北方向行40公里，即可到达乖西山下。其实这里是开阳县双流镇政府所在地，也是双流的乡场。

　　来到山脚下，正欲弃车登山，举头一望，壁立千仞，山势何其峻伟硬朗，正是"猿猱欲渡愁攀援"之地，从这里上山，谈何容易。只得绕到后山。

　　后面山下，是一个十几户人家的小村寨，走过村寨即进山了。缓坡慢道，树木成荫，再也看不到人家。唯有鸟鸣，有一声，没一声，搭配出一种比寂然无声更静的静。一段长长的缓坡道过后，众多的山岔显现，松涛阵阵，山风徐徐。不远处梯形的土地，不见耕耘，成了草场，却无牛羊，也无人迹。如此天荒地老，实在太寂寞了！这莫不是鲁郎当年上山之路？过了山岔再往上，有一座小寺庙，可以肯定不是当年的高峰寺，高峰寺是在山顶的。

　　现存最早的贵州省志，明弘治年间（1488—1505年）成书的《贵州图经新志·山川》一卷上载：

　　　　鲁郎山，在治城北八十里，地名乖西，一名书案山。前元有隐
　　士鲁姓者读书于此。今面此山居者，人多知诗书礼义，岂鲁郎之遗风
　　欤？本朝四川参政黄绂序："鲁郎亦避世之士耳，一时流寓，居人遂

乖西山下有人家

民国《开阳县志稿》亦载："鲁郎读书处，在两流泉（今开阳双流镇）高峰寺故址，鲁郎宋末人，避元乱，隐于寺中，读书自娱。钟氏族谱谓山顶有鲁郎读书石碣。"

乖西山，又称鲁郎山、书案山，因地处乖西，又叫乖西山。在治城（省会贵阳城）北面80里远的地方，即今贵阳市开阳县双流镇老街对面山。

南宋末年，以成吉思汗为首的蒙古族人，为夺得赵宋天下，三次西征，直逼都城临安（今杭州）。战火燃遍华夏大地。而地处西南边陲大山深处的乖西地却是一方净土，成了名流高士躲避战乱的理想之地。因此鲁郎来了。来自何方？什么情况？英雄不问出处，人们只知道他姓鲁，因其年轻倜傥风流，人们管他叫鲁郎。他隐居乖西山的高峰寺，以读书自娱。高峰寺尚有"鲁郎读书处"的石刻。清康熙年的《古今图书集成》说，鲁郎，又名鲁秀才，与同时代的著名诗人赵蕃（1143—1229年），是挚友，鲁郎隐居高峰寺后特别将乖西地的特产——茶，赠送给赵蕃。赵蕃尤为感激，作《鲁秀才送茶》一诗：

> 正尔耽诗不耐闲，镜中顿觉瘦棽棽。
> 鲁郎惠我尽清供，婉把春风香并兰。

"心安之处是吾乡"，鲁郎虽为避乱流寓乖西山高峰寺，却把自己视为乖西人。鲁郎是学富五车、才高八斗的饱学之士。令他没有想到的是，他避乱乖西山高峰寺，竟然成了把儒家文化带入水东的第一人。他的学识、他的儒雅风范影响太大了，住在乖西山下的乖西人"多知诗书礼义"，人才辈出啊！历史上因为留守流寓乖西者又何止一个鲁郎？乖西，从《元史》开始，即频频见诸史籍，实属少见。"乖西"什么意思？"乖西"作地名，会有什么故事呢？

翻阅东汉许慎的《说文解字》，对"乖"字的释意："乖，背也。"成书于清康熙五十五年（1716年）的《康熙字典》释意："乖，会意字，从北，背也。"对"乖"的解释同《说文解字》基本一致，即"背、背离"之意。"西"方位词。西晋时，设江州，有东道、西道之分，东道，即浙江一带；西道，指江西一带。唐朝时，西即专指江西省。《康熙字典》除了对"乖"字的注音、释意、引文等叙述之外，还特别标注："贵州夷寨有乖西。"这又是何意呢？

看看《康熙字典》二十八位纂修官中周起渭的排位，也许能找到答案。周起渭，字渔璜，号桐野，贵阳花溪人，二十四岁中解元（举人中的第一名），后即受聘参与编撰《贵州通志》，三十一岁中进士，任《康熙字典》纂修官，位列第三。这样一位饱学之士，对离自己家乡不远的"乖西"能不了解？

周起渭时代的乖西，仅是乖西经历的最后一个朝代——清朝，乖西也不完全是"夷寨"，应该是一个多民族聚居地。其称谓几经变化，元代称"雍真葛蛮乖西等处""乖西军民府";明代称"乖西蛮夷长官司",后改"乖西长官司"。

在开阳楠木渡镇谷阳村至今还能看到,经历了一千余年风风雨雨的杨立信墓,其墓碑题:"大唐敕授扬威将军杨印立信墓"。这应该是贵阳市域内最古老的墓葬之一吧。清道光二十七年(1847年)成书的《黔南职方纪略》,编撰者为时任云贵总督的湖南人罗绕典,他在书中叙述道:"乖西长官杨氏,管乖西卡诸寨。其先曰杨立信,庐陵人。(唐末)五代时从征黑羊箐有功,授职土。(明)洪武四年内附,五年授杨文真为乖西蛮夷长官",并将世袭传承继位者名字、继位时间、生卒年月,等等,明确列出,时间一直列到罗绕典成书的道光年间。

《黔南职方纪略》中,对乖西长官司副长官也同样有记载,"乖西副长官刘氏,管乖西上牌诸寨。其先曰刘启昌,庐陵人。(唐末)五代时从征黑羊箐有功,授职土。洪武四年内附,五年授刘海乖西副长官"。接下来对刘氏世袭传承的叙述同杨氏的叙述也一样。

乖西长官司的正副长官杨氏和刘氏,他们的先祖杨立信和刘启昌原来是同乡,都是江西庐陵(江西吉安市)人,同时入黔,而且都为了完成同一个任务——征讨黑羊箐。他们都是战将,在征讨黑羊箐的战争中,战功赫赫,朝廷为了奖赏他们,特别授予其领地,杨立信被授予安抚司,为从五品官。朝廷授予杨氏、刘氏领地在哪里呢?既然征服之地为黑羊箐,那就到离黑羊箐不远的蛮州属地去领辖一方吧。杨、刘二将军要去的地方虽为蛮夷之地,但在当时可谓"富甲天下",因为那里出产朱砂。在杨立信、刘启昌之前的270年左右,建有蛮州,衙署在开阳双流镇白马洞同知衙一带。蛮州辖地除了今贵阳市域外,还代管巴江一县,可谓地广人稀。

杨立信、刘启昌及其部下不用回江西了,就到那里去驻守吧,苗民不能再起义了,需要和平,朝廷需要朱砂。蛮州是唐朝在全国设立的八百六十五个"羁縻"府州(即后来的土司)之一,辖地很大。杨、刘二氏要去的地方叫什么地名呢？没有。既然杨、刘二氏及其部下都是江西人，又不能回江西，那不正是背井离乡的江西人吗？按《说文解字》上的解释：背者，乖也；乖者，背也，背井离乡的江西人即是乖西人；乖西人居住地的那座耸秀挺拔的大山即是乖西山；由乖西人管辖的地带即是乖西。乖西，这个带着浓浓乡愁的地名作为土司制度下的行政区域名称一直沿用至清末。

于是，杨立信、刘启昌及其部下即成了有史记载的第一批到达乖西地的乖西人。从那时起的一千余年，一批又一批的乖西人源源不断地迁入乖西（开阳），前赴后继，络绎不绝，尤其是到了明代初期，因军务、流离、填籍等迁入乖西地的乖西人，不计其数。这一现象不仅仅在乖西一地，贵州全省各地都如此，至今尚能看见各地的江西会馆（也称万寿宫）便是标志。有专家统计，至清中后期，担任贵州各州（俯）县大小土司头人，大多数是乖西人，即祖籍江西人。如前述的周起渭（渔璜）其先祖周可敬，同杨立信、刘启昌同为江西庐陵人。周可敬于明初归附明朝廷，授白纳长官司（花溪黔陶乡）正长官。难怪周起渭要在《康熙字典》对"乖"字的释义后特别标注"贵州夷寨有乖西"。在开阳冯三镇思毛坪，至今尚有一古墓，其墓碑题为"皇敕授武德郎正将军一世祖袁凤楠之墓"，这又是一位同杨立信、刘启昌等同为乖西人的将军，其碑之序文："我祖生于江西，在西蜀职列将军，受命征黑羊箐，卸职归田，寿一百一十八岁，卒卜于兹。"其墓碑为袁氏后人于清道光年重修坟墓时立，与重立杨立信墓碑时间相同。

由于杨立信、刘启昌、袁凤楠等将士的英勇奋战，黑羊箐被征平了，他们受到了封赏，到自己的受封地安居乐业、繁衍子孙。时间如流水，不舍昼夜，似乎在不经意间即经历了五代十国、宋代和元代，如果从五代十国的吴越王钱镠算起至元末的至正二十八年（1368年）止，那可是370余年的时间。乖西人杨立信、刘启昌的后人早已融入乖西民众生活。因此，史称杨文真和刘海为"土人"。衙署称谓也几经变化，元代在乖西地设"乖西军民府"和"雍真葛蛮乖西"等处。到了明代初年，在乖西地设"乖西蛮夷长官司"，后改为

"乖西长官司"，由水东宋氏土司代管。乖西长官司以土人杨文真为长官，世袭。以土人刘海任把事，后因刘海之子刘秀征讨洋水（开阳县金钟镇）叛乱有功，升任乖西蛮夷长官司副长官，世袭。

长官司，是元、明、清时期实行的土司制度里最低一级的土司长官衙署的称谓，正副长官基本是当地人。开阳的三家土司虽级别不同，却发端于同一地。因为，水东宋氏于唐初为朝廷开采进贡朱砂，而受封蛮州，任蛮州刺使，唐末五代杨立信、刘启昌等征讨黑羊箐有功，受"职土"于蛮州地。又因为杨立信、刘启昌等是"乖西人"，才有了"乖西"地名，有了乖西长官司，有了杨家衙（开阳双流镇刘育村杨家衙），有了刘家衙（开阳县双流镇刘育村大寨）。同时，也因为有了乖西地，才有了乖西山，有了乖西山上的高峰寺，有了名士鲁郎隐居高峰寺，有了水东地区（今贵阳市域以及黔南州的龙里、贵定、惠水等地）。乖西山高峰寺是有史以来记载的贵阳地区最早的佛教文化、儒家文化的传播地。

乖西长官司，于明初即明确为水东宋氏代管的十个长官司之一，这与宋氏所直接管理的十二马头不一样，长官司是明朝廷确立的独立行政区划，有直接向朝廷上奏的权力，而马头却没有这个权力，宣慰使司对长官司的管理只能是"代管"。因此，水东宋氏于明末"改土归流"、以宋氏辖地十二马头设立开州时，乖西长官司依然存在，为清朝时开州辖地"十里二司"中的乖西长官司正副二司，一直到民国初年完全废除土司制度为止，比宋氏大土司延续了270多年。乖西长官司中无论是杨氏或者刘氏，对乖西一地的发展贡献极大，是乖西历史发展强有力的推动者。如果换一说法就是杨立信、刘启昌等"乖西人"到达乖西地1000余年以来，开创了开阳历史上的辉煌。正如《贵州省志》载："清初，开阳县出现了新的市镇——永兴场，大宗的盐、布、水银在此集散。江西商人运棉花到此售卖，购买水银到汉口，平均每年在五百余担以上。以八大家字号最为著名，号曰八大家，商务繁荣，人烟稠密。"这对开发较晚的贵州省来说算是一个奇迹。永兴场，即乖西地，位于乖西山下，最初为水

远看乖西山

东宋氏的牧场，称养牛圈。明万历三十八年（1610年），乖西副长官刘灏建市开场。清康熙元年（1662年）重建市场，名为永兴场。又因永兴场街道有两股泉水绕过，永兴场又被更名为两流泉。1930年，两流泉又被改为双流镇，沿用至今。

　　还是到山顶看看吧。八百年的风风雨雨，高峰寺早已不见踪影，就连基址已改作他用。一凌绝顶，众山俱小，山下的田畴房舍，更显小了。站在乖西山顶，脑中又映出那句话，"今面此山居者，人多知诗书礼义"，细细算来，从乖西山下走出的：大土司水东宋氏，小土司乖西杨氏、乖西刘氏，"一榜三进士，五代七翰林"的何氏家族，民国著名学者朱启钤的朱氏家族，兄弟二人高中进士的萧氏家族，风水师谌文学谌氏家族，以进士出身任法官的戴宝辉的戴氏家族，辛亥革命烈士钟昌祚的钟氏家族，等等，无一不是具有"鲁郎遗风"的乖西人。

　　下山时，我想：乖西山，不该再寂寞了！

金中洋水河

　　第一次到金中是什么时候，我已记不清了，而心中的疑问却是清晰的，因为每次到金中，还未进镇政府大门，首先看到那幢高大建筑上悬挂着的"洋水影剧院"五个熠熠生辉的大字，右下角的落款为"作人书"。"作人"即吴作人（1908—1997年），这位徐悲鸿当年的高徒，曾担任过中国美术家协会主席，他所题字的"洋水影剧院"，是曾被周恩来总理誉为中国化工界的"三阳开泰"中的开阳磷矿建造的影剧院，吴作人先生为何要题为"洋水影剧院"呢？"洋水"一定有故事。而从前每次金中之行，只能用"匆忙"二字概括，

石笋对石鹅

于是探寻"洋水"成了多年的夙愿。

今年的早春二月，探访洋水终于成行。吹面不寒杨柳风，沐浴春日暖融融，在这个时节出游，不仅爽心，而且悦目。车窗外的那些有名的无名的花竞相怒放，争抢着我们的注意力，从内心深处会自然而然蹦出一个"美"字来。从开阳县城出发，一路在"春"的相伴下，四十分钟车程便到达了金中镇政府。接待我们的除了镇里的领导之外，还有老桂。

老桂先前也是镇里的领导，与我是老朋友了，已退休十余年的他，正专心致志地为金中镇修"镇史"，他告诉我们，《金中镇史》四十余万字，已脱稿等待出版。从他那古道热肠的谈话中，从那凝聚着他心血的四十万字即将出版的"镇史"一事中，让人强烈地感受到老桂对家乡的那份赤子情怀、那份浓浓的乡愁，实在可敬可佩。

石笋对石鹅，脚踏洋水河。

谁能识得破，金银用马驮。

咸同起义时，武士桂十二留在金中王家沟练武时用的流星石球

这是老桂说的当地民谣，我们关于"洋水"的谈话正是从这民谣开始的。坐着谈，不如实地看，老桂领着我们到离镇政府约四五公里的一处深谷小河边，谷底之字形公路往上即是双流镇用沙村，站在谷底公路旁边，举头可见一悬于陡峭石壁上的瀑布，除了有"飞流直下三千尺，疑是银河落九天"的意境以外，这道瀑布在阳光的照耀下，飞雾形成一道彩虹，飞跨在公路旁小河两边的悬崖上，名副其实的彩虹"桥"，太阳光照射下才有的桥，多么美妙的意境，留给人们无限的遐思，而朴实的山民就给它一个同样实实在在的名字"阳桥"，流经"阳桥"下的小河就叫"阳水河"。后来不知何时起又将"阳水河"写成了"洋水河"。我们一行在老桂的指点下，仍隐约可见由阳光和瀑布形成的彩虹桥，只是早春，山寒水瘦，"阳桥"不算明显。其实这就是民国《开阳县志稿》所载的"洋水河，发源狼鸡岭，经石笋沟，左纳乾龙洞水。至中洋水，左纳晏家寨、轩辕寺水，右纳沙沟水"，洋水河一路奔腾，左招右纳，至大塘口汇入乌江。这便是历史上赫赫有名的"洋水三槽"。

明代万历年间《贵州通志》载："乖西蛮夷长官司正长官杨文真（一作桢）土人，洪武二十八年招抚有功，永乐元年授正长官；副长官刘海，水西土人，充把事，洪武三十四年，男（刘海之子）得秀调征洋水等处有功，永乐三年升副长官。""洋水"始见于史籍。乖西长官司因双流的乖西山而得名，乖西长官司属水东宋氏代管的十个长官司之一，为何又说乖西"副长官刘海，水西土人"呢？原来这水东宋氏与水西安氏，在领地的问题上，向来你中有我、我中有你，特别是元代，就连今天的开阳县城也是水西安氏地盘，开阳至今还有"宅吉""则溪"等地名，即水西安氏遗迹。明初，朱元璋对宋安两大土司实施安抚策略，组建"贵州宣慰使司"，合署于贵州城（贵阳城），明确鸭池河以东十二马头、十个长官司为水东宋氏领地，鸭池河以西四十八目、十五则溪为水西安氏领地。乖西长官司也在此时建立，即清乾隆《贵州通志》载：开州所属"乖西长官司，唐时杨立信以征黑羊（箐）功授安抚司。历宋元。至明洪武四年改授乖西正长官世袭"。"乖西副长官，始于唐时刘启昌。历宋元。

至明洪武四年授副长官世袭"。故《开阳县志稿》载："上洋水在开州设治以前，属贵州宣慰使司陇莫宅溪管辖"，即指明初建乖西长官司之前。

既然明朝开国皇帝朱元璋已明确了水东、水西各自的领地，洋水属乖西长官司地，顺理成章地划归水东了事，为何还得调副长官刘海之子刘得秀征讨洋水呢？因为洋水是不可多得的宝地——盛产朱砂。水东区域内的其他地方都好说，唯独洋水不行，得留着，朱砂可是财税的重要来源。不给，只得用武力解决了。刘得秀不辱使命，征讨洋水有功，袭任乖西长官司副长官。

开阳朱砂的开采始于唐代初年，兴盛于明清，特别是清中叶到鼎盛时期，开采地段集中在双流白马洞、金中洋水、禾丰斗甫等地。

"现在洋水河两边用'沙'字作地名的还不少，如沙坝、沙土、沙厂等，还有'银厂坡''银厂坝'等，都应该与朱砂开采和冶炼有关"，老桂对我们说。

其实这些地名里的"沙"应该写成朱砂的"砂"才对。县志载，至清咸同初年，开阳朱砂的开采和水银的冶炼产量位居世界第一，由此而形成的双流永兴场、白马洞、用砂坝、永温狗场坝以及洋水河边的白杨林等五大朱砂水银集市声名大振于天下，"金银用马驮"指的是这个吧。由此带来的是当地文化的进步、社会的繁荣，体现出来的是在当地建集市、修路、造桥、建寺庙，等等。特别是建寺庙，是一地经济繁荣的标志。并不算长的洋水河两岸，明清两代建有"一观七寺"，就是说一共建了八座寺庙。

"'一观七寺'中现在还值得一看的有几座？"我问老桂。

"玉皇观最值得一看，'一观七寺'，即指玉皇观、观音寺、轩辕寺、宝莲寺、六祠寺、回龙寺、毛安寺、东山寺，后来大都改变了用途，作村级学校的居多。现在金中政府所在地即是当年的轩辕寺，轩辕寺是作为玉皇观的脚庙而建的。到玉皇观看看再说吧。"老桂说着又领着我们往玉皇观而去。

玉皇观位于金中镇南面的金华山，在上洋水，即今金华村。"金中"一名的"金"即缘于此，"中"指洋水三槽之中心。玉皇观离金中镇政府不远，

寂桂和尚墓简介

大约半小时车程。车至观外山门口，下得车来却进不了大门。因无专人管理，大门时常紧闭。熟门熟道的老桂领着我们绕围墙从侧旁一荒径而入，正好得以观看庙基遗址。这大山深处好大一座庙啊！正如《开阳县志稿》所载："为黔北一大丛林，分三进，各十余楹，皆有厢；山门居中，僧甚众，分两房……夏历正月初九，远近来观燃烛者犹千余堂（每堂四十九支）。有不远川东而来者，若自安顺、清镇、龙里、贵定、平越（福泉）、遵义等来者无论矣。"我们走至观的左侧，赫然可见县级文物保护单位标志碑，上书"寂桂和尚墓"，碑后一土墓，四合壁龛式墓碑，碑上的字大都风化脱落，中间一行大字"明示寂开州僧正司开山始祖寂桂号天香老上人墓"依稀可见，碑联"禅功长伴山河新，皓魄永同天地老"亦可见。墓碑立的时间是清乾隆三十四年（1769年）。保护标志碑后有介绍，寂桂和尚（1598—1650年），俗姓刘，玉皇观开山祖师，南明开州僧正司僧正。玉皇观，初为朝阳寺，始建于明万历三年（1575年），清初与青菜寺、玉皇观合并仍称玉皇观。寂桂和尚于南明永历四年（1650年）圆寂后葬于观侧。寂桂和尚不但是玉皇观的住持和尚，还兼任着开州的僧正司僧正（专管佛教僧人的官，但不享受俸禄）。僧正司就设在玉皇观内，这里是开州最大的寺庙，也是开州的佛教中心。关于玉皇观的建寺情况，民国《开阳县志稿》有一段记载，极有趣，特录于下：

该观相传为三庙合成，一大水塘玉皇观，一青菜冲青菜寺，一桐子园朝阳寺。该观现址，原系滥蒲塘，苗民聚居之。僧某（寂桂和尚）通堪舆，欲得其地以立寺，虑苗民之不可也，知苗民素信鬼神，阴移神像于今址，而扬言某日神飞去，久之，于其地得神像。于是，好语苗民曰：神欲居之，奈何？苗民遂迁今之桐子园。今桐子园有苗民十余家，即其后裔。证以旧志"大水塘神像，阴雨飞降于此，乃造观祀焉"之语，及该观现存有明朝阳寺古钟，暨观内有井十余口，当可信。

寂桂和尚高明，为了得到"真龙宝地"建寺庙，他使了些手段，其用心之良苦，令人感慨，难怪这里成了黔北一大丛林。但遗憾的是，有440余年历史的玉皇观，如今除了能看到寂桂和尚墓、观内十余口古井和庙基遗迹以外，那口古钟和当年所有建筑都不翼而飞了。现在我们看到的玉皇观，基本是近年来在原址上重建的，耗资肯定不少，高大宏伟，但缺少寺庙的精、气、神。

"玉皇观毁于咸同起义，战乱平息后重建。重建的玉皇观又毁于'文革'时期。"返程途中，老桂说道。

其实，毁于咸同起义的何止一个玉皇观，整个开州十室九空，开阳的朱砂开采冶炼也在咸同起义时被迫停止了，洋水三槽成了土匪出没的地方。清同治十年（1871年），战乱彻底平息，洋水朱砂开采冶炼又红火了一段时间。民国初年，乖西长官司"改土归流"后，大规模的开采基本停止，朱砂水银逐渐淡出人们的记忆。几十年之后，洋水三槽又沸腾了，但不是因为朱砂，而是因为磷矿。

1959年3月15日，《人民日报》以"三阳开泰"为题，报道了贵州开阳、云南昆阳、湖北襄阳三大磷矿石基地的资源禀赋及矿山开采建设情况，开阳磷矿从此名扬天下。从那时至今，开阳磷矿已走过60多年的历程，是一个拥有年产500万吨优质磷矿石、350万吨高浓磷复合肥生产能力的现代化大型磷化工企业集团。开阳磷矿，是我国唯一不经选矿即可直接用于生产高浓度磷复合肥和磷化工深加工的优质磷矿。并且在洋水人们再次发现特大磷矿藏，现已探明洋水尚有磷矿资源量达8.01亿吨，相当于开阳磷矿已开采总量的两倍。50平方公里内，磷矿石平均厚度5.49米，矿石平均品位33.4%，属一级优质磷矿石。

　　看完玉皇观后，我们一行又回到金中镇政府，我又看到了吴作人题书的"洋水影剧院"几个大字。"洋水"二字在春天的阳光里，越发光辉灿烂、耀眼夺目。

永温古驿道

　　夕阳西下，万山丛中，炊烟袅袅，鸡鸣犬吠的小山寨依山傍水。沿山寨而过的石板路上，行色匆匆的商帮在落日熔金的余晖中，还在赶路。商帮马队清脆悦耳的马铃声，和着归巢的鸟鸣、牛背上牧童的短笛声，正演奏着夕阳古道上的交响乐……

　　这是我第一次走上那段至今保留还算完整的古道时头脑中闪过的"电影"。

　　古道位于开阳县永温镇永亨村简家坡，青石板路面，宽不到两米，长500多米。从那光滑圆润的石板镶就的路面，不难看出历史的沧桑，历经数百年人踩马踏的块块石板，在阳光下如一面面铜镜光彩照人，石板相连的缝隙间长出嫩绿的小草，疏松有致，柔软娇弱。石板路从满是松柏的斜坡至山寨前的田野里消失了。

　　古道在山寨旁消失了，但是在历史长河中却是永远存在的。永温原名狗场坝，又叫下狗场，是为了有别于相邻的修文上狗场（今久长镇），属水东宋氏辖地的乖西长官司。由于该地出产朱砂水银，又恰是黔蜀周道的必经地，明末由乖西长官司正长官杨氏出资建集市，逢戌（狗）日赶场，故曰狗场。这段古道即2013年被核定公布为第七批全国重点文物保护单位的"茶马古道·黔蜀周道"中的一段。

　　研究表明，贵州是中国历史上"茶马互市""茶马古道"的重要场所。贵州盛产优质马，如水东宋氏土司所辖的养龙坑长官司（今息烽养龙司镇）出

永温茶马古驿道

产"龙马"，明初进贡，受到明朝开国皇帝朱元璋的特别嘉奖，朱元璋非常喜欢这种马，赐名"飞越峰"，特命大学士宋濂作《龙马赞》。至今贵阳还有马王庙、养马村（今贵阳市级行政中心所在地）等地名即当年盛产"贵州马"的遗迹。贵州还有"黔西马""乌蒙马"等名马。"贵州马"的特点是特别适应山地作战和驮运。因此"贵州马"是"茶马古道"上的重要物种。同时，贵州不但是茶的故乡之一，还盛产优质绿茶，如都匀毛尖、贵阳花溪赵司贡茶、开阳南贡茶等均为皇家专用茶，由于贵州在明永乐十三年（1415年）建省之前分属四川、云南等地管辖，所产茶叶被称为"川茶""滇茶"。其实"贵州茶"才是向"西番"易物的主要物资之一。"茶马互市"把川、滇、桂连成一片，无论是川人南下、滇人东进，还是桂人北上，贵州因其地理位置的特殊性、重要性而成为贸易中心，成为"茶马互市"的重要场所之一，从而促进茶马文化的发展，贵州因此成为茶马古道的重要组成部分。贵阳地处黔中腹地，在"茶马互市"和"茶马古道"中的地位是不言而喻的。

茶马古道是唐宋以来，汉、藏及其他少数民族之间进行商贸往来的重要商道，它以茶马互市为主要内容，以马帮为主要运输方式，是我国西南地区具有独特历史文化价值的重要遗产。茶马古道是在特定自然环境和社会环境下形成的大型商贸交通体系，沿线的道路、驿站、关隘、桥梁、商号、茶园等各类文化遗存，蕴含丰富的自然和人文信息，以茶文化作为其独特的个性，在亚洲文明传播中起到重要作用。茶马古道沿途各类遗存反映了古代当地居民生产生活方式和传统文化，见证了延续千年的马帮文化。茶马古道作为各民族之间重要的联系通道，在促进民族团结和边疆经济社会发展、弘扬少数民族传统文化方面发挥了巨大作用。

由此可见，明朝开国皇帝朱元璋何等睿智，当年，他在接见来自西南"贵州宣慰使司"的两位女当家人刘淑贞和奢香，并准允二人禀奏后，反问道："何以报我？"

"愿为陛下刊山开驿传，以通往来。"二位女杰毫不犹豫地回答，令皇帝朱元璋感动，因为自他登基起，他即强烈地意识到贵州战略地位的重要，道路交通建设是重中之重。于是他当即授封刘淑贞"明德夫人"、授封奢香"顺德夫人"。

刘淑贞、奢香二人获封返回贵阳后，协力开道筑路、劈山架桥，揭开了贵州历史上最有影响的大规模道路建设。明洪武十七年（1384年），刘、奢二人再对道路建设进行分工，明确职责。刘淑贞主持改扩建贵阳城经往开州，过瓮安草塘，转遵义湄潭，连施秉接湘黔古道。改扩建川黔古道，即南起贵阳城北之雅关，经长坡岭、关口铺、毛粟铺，再经修文的扎佐、清水、砂锅寨，转到开阳的同知衙、两流泉、毛粟山、老董场、白杨井、简家坡、狗场坝（永温）、三板桥、三合场、刘家寨、两路口、马场，过宅吉乌江王回渡进入遵义（遵义当时为四川管辖），此即"黔蜀周道"。至明末清初，在此基础上，又以开州城为中心陆续开通四条通道，即出东门经顶坝、马家店、脚盆坡、过南贡河许家桥、林古、谷光、鲁朗、新寨至羊场，由羊场东可达福泉、瓮安，南可达龙里、贵定；出北门，经洞上、桃子窝、箐口、翁昭、过落旺河、花梨可达瓮安；出西门，经坑竹坝、夹山陇、干柏杨、石牛、陶家坝、双流、古哲溪（洋水）、狼鸡岭可达息烽；出南门，经打铁哨、鱼上坡、杉木庄、杨柳庄、双土地、燕子哨过光堵河，达修文。另一条经耳环屯、高粱吊、新场坝、枇杷哨、洗泥坝、"打儿窝"达贵阳境内。

奢香主持修扩建水西驿道，并立龙场（修文县城）等九驿，开偏桥（施秉县）、水东以达乌蒙（云南昭通）、乌撒（威宁县）、汉容山（湄潭县）、草塘（瓮安草塘镇）诸境。两条道路的修建，工程之艰苦浩繁可想而知。正是由于刘、奢二人的协力兴邦，历经数年，并延续后代接力，才使得明初贵州的官驿大道得以贯通，以贵阳为中心，横贯黔北、黔西，联络了湖南、四川、云南、广西等地，改变了贵州险阻闭塞的状况，为明永乐十一年（1413年）贵州建省提供了必要的条件。

今天"茶马古道"在贵阳的还有"白云长坡岭古道""修文龙场九驿蜈

古道人家

蚰桥及古道""花溪青岩古道"等。在开阳县境内的"黔蜀周道",除了"简家坡古道",还有"格九桥至下窑段""茶山关段""新观山段""龙岗镇鲁朗段"等,桥梁有"格九桥""三板桥""迎仙桥""南贡河许家残桥"等。

　　"黔蜀周道"在开阳境内除了作"茶马互市"的通道以外,还有一个极为重要的作用,即作朱砂水银交易的通道。如今尚能查到的开阳境内朱砂水银开采冶炼遗址主要集中在双流永温(狗场)、金中(洋水)一带,因此古道遗迹也在这一带最多。从隋末唐初起,直到2000年止,这一带朱砂水银开采冶炼具有1400年的历史。朱砂水银大量出口欧洲,由此带动经济的发展,对于早已建成的"黔蜀周道"的维护维修扩建再建方兴未艾,尤其是在修石桥建渡口上体现得最为明显,如这条道上的格九桥、三板桥、迎仙桥等即在那时所建。茶山关渡口也在那时得以整修提升,功能更加完善。山间林响马帮来,往返于这条道上的不仅有中国的马帮,还有高鼻子蓝眼睛的外国专家学者和商人。贵州历史上的咸同起义爆发后，"茶马互市"停滞，开阳朱砂水银的开采冶炼受到重创，"黔蜀周道"沉寂了。从清末至今，这条古道随着社会的发展进步被封存于大山之中。

"其实地上本没有路，走的人多了也便成了路。"当我再次走在永温简家坡那段已经成为文物的古道上时，耳边响起的是鲁迅先生的那句名言。岁月悠悠，当年刘淑贞修筑"以达于川"的"茶马古道"中简家坡一段古道旁，恰是如今贵遵复线上的"永温服务区"，如果你正奔驰于这条高速公路时，还能想起这山间的古道吗？

冯三冯公场

从开阳县城到马场（南木渡镇），必过距县城仅18公里的冯三镇。民国《开阳县志稿》说，冯三"清末多为哥老痞棍集中之所，故有小梁山之号"。

"小梁山"自然是相对于《水浒传》里的"水泊梁山"而言，于是"打家劫舍""劫富救贫"等绿林形象便成了冯三的底色留在人们的脑海里。

其实，冯三并非如此，研究表明，冯三在开阳县域内开文明教化之风气较早。清康熙五十年（1711年），冯三人黎昂（字霞轩）高中解元，即贵州一省的举人考试中的第一名，轰动一时，后又中进士，先后在湖广两地的麻城、汉阳、安陆等地任知县，后升任知府。

最能体现一个小地方经济社会发展的是开集市赶场，《开阳杨氏族谱》载：明崇祯八年（1635年），乖西长官司正长官杨光绥"计杨司所辖之马江山和狗场坝（永温）开场，此时杨光绥出银一百二十两与土人黑阿买地一片，以作场基，因杨司银少，尚欠四十两。又饬黎文奎出银四十两，以作场基半片之价，将场作抵"。乖西长官司正司杨光绥，在明朝廷灭了水东土司宋氏、以其领地十二马头置开州后不久，开了两个乡场，即马江山场和狗场坝场，因为这两地皆有"宝贝"，马江山出产烧炼水银的焦煤，狗场坝出产朱砂水银，杨光绥利用朱砂水银的赋税收入开了这两个乡场。而同时开两个乡场，银两不够，怎么办？动员乡绅大户捐款，因此，黎文奎捐白银四十两。同时，饬令场坝上经营的商家，每年出盐二十八斤，日杂百货、饮食酒茶等小店，每年出钱五千文，以作乡场的维护维修管理之费用。

出四十两白银的黎文奎你当是谁？黎昂是也。他曾高中解元，又中进士，在外为官。因此，黎昂是家乡人的骄傲，是家乡人引以为豪的人物，有人夸赞他是文曲星下凡。文奎即奎星（文曲星），故乡家人便称之为黎文奎。黎昂于清雍正三年（1725年），丁忧回到家乡，正遇家乡的场坝建设，他不但捐银四十两，还积极出谋策划参与建设。马江山原先建有场坝，位于今冯三上场口坪上，名猪场堡。由于管理欠缺，一遇到场期，杂乱无章，并且常有人打架斗殴，以致死人的事件发生，黎昂认为此地不吉，必须搬场，择吉地重建新场。这一认识得到了到任不久的开州知州冯咏的高度认可。于是，选准了现址建场。不多久，在乖西正司杨光绥、当地名流黎昂等的努力下，一条全新的街市建成了，新街市全石镶砌路面，总长七十四丈，宽一丈七尺，街两边商铺林立。

新建的马江山场坝令知州冯咏十分满意。他择定了新场的开场日期，亲自到场参加开场仪式，并给予场上的经商者以鼓励。在场的黎昂等人随即将新场命为：冯公场。冯，开州知州冯咏的姓氏；公，即对冯咏的敬称，"冯公场"就是对冯知州的高度赞许。

以人的姓氏或名字命名街市道路，如今似乎不少，而"冯公场"这一命名可是在380多年前，那时的场坝命名，常见的是以十二生肖或场坝所在地的名称命名，"冯公场"的命名实属罕见。《开阳县志稿》载，到任开州知州、开阳县（紫江）知事、县长者，共计一百五十人，历时三百零八年，即从明崇祯三年（1630年）至民国二十七年（1938年），以开阳最高行政长官命名场坝的也仅冯咏一人。

冯咏，字夔飏，江西金溪人，清康熙六十年（1721年）中进士，后改庶吉士。雍正初年任开州知州。下车伊始，立志整顿开州陈规陋习，将有关制度规章"立碑于州署门，使民知所遵守"。革除一些不合理摊派，减轻百姓负担，带头捐资集资，兴办义学。冯咏自筹银两于县城东门外龙会寺（今一中教学楼一带）前建先农坛，造正殿三间，东神仓一间，西洗牲所一间。"又以开州无志乘，掌故多缺略，乃延州人贡生卢灿等修《开州志略》"。初编四卷，成二卷。这是开阳有史以来的第一次修县志。冯咏对马江山的重建场坝十分关心支持，他深知这里地处"黔蜀周道"干线，又有煤矿资源。建好这个乡场极为重要，既可富裕这一方百姓，又可作他治理开州的示范。冯咏在开州任上数年，为开州百姓干了许多实事好事。由于他清正廉洁，功勋卓越，被列入了《开州名宦》录。

冯公场建好后不久，即划归开州思里（开州所辖十里之一）管辖，不再隶属乖西长官司杨司。辛亥革命之后，冯公场属七区马江山。1914年，冯公场随七区一起改属紫江县。1929年，改冯公场为冯公镇。1930年将冯公镇与三合乡（今冯三镇三合村）合并，改为冯三区，隶属开阳县。1992年，撤区并乡建镇，冯三区改为冯三镇至今。冯公场改为冯三区、冯三镇，那"冯"字还在，这是对知州冯咏最好的纪念。

冯公场建好后，迎来了120年的繁荣发展，至清咸丰初年，席卷贵州全省的咸同起义爆发，近20年的战乱蹂躏，冯公场也同开州其他乡场一样遭受重创，"黔蜀周道"被迫改道，商业停业，冯公场住户逃亡甚众，十室九空。清同治末年，战乱平息，面对"邑人百无二三"的局面，开州知州龙声洋奉命从其家乡四川招募乡人填籍，"故光绪一代，川人之移来者络绎，人不分士农工商，地无问城乡村寨，比比皆是，即填籍也"（引自《开阳县志稿》）。尤其是开阳的城关、羊场、冯公场、马场、清河（禾丰）等几个地方，四川移民较为集中。随之而来的是巴蜀文化，包括饮食习惯等，很明显的是川剧在上述几个地方特别流行，开阳有川剧团，演出很红火，一直到二十世纪五六十年代。老一辈的开阳人中，能"打玩友"（川剧票友）的川剧爱好者不少。

巴蜀文化的进入，有精华，自然也有糟粕，在川剧等文化进入的同时，"哥老会"也进入了，这一组织又集中在离县城不远的冯公场，因此说冯三有"小梁山"之称即源于此。哥老会也称袍哥会，是清末至民国盛行于四川的一个民间帮会组织，与流行于上海等地的青帮会、洪帮会号称当时中国的三大民间帮会组织。袍哥会，取名于《诗经·无衣》"岂曰无衣，与子同袍"，入会者皆如同一袍色（穿一个色彩的衣服）的同胞哥弟，即"袍哥人家"。袍哥会发源于晚清，盛行于民国，恰是四川移民大量进入开阳之际。袍哥会有明显的反清的性质，所以辛亥革命后袍哥会的活动更加公开化。因此，袍哥会在四川移民较为集中的冯公场出现也就不足为奇了。

沧海桑田，物是人非，冯公场从开场至今已经历了380余年的风风雨雨，冯公场成了今天的冯三镇政府所在地，仍是开阳县域内较大的商贸集散地，"场"的作用更大了。而人们茶余饭后还在讲着"冯公场"的故事。

马场六百岁

行不更名，坐不改姓。然而，已六百岁高龄的开阳马场，不知何故被改为楠木渡。

马场，因逢十二生肖中的"马日"集市赶场，故称马场。为了区分开阳南面的乌当羊昌马场，开阳马场又称"下马场"，羊昌马场称"上马场"。这类以十二生肖为场坝名称的地方很普遍、很古老，尤其是在贵州一省。《贵州图经新志》载："郡内夷汉杂处，其贸易以十二生肖为该市名，如子日则曰鼠场，丑日则曰牛场之类。及期各负货聚场贸易，乃立场主以禁争夺。"这是中国传统农历在民间的应用，集市赶场的地方，以赶场的日子命名，以十二生肖同十二地支相配，推算赶场的日子。周而复始，循环往复，于是就有了遍及各地的鼠场、牛场、兔场、龙场、蛇场、马场、羊场、猴场、鸡场、狗场、猪场等名称的场坝（集市）。到了清代，集市赶场的地方增多，同一区域或相邻区域出现了一些赶场日期相同的场坝，为了不重复，便以大小、上下、新旧、地名等来加以区分，如上马场、下马场、大羊场（今龙岗镇）、小羊场（今羊昌镇），等等。

十二生肖中为何不见"虎场"？虎为兽中之王，凶猛无比，谈虎色变，为百姓所忌。那就变通一下吧，用虎的"老师"猫来代替，猫可是最亲民的，于是就有"猫场"。离乌当偏坡乡不远有一猫场，相当大的一个集市场坝，现在改为"醒狮场"。睡醒了的狮子比虎更加凶猛，不是更加犯忌吗？是何居心，莫名其妙。

开阳马场不但其名有来历，其历史更是独特，有故事。如今的开阳县城还叫杨黄寨时，马场早已是集市赶场的大集镇了。民国《开阳县志稿》载："马场市街，长六十五丈，宽三丈五尺，洪武时里人杨、常等姓倡修。"洪武为明朝开国皇帝朱元璋年号，朱元璋开国坐天下，几乎同时马场集市逢午日赶场。朱元璋当皇帝的时间即1368年至1398年，凡三十年。因此，马场怎么算都有六百岁了。

说马场为明洪武时修，省去了一大段史实。其实是明初水东宋钦归附朱元璋，任贵州宣慰使，宋钦病故后其子宋诚尚幼，于是其夫人刘淑贞摄政贵州宣慰使，由于刘淑贞的聪慧才干，帮助明朝廷稳定了建国之初的贵州局势。刘淑贞被皇帝朱元璋敕封明德夫人。刘淑贞为报知遇之恩，也造福一方百姓，改扩建川黔大道，位于川黔大道要津的马场逐渐形成集市。这期间当地的大户杨姓和常姓等捐资建马场集市，逢午日赶场，因此诞生了"马场"。同时建造的蜈蚣桥尚存，当地人称鸡公桥，此桥即是"马场"的见证。

六百岁的马场，由于地处贵州第一流乌江中游，濒临乌江，因此，马场又名临江。唐初，开阳白马洞建蛮州衙署，这是宋氏土司统治水东地区的开始，马场属于蛮州所属的巴江县辖地。巴江者，临江也。"巴"，西南官话，即濒临之意，"巴到"即为"临近"的意思，马场地恰巧"巴到"乌江，故由巴江县所辖。元代，马场成了水西安氏土司的辖地，隶属乖西军民府。元皇庆时期，马场又归播州（遵义）杨氏土司管辖。

统治贵州的安、宋、田、杨四大土司，除了思南思州的田氏之外，安、宋、杨均来争夺这弹丸之地的马场小镇，是何道理？

今天在离马场镇不远的茶山关渡的石壁上，还能清晰地看到"黔蜀古分疆""蜀水黔山"等石刻。在清雍正朝以前，遵义尚未划归贵州管辖，马场即是贵州省的北大门，贵州、四川两省交界即为乌江，乌江以南为贵州，乌江以北为四川。这个独特的地理位置，使得小小马场成了自古兵家必争之地。

明宣德初年，贵州宣慰使宋斌征讨乖西时，又收回原本属于水东宋氏所

黔山蜀水茶山美

辖的马场，设置了马场马头，成了水东宋氏所辖的十二马头之一。马场马头衙署最先设在马场谷阳老马寨，后迁至马场黄木马坪马头寨。与马场马头一江之隔的播州（遵义）杨氏土司，自唐代入主播州到明末最后一代土司杨应龙，杨氏统治播州共计七百二十五年。播州杨氏积累了雄厚的物质财富，军事上也称为"播兵雄师"。杨氏土司一直忠于中央王朝，按时朝贡，服从征调，认真履行一个土司应该履行的各种义务。但是到明后期，杨应龙袭任播州宣慰使后，各种矛盾显现并开始激化。加上杨应龙贪婪成性，欲壑难填，为巩固和扩大杨氏基业，不断挑起土司之间的战争，造成辖区内和周边社会的动荡不安。在政治上野心勃勃，欲成霸业，公然在海龙囤（今已成世界文化遗产）的宫室中，以龙凤作为装饰，命世人称自己为千岁，私自将儿子杨朝栋立为"后主"。杨应龙已经搞得民怨沸腾，朝廷震动。于是，明万历二十五年（1599年）三月，明朝廷命贵州巡抚江东之、都司杨国柱，率三千兵士前往播州"教训"杨应龙。哪知在飞练堡一战，江东之的三千兵士全军覆没，江东之为此被免贵州巡抚一职。因此，杨应龙以海龙囤为基地，公开反叛明朝廷。七月，朝廷命郭子章出任贵州巡抚，增加备战经费白银100多万两，做平播战役的准备。同时，派遣贵州宣慰使宋承恩（水东土司第二十四代传人），率水东士兵驻守贵州北大门——马场马头，严防乌江对岸的杨应龙叛军过江，确保省城贵阳的安全。

明万历二十六年（1600年），鉴于杨应龙军的强悍，大本营海龙囤固若金汤，朝廷命总督李化龙调集四川、贵州、湖广二十四万大军，兵分八路进剿播州杨应龙。其中贵州巡抚郭子章率领的平播军队，以骁勇善战的水西兵为主，防守乌江沿线。郭子章所率的部队哪是杨应龙兵的对手，万历二十六年初，乌江边的一次战役中，郭子章的黔军竟然阵亡了二万七千多人，尸横遍野，血流成河，染红乌江。至今人们还能看到马场镇胜利村乌江中游河口渡（亦称河槽渡）岸边的"明征播战亡士卒合冢墓"，就是那次战争的历史证物。那是平播战役结束后，贵州巡抚郭子章亲临马场河口渡搜集阵亡将士遗物埋葬的合冢，并题写碑文"明征播战亡士卒合冢墓"，墓碑上还有"巡抚军门郭明文"（明文即郭子章的字），"万历二十九年六月吉日建立"等字。

这次乌江之战，郭子章部不但阵亡了二万七千余名将士，杨应龙叛军还分别从河口渡、茶山关过江，夜间将驻守在马场马头的贵州宣慰使宋承恩掳掠而去，挟持上了海龙囤。郭子章在奏报中写道："播酋掳去防御宣慰宋承恩。先是，承恩与应龙翁婿之情，其被掳也，顺逆之情尚未可知……"历史记载水东宋氏与播州杨氏几代联姻，宋承恩与杨应龙确属翁婿关系，只是尚未成婚，宋承恩是杨应龙未过门的女婿。女婿防守老丈人，被老丈人掳掠而去，是顺情？是逆情？的确难说。既然巡抚郭子章已经知道水东宋承恩是播州杨应龙的女婿，平播战端一开，宋承恩应回避才对，为何还非得让宋承恩坚守在第一防线上呢？是明朝廷在考验宋承恩吗？骄横残暴的杨应龙，乌江一战，砍杀了郭子章的二万七千余名将士，为何对代表明朝坚守在乌江边上的贵州宣慰使宋承恩仅仅是掳掠而去，并没有杀害宋承恩，能说他们没有翁婿之情吗？宋承恩世世代代永受皇恩，面对强敌，为何不取义成仁呢？总之，水东宋氏、播州杨氏在马场留下了一个化解不开的历史之谜。

明万历二十六年（1600年）七月，李化龙统率的二十四万明军，经过152天决战，攻破了杨应龙的海龙囤大本营，杨应龙自缢而亡，整个平播战争结束。次年，明朝廷对杨氏土司的领地实行改土归流，将杨氏统治近八百年的播州设置为遵义府和平越府（今福泉），遵义府隶属四川，平越府隶属贵州。到了清雍正年间遵义也划归贵州。平播战争结束后，总督李化龙在《献俘疏》再次提到宋承恩，"贼女一口杨贞惠，酋长女，年一十九岁。许聘贵州洪边宣慰宋承恩，愈时未婚"，"贼婿两名：宋承恩，酋长女婿，年二十二岁，系洪边宣慰使，世袭。马千驷，酋次女婿，年一十八岁，系石砫宣慰司宣慰马斗斛次子"。宋承恩是杨应龙的女婿是不争的事实，被杨应龙掳往海龙囤后，引起了朝廷的重视。作为贵州宣慰使的宋承恩，同杨应龙一样都是朝廷任命的三品大员，水东土司当家人，他是否归顺了杨应龙，也反了？事关重大。为了弄清事实真相，万历皇帝特命四川、贵州两省巡按查实上奏。调查的结果是：平播时俘获的宋承恩确系贵州宣慰司袭任宣慰使，在宋承恩四岁时，杨应龙特将三岁不到的长女杨贞惠许配给水东宋承恩。杨应龙反叛时，水东宋承恩多次提出解除婚约。后来宋承恩奉命率士兵驻守乌江南岸马场马头，宋承恩也因此被杨应龙偷袭掳去监禁于海龙囤。宋承恩绝婚于前，被俘于后，被俘后的宋承恩亦从未随杨应龙反叛。所查属实，万历皇帝恩准宋承恩放回原籍（回到乌当新添寨），削职为民。其贵州宣慰使职由其堂弟宋真相代替。

明天启元年（1621年），宋万化袭任贵州宣慰使，成为水东末代贵州宣慰使。天启二年（1622年），宋万化与水西贵州宣慰同知安邦彦反叛明朝廷，明崇祯三年（1630年）被平定，以水东宋氏所辖的十二马头设置开州。至此，贵州四大土司皆被"改土归流"，消失在历史的长河里。马场却因此见证了杨、宋两大土司的败亡而永远留在人们的记忆里。

马场六百岁

宅吉安家洞

　　如果说开阳马场是水东宋氏土司与播州杨氏土司联合见证的话，那么开阳宅吉则是水东宋氏土司与水西安氏土司交融的见证。

　　贵州历史上，曾经任过宣慰使的四大土司，除思南思州（今铜仁地区大部）的田氏土司之外，安、宋、杨三家都在这乌江中游南岸的马场、宅吉上演一幕幕精彩纷呈的大戏，你看他们，时而如胶似漆，时而反目成仇，时而联手出拳，时而明争暗斗。如此这般，拉拉扯扯，一起走过元代，走过明代。滚滚乌江东流水，"浪淘尽，千古风流人物"，在这如画的江山里，寻觅他们当年的遗迹，无疑是在寻获一份厚重的精神财富。安家洞便是这财富中的一笔。

　　安家洞，位于开阳宅吉乡集镇附近的陈家屋基，一个天然溶洞，为何冠以"安家"呢？

　　这个"安家"不是别家，正是水西安氏土司。这里分明是开阳宅吉乡，水东宋氏的地盘，怎么又插入了水西的辖地呢？水西安氏，彝族，地连千里，兵强马壮，掠地盛广。元代时，就连开阳城亦属水西辖地。明初，宋安两家当家人携手归明，明朝开国皇帝朱元璋特命宋安两大土司"合署"于贵州城（贵阳），设立"贵州宣慰使司"，水东宋钦和水西蔼翠同授宣慰使司职，三品，世袭。安氏排名宋氏之前。蔼翠，彝族，无姓氏，朱元璋特赐蔼翠安姓。明确宋安两家的辖地，以鸭池河（乌江中上游一段）为界，河东称水东，为宋氏辖地，亲领十二马头，代管十长官司；河西称水西，为安氏辖地，统领十五则溪、四十八目。但是由于历史原因，仍有两则溪六目在水东，开阳宅吉（则

溪）即是其中之一。

　　洞，在山的国度里，平常如草芥，随处可见，然而，能名扬者有几何？江山亦需文人捧，修文龙场阳明洞如是，开阳宅吉安家洞亦如是。

　　五百年前，已是二品京官的王阳明，因上书援救蒙冤入狱的同僚，得罪了权倾朝野的大太监刘瑾，并且触怒了皇帝，被廷杖四十大板之后，皇帝御笔一画，笔尖遥指西南边陲的蛮荒之地。王阳明被贬在贵州龙场驿（修文县城）做驿丞，由二品京官变成了一个驿站只管接待的犯官。历尽艰辛到达龙场驿的王阳明无安身之地，只得居住在驿站附近的山洞里，先住驿站南面一山洞，随遇而安的王阳明于洞内研读《易经》，王阳明便将此洞命名为"玩易窝"，并满怀深情地写下了《玩易窝记》。后王阳明又迁居驿站东面龙场山的一洞，叫东洞。此洞勾起了王阳明的思乡之情，他便将此洞当作了家乡的阳明洞，赋诗《始得东洞遂改为阳明小洞天》三首。在洞中，王阳明除了继续研读《易经》，还对当时在思想界占主导地位的理学进行梳理，深入研究，吸取其合理内核，建立自己新的哲学观点，提出了"知行合一""致良知"等新观点，这即是后人推崇备至的"龙场悟道"。阳明洞从此名扬天下。

安家洞，也正是因为对王阳明推崇备至、尊敬有加的安国亨的到达而被世人所知。

安国亨，水西安氏土司第七十八任传人，明嘉靖四十一年（1562年），水西贵州宣慰使安仁病逝，其子安国亨袭任宣慰使职，但因安国亨年幼，便由其叔父安万铨摄政。到安国亨长大了，与叔父安万铨发生了矛盾，安万铨向朝廷上奏安国亨滥用兵权，祸及无辜，明朝廷于是罢免了安国亨水西贵州宣慰使职，其职由叔父安万铨袭任。安国亨为了官复原职，一直不懈努力，每年都向朝廷贡献战马、金丝楠木等"方物"，最终感动了明朝廷，又于万历九年（1581年），重新任命安国亨袭任水西贵州宣慰使一职。

在历代水西宣慰使中，安国亨的汉文化水平为最高。这除了他自幼聪慧、喜读诗书之外，还与王阳明对他的影响分不开。明正德三年（1508年）春，遭贬的王阳明一路艰辛来到了修文龙场驿。这里是安国亨的先祖奢香夫人建的"龙场九驿"中的第一个驿站，是水西安氏的辖地。王阳明在阳明洞"悟

曙云洞

道"的同时，还在洞旁创建"龙场书院"，聚徒讲学，传道授业。这在当时还是南蛮荒野的龙场，无疑是破天荒的壮举，王阳明的善举、学识、人品等不但感动了当地百姓，更是感动了这一方的霸主——水西贵州宣慰使、安国亨的曾祖父安贵荣。

这位彝族大首领以本民族的最高礼遇招待王阳明，为王阳明送来金帛、鞍马、肉食、柴火、木炭、鸡鸭等，王阳明在《与安宣慰书》中写道"敬受米二石，柴炭鸡鹅悉受如来数"。王阳明称安贵荣为"使君"，自称"罪人"。王阳明还受安贵荣之托，为安氏一族撰写了《象祠记》一文，此文与

安家洞石刻

宅吉安家洞

王阳明的《瘗旅文》一起成了清人选编的《古文观止》中的千古名文。王阳明以政治家的风范成功劝说安贵荣出兵帮助水东宋氏平息辖地内叛乱，不但保了一方平安，也有效地保住水西水东两家贵州宣慰使的世袭职位。王阳明与安贵荣深厚的友谊，其实是传统汉文化对水西彝族文化的一次大引领，也是汉文化与水西彝族文化的大融合。安国亨虽然无缘面受王阳明的教诲，但王阳明同其曾祖父安贵荣那份深厚的交情，王阳明的学识、人品，特别是王阳明博大精深的思想，对安国亨影响的确很大。因此，安国亨不仅能诗善文，还是一位思想深邃的政治家。为政清廉，鼓励开垦，劝以农桑，体贴关心贫困者，给予其农具、耕牛、种子等，深得民心。安国亨对王阳明的崇敬，至今还能看到安国亨题于玩易窝洞内上方的"阳明玩易窝"石刻，并为此作七言绝句一首："夷居游寻古洞宜，先贤曾此动遐思。云深长护当年碣，犹似先生玩易时。"在龙岗山上的阳明洞安国亨题刻于洞额上方的是"阳明先生遗爱处。"

明万历二十年（1592年），官复原职的安国亨雄心勃勃，踌躇满志，率领其属下幕僚等，渡过乌江，从水西来到水东，巡视其所辖的十三则溪中的"水东则溪"（亦称"水外则溪"。"则溪""宅吉"等均为彝语译音，意为"驻有军队，有粮仓的地方"，由此演变为水西安氏辖地内的行政机构名称，与水东宋氏所辖的"马头"级别相当）。

安国亨是首次抵达这地处乌江岸边的水东则溪，这里物产丰富，景色秀美。文学修养极高的安国亨对此地赞叹不已。而更为奇特的是，那个离则溪治所数百米的天然溶洞，因驻过安家兵士，当地人称之为"安家洞"，竟然在田坝之中，可居住，可玩赏，景致奇特，别有洞天，世外桃源。沿洞口逐级而下，即到一洞厅，高大而宽敞。两边还有侧洞、洞套洞、洞中洞，洞顶洞壁挂满了奇形怪状的钟乳石。由于此洞前后有高大的洞口，光线很充足。后洞口出，又可进一稍小些洞厅，称为二洞。二洞有道，往下行，行至半，可闻水声潺潺，那是暗河流水，出洞后便汇入乌江里去了。进得洞来，凉风习习，为之

安家洞石刻

一爽。站于洞中的安国亨动了遐思，又一次想到了王阳明读《易经》的"玩易窝"，想到了悟道的阳明洞。

　　此情此景，为何不像先贤阳明先生一样赋予此洞以灵魂呢？随行中也不乏诗词歌赋撰对题词的高手，还是自己先来吧。

　　名称安家洞，俗了一点。立于前洞，可见后洞云门（洞口较小）曙光照耀，进入后洞，透过云门又见天上彩云飘飘。如此仙境，那是山神的宝贝啊！于是安国亨题入洞石门坊额首"宝王玉曙云洞"。前洞洞壁上题"曙云洞"。此洞既为"安家洞"，我安国亨就是此洞的主人。于是安国亨即题"龙源小洞天"于前洞洞壁中央，龙源即安国亨的字号，常自称"龙源主人"。

　　一行随从，毫不示弱，纷纷题诗词对联等于洞壁上。

何必桃源更问真，云崖长日自生春。

幽看流水循环妙，巧爱悬空象纬新。

坐久不辞山月上，机闲真得海鸥亲。

奇踪更觅尘中少，一曲沧浪此濯缨。

这是题于洞壁右侧，紧挨"曙云洞"三字的诗。落款为"壬辰岁夏启吾书"。壬辰即明万历二十年壬辰岁（1592年），启吾，高汝吉字。高汝吉是水西安氏的高级彝巫，通晓彝经，能诗善文，常与其主安国亨诗词唱和。

六月尘埃不暂休，邕从更向白云游。

人间静处皆仙境，何事怅骞问斗牛。

此诗题于前洞壁左侧，落款谢天佑，时间同上。

不厌尘中日去留，云和风静水声幽。

人生剩有陶闲处，若向尘埃自白头。

此诗落款"壬辰岁龙泉清吏廖子书"，廖子，安国亨属吏，不知其名。

仙洞云间草自春，石枰禅塌净无尘。

寰中亦有忘机处，遥岛何劳复问津。

此诗落款为"壬辰岁夏五日李佐溪书"。李佐溪为安国亨侍从。

为寻幽意石岩开，水静云间鸟去来。

惆怅箕山高尚者，不将名姓换尘埃。

落款"壬辰岁夏槐亭陈君书"。槐亭，陈恩的字，汉族，陈氏一族历代在水西贵州宣慰使司内任要职，陈恩后来又辅佐安国亨两个儿子安缵臣和安尧臣，以及孙子安位。

洞内除以上题诗外，还有"醉仙台"石刻一方，题于前洞后壁一处景致，像一浓缩版的仙人居所，有门庭、云门、云梯等。对面一钟乳石极像仙人饮酒态，也题"醉仙台"。还有"槐亭幽意""云门""卫氏仙洞""起吾清隐"等题刻。

1927年，时任开阳县长的王壬林，游完安家洞后，有感于洞内题辞、联对、题诗等，无论从内容上，还是从书法、石刻的表现手法上，其艺术水准之高，实为罕见。在这偏远、近于蛮荒之地的安家洞，这简直就是世外桃源，随即挥毫题刻：

人来迷处是仙居，客到此间无俗气。横批：别有洞天。落款：赤水王壬林题。

安国亨一行在安家洞一番题刻之后，打道回水西时，是从离宅吉仅数公里远的乌江古渡王回渡过江的，今在渡口右岸尚能看见安国亨与随从高汝吉二人留下的摩崖石刻诗。

安国亨诗：

古渡雄关海岳收，澄清今济木兰舟。
循源望入银河去，直北长安天际头。

高汝吉诗：

安家洞

冠盖同登万里澄，王回气概自今增。
吾生幸际明时久，自愧无才报未能。

安国亨一行离开安家洞后，再也没有回来过。

其实，安国亨也不可能再到他的"水东则溪"了，几年之后，乌江北岸的播州宣慰使杨应龙公然反明朝廷了，为配合朝廷剿灭杨应龙，水西安氏出兵三万，在乌江岸边打头阵。那一仗，他们安家竟然阵亡了二万七千余人，离王回渡不远的河口渡岸边的"明征播战亡士卒合冢墓"埋葬的就是水西安氏的阵亡将士啊。

后来水西也同水东宋氏一起反了，纵横驰骋几年之后，也被剿灭了，贵州宣慰使司不存在了。

然而，安家洞还在。

禾丰"六月六"

传统节日中，我认为"六月六"最为特别，地不分南北，时不限古今，人不辨族别，上至大邑都会、下及穷乡僻壤，士农工商，无不以"六月六"作为佳节。由于地域和民族的不同，对"六月六"的称谓、过法、祭祀对象等自然不同。汉族有伏羊节（此称谓始于春秋战国）、洗象节（元、明、清三朝为法定节日）、洗晒节、虫王节、禾苗节、丰年节、半年节、祭神节、鬼挑爪节等；布依族称"六月六"为过"小年"，壮族的"六月六"与布依族相似；苗族把"六月六"叫"山歌节"；哈尼族管"六月六"叫"苦渣渣节"；土家族的"六月六"热闹非凡，等等。无论哪个民族过"六月六"，其用意无非都是禳灾祈祷。

古时把"六月六"还称为"天贶节"，这是源于北宋真宗皇帝赵恒，传说他在位时，有一年的"六月六"，天帝赐天书给他，指点他治国安邦永保大宋江山。于是真宗皇帝将"六月六"定为"天贶节"，并在泰山脚下岱庙旁建"天贶殿"。

北宋大文豪苏东坡在《过漆州涂山》一诗的注释中说"淮南人传禹以六月六生日，是日数万人会于山上"。苏东坡所见的数万人会于漆州涂山欢度"六月六"，是为纪念治水"三过家门而不入"的大禹。

然而"六月六"传到今日，唯布依族过得隆重而热烈。我有幸在开阳禾丰布依族苗族乡工作好几年，每年都过"六月六"，所见所闻，终生难忘。

那是农历六月初六，盛夏的清晨，太阳才刚刚醒来，清龙河边上的王车桥头、中沙坝、麻柳林以及民族中学的操场上早已欢声笑语，人们在那里忙碌着，做唱歌、斗画眉等活动准备工作。布依族妇女们身着蓝布衣裳，用白布头帕整齐地在头上包缠成圈，腰间的那匹绣花镶边的围腰更显风采，裤脚镶花边，脚穿绣花鞋。她们容光焕发，神采飞扬，在那里谈笑嬉戏，忙前忙后。青年小伙子们，身穿蓝色的布衣布裤，脚上一双线耳草鞋（草鞋鞋帮是用麻线编织的），好几个还在腰间插着一束木叶，那是准备吹奏用的。他们个个精神抖擞，心中早已在盘算着今日一定要好好地露一手。那低头红脸的姑娘是王车寨上的，好漂亮哟！

人们在歌场上忙碌，在山寨里更是忙碌，远远就听见肥猪夸张的尖叫声——那是在杀猪。一进寨你就会看见，打糍粑的、推豆腐的、杀鸡宰鸭的，家家户户都在忙，不管认不认识，他们都会对你说，"等一下来吃饭啰！"你会被感动的，因为他们无论言谈还是举止都那么真诚、那么热情、那么有礼有节。

老人们也在忙里忙外，准备香、蜡、纸、烛，摆好堂屋里供桌上的碗筷杯碟，隆重祭奠盘古，那是他们的保护神，也是他们的先人，是盘古教会他们种植水稻。同时还要祭社神、山神、田神，祈求众神护佑，风调雨顺，五谷丰登，六畜兴旺。

太阳升上头顶，歌场上的人越来越多，邻近乡镇的布依族群众也来了。歌场上，歌声在青山绿水间荡漾开了。一定要细细品味，那歌声是何等奇妙，无论是独唱、齐唱、对唱，也无论是男声还是女声，一律高八度，尖细清朗，在木叶的伴奏下，似乎一根根看不见的钢丝，牵着一串串看不见摸不着的优美音符迎面扑来。那歌声有板有眼，曲调各异，除了有《四平腔》《三滴水》等各地布依族大都会唱的歌外，在禾丰还流传着与其他地方布依族唱法不同的《芭弯小调》。这是禾丰乡文化站老萧的功劳，他硬是听出了王车芭蕉弯寨上布依族同胞的唱腔吐字有别于其他地方，于是他实地进行研究总结，名之曰《芭弯小调》。我也同老萧一起去听过，我毕竟外行，说不出道道，但我可以

芭弯小调唱芭弯

肯定那是芭蕉弯歌手们唱布依族山歌的创新唱法。

布依族歌中，最有趣的是盘歌。如果在歌场的话，你定会想到电影《刘三姐》中的场景。这布依族歌男女对唱中也同样有诙谐幽默的对答，同样令人捧腹喷饭。还有叙事歌的优雅漫长，要有耐心才能听完。曾记得一次我陪客人听唱《十二园圆歌》听了半天，客人有些坐不住了，演唱者仍然津津有味地唱着，一打听，说才唱完六月间，意思是才唱了一半。后来歌者对我说，他差得远，当年他师傅唱三天三夜"不翻豆秆"（不重复），那才叫真本事。

情歌是布依族青年男女最爱唱的，在男青年木叶吹奏的伴奏下，曲调更显高亢嘹亮，热情奔放。心慕已久的青年男女，终于有了机会表达，这优美的歌声就是沟通的桥梁。假如还没有自己的心上人，通过歌声也会找到的，一歌定终身，一面即钟情。当然，情歌不能乱唱，例如本寨不能唱情歌，同宗同源不能唱情歌，同一姓氏不能唱情歌，这三条规定是必须遵守的。这是何等睿智，这不就是优生学的内容吗？

听了歌，不要急着离开，龙滩坝那里虽然不如歌场热闹，但也里三层外三层地围了许多人，这里正在举行的是斗画眉，也叫画眉打架，参与者不论族别，布依族、苗族、汉族都有，而且几乎都是壮汉，那形态丝毫不亚于城市中的宠物爱好者。

"六月六"在禾丰原本是布依族的传统节日，而不知从什么时候起，在禾丰乡境内的苗族、汉族等群众也一起参与了。看他们，将两个画眉笼的门打开挨在一起，笼中两只画眉便跳到一起厮杀起来，你啄我一下，我啄你一下，你蹬腿，我扑翅，时而打成滚笼，时而又打成合嘴，两笼画眉的主人，蹲在各自的画眉笼旁，神色凝重，目不转睛，暗自较着劲。围观的人群指指点点，评头论足，说长道短。

"哎哟，他的那只是典型的钉子嘴，柴块脚，打架太凶了，你那只哪是对手。"

"我家里另有一只，比他那只厉害，只是今天没有提来。"

"哈哈……"

两笼画眉刚打完，就有上面的对话，还在人们对两只画眉议论纷纷时，另外的两笼又上场了。

斗牛、斗画眉，一走兽一飞禽，一大一小，纵使之斗，观之以乐，实在太会"玩"了，令人佩服。

当天边晚霞流彩时，唱歌、斗画眉也就基本结束了。而山寨里家家户户那顿准备已久的晚餐也将开始，那时会听到布依族盛名的《敬酒歌》。不过，歌可多听，酒一定要适可，那香甜甘冽的布依族米酒，常常是"酒不醉人人自醉"，醉而难醒啊。

南江长官司

　　如果说马头寨是千年水东大土司宋氏的遗存的话，南江乡长官司则是小土司乖西长官司副长官刘氏的遗存。这长官司是开阳几个我最称心满意的古村落之一。

　　长官司距离县城十余公里，却归属于开阳的另一个乡——南江布依族苗族乡，原称哨上乡。此长官司离"国保"级的马头寨不远，离4A级景区南江漂流更近，一个依山傍水的自然村落静悄悄地待在那里。它的宁静来自于它的平淡，正是这平淡对峙着显赫。我常想，古代文人中有一批仕途受挫遭受打击之后，或隐于山林，独钓寒江雪，特意标榜着一种孤傲，恐怕难得真正的宁静，因为基本生活上的一系列问题会来打破那份宁静。如能结庐在长官司这样的村落里，享受着小桥、流水、人家的平淡生活，那是何其美哉！唯平平淡淡与世无争的生活中才有宁静。

　　长官司最有味道的是那条河，叫公鸡河，不大，清澈见底，从寨前田园中间淙淙而过，往前即汇入南江漂流的清河里去了。它不像绕开阳四周的乌江、清水江等，因河床深陷，坡陡谷深，可望而不可即，无法与人亲切。公鸡河上游不知何年何月修筑了水坝和沿山沟渠，公鸡河仍在灌溉着长官司寨前那一大坝田地。"一沟水一坝田"，那可是农业文明时代富裕的象征啊。这里不但水秀，而且山青山润，有故事，有民谣曰：

青龙高山望，黄狮过大江。

天鹅隔河抱，金鸡配凤凰。

青龙、黄狮、凤凰，皆山名也；"天鹅隔河抱"，即天鹅孵蛋，地形也；大江，指南江河；金鸡，即公鸡河。这些由长官司周围的山水名称而流传的民谣，活脱脱地说明了长官司即是一难得的"风水宝地"。也许正因为如此，咸同起义后期，继任乖西长官司副长官的刘荣春将其衙署迁移到公鸡河畔。从此，原本是土司制度中最基层的土司官衔称谓"长官司"即成了这一地的名称，一直沿用至今。

长官司，是土司中最低一级的区划名称。土司制度是元、明、清三朝在国家体制下，统治西南、西北等边远少数民族地区所实行的一种特殊的地方行政管理制度。明代在元代的基础上更加规范土司制度，明确了各级土司官员的行政级别。即宣慰使司，宣慰使一人，从三品；同知一人，正四品；副使一人，从四品；佥事一人，正五品；经历司经历一人，从七品；都事一人，正八品。水东宋氏即为贵州宣慰使司宣慰使，故称大土司。

宣抚司，宣抚使一人，从四品；同知一人，正五品；副使一人，从五品；佥事一人，正六品；经历司经历一人，从八品；知事一人，正九品；照磨一人，从九品。

安抚司，安抚使一人，从五品；同知一人，正六品；副使一人，从六品；佥事一人，正七品；其属吏目一人，从九品。

招讨司，招讨使一人，从五品；副招讨一人，正六品；其属吏目一人，从九品。

长官司，长官一人，正六品；副长官一人，从七品；其属吏目一人，未入流。蛮夷长官司，长官、副长官各一人，品级同长官司相同。乖西长官司正副二长官杨氏和刘氏即是此级别，故称小土司。

以上为明代的武土官，一般都称为土司。同时还有文土司，即土官，如土知府、土知州、土知县等。清代沿袭了明代土司制度，但取消了蛮夷长官

南江长官司

司，增加了土千总、土把总、土守备等武土司。明清设置的长官司主要职责为负责辖地内的治安、户籍管理和征收赋税等。长官司正、副长官各设衙署，各有辖地，各自独立行使其行政权力。乖西长官司设于明初，为贵州宣慰使水东宋氏所辖的十个长官司之一。明末，水东宋氏被明廷灭掉后，以宋氏所辖的十二马头置开州，开州辖十里二司。二司即乖西长官司正司和副司。

乖西正长官杨氏，其入黔始祖杨立信，江西庐陵人，于唐末五代时（907—960年），征讨黑羊箐（今贵阳市）有功，被授予土职（安抚使）。至明洪武初年杨立信后人杨文祯（真）归附明朝廷，被授予杨文真乖西长官司长官，世袭。历明清两代至民国初年，其辖地为今开阳冯三镇、花梨镇、龙水乡、楠木渡镇谷阳村一带。

乖西副长官刘氏，其入黔始祖刘启昌，也是江西庐陵人，与杨立信一起同受朝廷派遣于唐末五代时，征讨黑羊箐有功，被授予土职（安抚使副使）。至明洪武初年，刘启昌后人刘海同杨文祯一同归附明朝廷，被授予刘海乖西长官司副长官，世袭。历明清两代至民国初年。刘氏辖地为今开阳双流镇大部、金中镇、永温镇、城关镇西南部和南江乡北部一带。

乖西长官司因双流有乖西山而得名，乖西山又因宋末元初山上高峰寺内有名士鲁郎隐居而成为水东的文化名山，元代因此设乖西军民府和雍真葛蛮乖西等处。明初设置的乖西长官司正副长官皆源自乖西山下，他们的衙署分别在今双流镇刘育村的杨家衙和刘家大寨，后来均有搬迁。明万历二十八年（1610年）副长官刘瀚在养牛寨（后又改为永兴场，今双流街）开场，并迁衙署于永兴场。因为朱砂水银开采冶炼的兴盛，永兴场成为贵州省内的著名集市。至咸同起义爆发，清军与何得胜的义军在永兴场一带多次激战，给双流永兴场造成毁灭性打击，副长官刘氏衙署毁于战火之中。

清咸丰十年（1860年），袭任乖西长官司副长官的刘标在战乱中病故，其子刘荣章继任副长官，随军征战，以平息战乱，而三年后的同治二年（1863年），副长官刘荣章战死离县城不远的桃子窝。刘荣章之胞弟刘荣春继任副长官，鉴于双流永兴场的衙署已无法办公和居住，刘荣春迁乖西长官司副长官衙署及其家庭于公鸡河畔今长官司。一向默默无闻的无名村寨包容了一个"副县级"的行政机构，可以想象当年官司还是热闹过一阵的。清同治十年（1871年），咸同起义平息，刘荣春又在乖西长官司的发祥地双流重选地址营建乖西长官司副司衙署，重选新址即今双流刘家衙。清光绪初年，刘荣春从公鸡河畔长官司迁到新建的"刘家衙门"，"刘衙"一地因此得名，直到1930年改"刘衙"为"刘育"。民国初年，土司制度彻底革除，乖西长官司不复存在，而副长官刘氏后人刘华清任开阳县第五区（双流）区长，率刘氏族人捐献家庙庆寿寺四十四间房舍以及庙产田土兴办刘衙小学校。同时刘华清另建刘氏宗祠于刘衙官坟。

刘氏副司衙署在公鸡河畔虽为历史长河中的昙花一现，但这朵"花"却没有凋谢，如今的长官司虽不热闹，却并不失为留住乡愁的好去处。

龙岗川会馆

漫步在开阳龙岗镇街上，你会看到，靠屯上坡一端的老街街头有一座木结构的建筑，虽然有些破旧孤独，但仍不失当年的气派。坐南朝北，一正两厢，高墙之中，形成一个封闭的四合院。这就是开阳龙岗川会馆，也称客籍会馆。

会馆，即旧时同乡的缙绅、科举之士和工商业者所组成的团体在他乡都市中居停聚会的场所。会馆始于汉唐时期，当时在都城的"郡国公邸"，是专供进京朝觐的各地官员的食宿之处；宋元时代，有专门为进京应试的举子提供食宿的"状元店"，这些即是会馆的雏形。会馆在明清两朝发展到鼎盛时期，形成了独特的会馆文化。在京城里，主要是为各地举子进京赶考提供食宿的会馆，故又称为"试馆"。清末徐珂的《清稗类钞》记载在北京城"或省设一所，或府设一所，或县设一所，大都视各地京官之多寡贫富而建设之，大小凡四百余所"。到民国初年，贵州在北京城里的会馆尚有七所。其次是以经商行帮为主体的同乡会馆和以外地迁入的同乡移民会馆，亦称客籍会馆。这两类会馆主要分布在省会城市，州、府、县政府所在城市次之。

而开阳县龙岗镇，既远离都市，也远离县城，为何在乡镇级的龙岗集市街上会有一座客籍会馆呢？

这还得从历史上的龙岗说起。

在离龙岗客籍会馆不过二三里远的一个小村庄，叫"龙干庄"，在龙岗大坝靠山的一头，风景独秀，一条清澈的河流绕着村庄，河水是龙岗大坝暗河

已被围墙封住的龙岗川会馆正面

中流出的。其实这里应该叫"龙岗庄"才对。堪舆学上说，凡地下水源丰富，阴河暗流密布，水属于龙，龙主于水，人居其上，房舍如亭如岗，卧龙之岗，如此之地名曰"龙岗"。这便是今日开阳"龙岗"一名的由来。

龙岗在唐宋时为蛮州辖地；元代属顺元路骨龙龙里清江木楼瓮眼等处，明初始有建制有集市至今。龙岗可谓历史悠久。龙岗也称"羊场"，是因为明初龙岗集市开场，因逢十二生肖中的"羊"（未）日赶集（场），故称羊场。同时也成为水东宋氏土司亲领十二马头中的陈湖马头，并且是陈湖马头的"官寨"衙署所在地。

到了明代中叶，兴许是冲着这"卧龙之岗"的地名吧，水东宋氏第二十代掌门人、袭贵州宣慰使职的宋然，在代管贵州宣慰使司大印（因与水西安氏合署办公，原本水西安氏管印，安氏借故暂回水西）期间，私自将衙署从贵州城（贵阳）迁移到了龙岗。龙岗由一个小集市一跃而成为"副省级"的贵州宣

龙岗川会馆

慰使的衙署所在地，人口陡增，市场繁荣，龙岗成了远近闻名的大集市，为了与周边其他逢羊日赶场的集市有所区别，龙岗羊场又叫"大羊场"。

宋然贸然"迁都"一事，大羊场倒是繁盛起来了，但却为水东宋氏埋下了祸根，成了水东宋氏由盛转衰的开始。宋然竟忘了一直对宋氏虎视眈眈的水西安氏。当时与宋然同为贵州宣慰使的是水西安氏掌门人安贵荣，按明初朱元璋为宋安两大土司立下的规矩，贵州宋安两大土司同授"贵州宣慰使"职，合署办公于贵州城，安氏排名在宋氏之前，管贵州宣慰使司大印（公章），但安氏不得擅还水西。而这次安贵荣"借故回水西"，交公章给宋然代管，同时又暗中唆使水东辖地内的苗民阿朵等造宋然的反，坐山观虎斗，借苗民之手灭掉水东宋氏，占据水东地盘，扩大自己的领地。果然如《明实录》所载：宋然"贪淫科害，激变苗民阿朵等，众至二万余，署立名号，攻陷堡寨，袭宋然所居的大羊场"。

这场宋安两家的明争暗斗,被遭贬而蛰居于龙场驿(修文县城)的王阳明看出了破绽。王阳明初至龙场驿时得到过安贵荣的特别关照,王阳明尤为感激,很关心水西安家的荣辱存亡,接连写了三封书信给安贵荣,动之以情、晓之以理,告诉安贵荣,你们水西安家和水东宋家朝廷早已合为一家,水东宋氏遭遇起义,你安贵荣坐视不管,按兵不动,朝廷将会出兵,朝发夕至,一举将你们两家拿下。改土归流,是朝廷早有的计划,正愁找不到借口,思州思南两大土司发生的"二田相斗"就是例子。王阳明苦口婆心,安贵荣如梦初醒,于是安贵荣赶紧出兵,苗民的起义终得以平息。宋然在大羊场的宣慰使衙署被毁掉,宋然只身逃回洪边(乌当新添寨)老宅,削职为民。宋安两家又一起走过了一百余年,直到明末。

明末贵州宣慰使的宋安两家都被灭掉了,改土归流。水东宋氏的十二马头中的陈湖马头辖地一分为二,即分属于新贵(贵筑)的王潘里和开州孝里,"贵筑王潘里和开州孝里分别驻羊场主街之左右"。一条并不宽大的街道,分别为两个县的乡镇级政府所在地,少见。这也许是因为羊场这个主街,是名副其实的大羊场大集市,人口稠密、经济发达之故吧。宋然迁衙署于龙岗,龙岗一跃而成为"大羊场",虽时间不长,但却极大地促进了当地经济、社会的发展,阿朵等造宋然的反,可在短时间内聚集起两万多人参加,足见这一时期龙岗已是人烟繁盛,经济繁荣,随之而来的便是儒学文化在此地传播。史载,明万历年间,在龙岗客籍会馆处始建关圣殿,随着人口的增加,社会经济的发展,关圣殿多次扩建改建。到清咸丰同治年间,发生咸同起义时,在关圣殿后,龙岗人筑营坚守自卫。这一时期,龙岗也同贵州其他地方一样,人口锐减,经济萧条。咸同起义平息后,由于前后几任开州知州均为四川人,大量招募同乡到开州发展定居,因此,清末开州客籍人中以川人最多。

清光绪初年,定居龙岗街上的四川人,在屯上坡前关圣殿旁建川主庙,供奉川主(李冰父子)和张飞。

进入民国以后,由于战乱,陆续有湖南、江南、江苏等省移民迁居龙岗。民国二十五年（1936年），龙岗街上随着移民增加，定居龙岗街上的各省移民又一起在紧挨关圣殿、川主庙旁再建客籍会馆，即今尚能见到的占地800余平方米的四合院。会馆大殿正脊墨书"天下为公，世界大同"，廊脊分别墨书"江西众姓人等同建""四川众姓人等同建""江南（安徽、江苏）众姓人等同建""两湖（湖南、湖北）众姓人等同建"等，由此可见，当年移居龙岗街上的省份之广、移民之多、会馆内供奉神类之众，会馆五间大殿内分别供奉川主、张飞、财神、药王、闵子、朱子、许逊（许真君）。还供奉有观音菩萨、太上老君、孔子、鲁班等，可谓泛神民间信仰之写照。

会馆内最能体现中国古代木结构建筑风貌是那五间对厅戏楼，小青瓦，歇山顶，榫卯木结构。每当会馆聚会议事，逢年过节，湖南花鼓戏、湖北汉剧、江苏昆曲、安徽黄梅戏、四川川剧、贵州文琴戏和阳戏、花灯戏等，在这小小的舞台上，你方喝罢我登场，锣鼓喧天，丝竹阵阵，唱腔悠扬婉转，那是怎样的一番情景呢！小舞台，大社会，这龙岗羊场成了黔中地区移民文化的重要标志。

客籍会馆背靠的屯上坡，一峰独秀，为龙岗最高处，面朝大街，见证了许多重大历史事件。明正德年间苗民阿朵等起义造宋然的反时，即以此为据点，至今还能看到30多米长、5米高、3米宽的石围墙，这是当年的防御工事。明万历年间关圣殿建成后，这道围墙成为庙宇与龙岗街道的分界线。清咸同起义时，羊场百姓又于屯上坡筑营自守，以关圣殿作营房。1935年4月，中央红军主力在长征途中经过羊场时，红一军团驻扎于关圣殿和川主庙。1950年7月，匪首赵国臣以屯上坡客籍会馆为据点，纠集贵筑、瓮安、平越（福泉）等地的土匪以及国民党原八十九军三二八师的部分散兵游勇1000余人，成立了"军政联合办事处"，企图对抗新生的人民政权，后在贵州省军区的"铁壁合围"攻势下，于1951年2月被人民解放军剿灭。后来，客籍会馆成了粮食部门的粮仓。

不知何时，关圣殿和川主庙不见了，所幸的是客籍会馆至今还在。

高寨画马崖

　　如果说开阳"打儿窝"文化遗址，向人们展示的是开阳悠久的历史，那么开阳画马崖的崖画画于何时？有多长的历史呢？

　　答案：画马崖神秘莫测。

　　因为，"打儿窝"文化遗址所展示的历史年代是通过放射性碳十四测试等高科技方法进行断代确认的，而画马崖所用的颜料都不是有机材料，难以进行测试断代。于是，专家们说，研究崖画绘画的时间，需要通过研究当地的地质结构变化、增生沉积物以及图画本身展现的内容，并结合对相关考古材料的

贵州省文物保护单位——画马崖

研究分析，才能得出结论。何其难也！还是留给具有诗人情怀的考古学家去做吧，这是在追寻祖先们的千古之梦啊！唯有丰富的想象，才能打开那封存已久的遥远记忆。

到画马崖看看再说吧。

画马崖，位于开阳县高寨苗族布依族乡平寨村顶趴村民组，分小丫口、大丫口和梯子岩三处崖画，共计一百多幅（个）图像。三处崖画均以赭红色颜料画成。小丫口崖画图像最多，90余个，所占石面宽12米，高1.6米；梯子崖画像次之，有图像50余个，所占石面宽2.5米；大丫口图像10多个，所占石面宽5.1米，高2.1米。图像中最大的是梯子的那一幅，可谓巨人图像，高约0.9米，宽约0.5米，是2003年大花水电站建设中新发现的。这幅巨人图像在南方崖画中极为罕见。图像中最小的为一些清晰的圆点，很神秘。

三处崖画中，除了巨人图和神秘小圆点之外，更多的是似马非马的图像，因此人们称之为"画马崖"。图画中有太阳星象图，形状像鱼、龙、虎、狗、山猪、鹿、驴、仙鹤等图，有形似杆栏式的房架、作舞蹈状的人，还有一些啥都不像的符号，与小圆点一样神秘。崖画中，无论什么图像，都采用极其简洁的线条勾勒，运笔十分随意，漫不经心，很抽象，但又不失章法。寥寥数笔勾画出的人，头呈不规则的圆隆状，四肢和身体都用形状不同的线条勾勒。这些画法，在中国古代文人画的人物图像中还能看到一些遗存。

画马崖自1985年被列为贵州省级文物保护单位以来，引来各路专家学者前往考察研究，崖画图案被收入《中国美术史·古代部分》一书，由此引发研究画马崖、破解画马崖的热潮。试举一二例如下。

"外星人说"。一位研究者实地考察研究后认为，画马崖的图像是地球之外的外星人闯入地球后留下的只有外星人能读懂的"文字"符号。根据是画马崖画中那些反复出现的怪异神秘的大圆点、小圆点、小斜点以及什么都不像的图形符号，绝非中国汉字的雏形，无法读懂，只能是外星人留下想要传达某种信息的文字符号。图画中的大大小小的人物形象，那活脱脱即是人们想象中的外星人形象。

"仡佬族先民濮人说"。持这种观点的研究者认为，画马崖中的太阳、月亮图像较多，表达了仡佬先民濮人对太阳、月亮等天象的崇拜，至今仡佬民间流传着"公鸡叫太阳"的神话故事，离画马崖不远的还有一地名叫"仡佬堡"，说明古时仡佬族曾在这一带生活过，崖画中的牛、马、狗、鹿、山猪等动物形象是当时濮人游猎生活的实际情况写照，那些神秘的圈、点等符号则是濮人的宗教信仰和祭祀有关的神秘记载。因此，这派学者认为画马崖画是濮人创作于秦汉时期的作品。

还有专家认为画马崖是宋明时期的作品，从画马崖三处崖画娴熟、古朴、简洁的表现手法中看出，是宋明时期当地居民以一种神秘曲折的方式，表现出那个时代人们的生产生活状况，表达某种诉求。

是一种什么诉求呢？在当地流传着一个关于画马崖画的故事。故事说，很久以前，画马崖山下的顶趴寨中有一户人家，日出而作，日落而息，过着安宁祥和的日子。有一天，这家人的男人一早就到山崖下去干活，女人则在家里煮饭做菜给男人送去。奇怪了，原本很快即可做好的饭菜，一个上午就是做不出来。甑脚水都烧干了两桶，甑里的饭还是蒸不熟，女人着急，将饭甑抱起来，一看锅底全是石头。女人无可奈何，只得重新去挑水做饭。等至女人重新做熟了饭菜送上山时已快到下午了。在山上干活的男人早已饥饿难忍，看到女人送上饭来时，气不打一处来，问女人为啥现在才送饭来？女人说今天的饭蒸不熟，男人更是火冒三丈，随手举起手中的锄头打将下去，本来只想吓唬一下的，哪知饿昏了头的男人一锄头下去，正中女人头部，女人应声倒下，死了。女人的娘家人得知女人被其丈夫打死的消息后，不依不饶，来了许多人，把男人狠狠教训了一顿，拆了男人家的房屋、牵走了男人家的马、猪、牛、羊、狗，等等。后来，顶趴寨的寨老为了警示后人，便把这件事画在了岩上。因此，崖画中有那么多的人，那么多的马、牛、羊等动物。太阳月亮表示时间，杆栏式建筑表示拆走的男人的房屋，神秘的圈点代表神灵祖先，等等。

这则传说也许比上述几种对画马崖画的解读更可靠些。有研究表明，崖画遍布于地球不同地区，空间上跨越五大洲，时间跨度从约4万年前到数千年前。虽然在时间空间上有巨大差别，但各地史前崖画的内容却惊人地相似，大多包括当时人类的生活、劳动场景，以及与人类共存的动物、植物等。世界各地的考古学家、人类学家、古文化学家等对崖画的"含义"进行过长达百年的研究，却依然无法达成学术共识。有学者认为，崖画是一种"为艺术而艺术"的创作，是"无意识的装饰"，崖画并没有什么真正的特别的含义，是古人无心的涂鸦之作。此说，听起来简单天真，却有着重要的意义。就在离画马崖不远的平寨幺佬寨考古发现的旧石器"晚期智人类"的牙齿化石，表明画马崖一带在旧石器进入新石器时期即有人类的活动，这类人被专家称为"开阳人"，与北京周口店的"山顶洞人"是同一时期的人。如果说画马崖崖画是那一时期的"开阳人"所画，"为艺术而艺术"之说是完全有道理的。因为那是人类出现文明曙光的时期，画马崖是人类出现曙光时期留下的印迹。崖画中不仅仅有难解的谜团，更有人类对艺术的最早追求。其中也许存在破译的密码，只是没有看出来、未寻到而已。

画马崖的迷人之处除崖画本身，还有在那悬崖绝壁上崖画是如何描绘完成的？尤其是梯子岩处的崖画，今天的研究者可以借助长焦距相机或者无人机拍摄画面，很难想象在遥远的古代，"画师"们是采用怎样的手段完成这些作品的。那幅巨人图像，至今线条仍然那么清晰，随意中显出章法。并且经历了天荒地老的沧桑岁月，那崖画的赭红色，还是那般鲜艳如初，究竟用的是什么颜料？

仰望着画马崖上的崖画，但觉雾锁重重，谜团滚滚，几十年来，人们对其"意义"的研究仍然无法得出一致认可的结论，而古老的画马崖画的确是遇到了知音。

毛云十万溪

　　十万，言其多，溪有十万，无疑是一个玩山看水的好去处。因此，专家们说，开阳毛云十万溪是发育典型的喀斯特地形，是集山水之秀、林木之幽、沟壑之险为一体的旅游胜地。

　　这个评价是中肯的。到十万溪二塍潭观瀑即能充分体会到这一点。从毛云乡政府所在地出发，见过一路田园风光后进山，下坡之路虽有些难行，但千山静寂，清风悠悠，令人爽快。一路走去，流水潺潺，越往下，水声越大，下至二塍潭边，声如洪涛，在山脚的二塍潭里激起千波万浪，一片茫茫水雾。立足潭边，溅起的水花，如牛毛，似花针，湿衣湿发，亲吻肌肤，好不爽心。

　　这个二塍潭，原来是个瀑布群，大大小小、长长短短的瀑布叫人目不暇接。举目望去，有的像珠帘，白亮亮一大块悬挂在那里；有的像银须倒垂，似乎随风飘动的样子；有的又太薄太细了，有时闪着些许白光，等你定睛看去，却又没有了，只剩下一片飞烟而已；你看，还有一道瀑布，白练似的，从两个山峰之间飞落而下，沿着赤色的石壁，一迭又一迭，共分三五迭，轻盈无声，如降大雪之前降落的雪珠，秀美无比，好像飞天仙女捧着洁白的花朵抛向人间。这些瀑布啊，定会让你爱到心里去的。

　　"我见青山多妩媚，料青山见我应如是。"双瀑之后即可在鱼梁河峡谷看山。这里也是构皮滩库区的回水部分，乘船进入，更有韵味。你看那两岸，山势奇绝，连绵不断，郁郁葱葱的林木覆盖着或大或小，或高或低的峰峦，越发的千姿百态。更有一峰赤身裸体，直指苍穹，像一个巨大的惊叹号。漫步在峡谷中，好像把人放到了大的盆底，头顶还有天空作盖。由于瀑布的造势，烟雾腾腾，朦朦胧胧，让人总是疑心山雨欲来。"适与野情惬，千山高复低。好峰随处改，幽径独行迷。霜落熊升树，林空鹿饮溪，人家在何许？云外一声鸡。"这是宋代梅尧臣的诗，莫非梅老先生也到过鱼梁河峡谷？意境何其相似。

毛云十万溪除了观瀑看山，还有去处吗？有！160年前，贵州历史上那场咸同起义在十万溪留下太多的印迹，至今"记名总兵，即用副将"的佘士举之墓仍在十万溪。

> "咸丰九年七月，州属十里二司绅民先后筑屯营自守，共二十八处，以佘士举为总团，何正冠等副之"，毛云有"长安营（信里毛栗庄猫寨后）、罗家营（毛栗庄小竹坑前）"。

不用多举例了，这些载于民国《开阳县志稿》上的战事记录，足以证明十万溪是曾经的古战场。佘士举率部多次攻打过十万溪。咸丰九年（1859年）何得胜义军自瓮安进逼开阳，移大本营于花梨轿顶山，到同治七年（1868年），何得胜妻何黎氏出降（何得胜死后其妻黎氏代行其职），前后十余年间，在开阳，"佘大人"可是家喻户晓、妇孺皆知的人物，更是开阳历史绕不开的人物。

佘士举，字选廷，开州弟里（今开阳南龙中桥）人。生于清道光戊子年（1828年），卒于光绪甲午年（1894年）。自幼性情豪爽，乐于助人，又爱打抱不平。进学读书之余，尤喜舞枪弄棍，习武强身，并自习行军布阵之法，后又得高人指点，武艺精进。数年之后，竟派上了用场。咸丰三年（1853年），鉴于全省各地义军风起云涌，于是贵州省府指示各州县兴办团练，择地势险要处修筑营盘。开阳县共筑营盘二十八座，毛云即两座。于是二十五岁的佘士举被推为民团团首。"受任后悉心规划，搜讨军实，训练卒伍，较他团为优"。

此时正是昆明人石虎臣任开州知州，石知州检阅诸团练，唯觉佘士举部可用，咸丰七年（1857年）闰五月，"义军"经花梨等地窜入开州境内，佘士举奉石知州令，败"义军"于落望河，首战告捷。从此后，今贵阳市域内的大小战事几乎都有佘士举参与。开州两任知州死于何得胜之手，两次攻破开州城。面对对方强我弱之局面，佘士举曾诈降何得胜，不惜屈身义军营数年。待

俯瞰十万溪

时机成熟后，他里应外合，率众反正，力战米坪金山寺，突围米坪关刀山，肃清开州境内义军。同治五年（1866年）正月，何得胜集数倍于佘士举部的兵力围攻佘家营，那一仗，佘士举用智巧取，给何得胜以致命一击，何得胜与其说是病死于花梨轿顶山，不如说是气死于轿顶山。

保至副将之佘士举

战乱平息后,佘士举并未居功自傲,而是兢兢业业辅助清朝政府办理善后,整治战争创伤,清查田产,裕国便民,恢复学宫,监修书院,捐资修复三忠祠,祭祀开州首任州黄嘉隽以及在战乱中以身殉职的石知州虎臣、戴知州鹿芝。石虎臣、戴鹿芝前后两任开州知州可是佘士举的"首长"兼"战友"啊!因此,佘士举在佘家营内特建忠义祠,作为石虎臣和戴鹿芝的专祠。

战乱平息,时任贵州巡抚的张亮基,特将佘士举之功报奏朝廷,擢佘士举"记名总兵,即用副将",相当于今之享受省军区司令员(中将)待遇,行副司令员(集团军军长)之实职。佘士举是非常时期的非常人物,是开阳历史上的唯一。光绪甲午年(1894年)七月二十九日,佘士举逝世,他的安葬地,其后人自是有一番讨论的,但最后还是选择了毛云十万溪,因为那是他多次浴血奋战的地方,有太多他的部下战死在那里,"此去泉台招旧部",在那里他不会寂寞。

我曾见过佘士举的一张小照片,美髯飘飘,长及于胸,白如银丝。双目炯炯,虽年近七旬,仍英爽逼人,少壮时之俊伟尤可想见。

160年过去了,开阳的老人们在谈及这位美髯翁时,仍亲切地称着"佘大人"。

南龙长庆寺

　　出开阳县城，往东南方向，沿开阳往中桥的公路行10余公里，在深山老林之中有一座寺庙。"从前有座山，山里有座庙"，这应该属常事，并非稀罕，然而这座庙，却有非常之处。

　　首先，这座庙的选址及现存庙基，会令你深感气度非凡。在群峰簇拥的半山腰，至今仍有数十株参天古树环绕着，背靠连绵起伏的青山，面向旱涝保

长庆寺

收的田园，田园中有一条四季长流的清溪，从庙的右前方流向左前方，一路欢腾而去。小河边，数十级石台阶，沿山而上，直达庙的山门。这山门在庙的左边而不是正前方，这是风水理论的物态体现。山门正脊书有"大清光绪二十九年岁次癸卯 月建甲子十二壬辰谷旦"，这是咸同起义后重建的时间。过了山门是一广阔的平台，明显是当年庙前殿残留屋基。从这台阶中再沿石级而上进入寺庙的正殿。这正殿就是而今这座庙的主体建筑，有840余平方米，为穿斗抬梁式结构，悬山青瓦顶，为正殿、下殿及两厢组成的一个封闭四合院。正殿精雕细刻，气象森严，是供奉佛像的主要殿堂，前后带廊，面阔七间，通面阔31.8米，进深四间，通进深12.5米；下殿面阔七间，前后带廊，通面阔31米，进深2间，通进深8.2米。下殿左梢间一楼为进寺大门，右梢间二楼为戏台。正殿台阶恰与两厢和下殿的二楼平，用回廊贯通。

其次，这座庙的建造技艺，特别是石木雕刻技艺会让你惊叹不已。虽经数百年的风风雨雨，特别是经历了如清代咸同起义的洗礼，而今所遗存部分仍是熠熠生辉，你看那正殿的檐柱与廊柱间横驼峰上的木雕，全是历史人物故事，表现的无不是"精忠报国""忠孝仁义""弃恶扬善"等内容，还有"珍禽瑞兽""奇花仙草"等。大殿的石柱础为龙、狮、象及人物花草等石雕。精彩的是大殿的撑拱为木雕的下山狮、麒麟、龙等瑞兽，技艺高超，活灵活现，实属罕见。

这，就是长庆寺。

这长庆寺位于开阳县南龙乡官庄村。官庄，即官家的庄园。此话确有道理。因为这长庆寺的主人即是明末清初的开州知州周师皋，至今这位知州及其夫人的墓仍在长庆寺对面的山上。为什么开州知州要在这当时人迹罕至的深山老箐林里来置庄园建寺庙呢？话还得从三百多年前说起。

开州，为明崇祯三年（1630年）废除水东宋氏土司之后所建的，隶属贵阳府。周师皋为开州置州后的第三任知州，其任职时间为吴三桂割据云贵的时候，即清康熙十七年（1678年）至康熙十九年（1680年），史称"三藩之乱"时期，

长庆寺部分构件

民国《开阳县志稿》载："（周）师皋开牧开邑，或系吴三桂时。"即这位四川铜梁（今属重庆）举人到开阳做知州却不是时候，正是改朝换代的动荡时期。

明王朝276年历史结束时，开阳才建州14个年头。明山海关总兵吴三桂引清兵入关，一举攻占了北京城，赶跑了李自成的"大顺军"，清军定都北京，开始了清王朝统治中国的历史。但此时清政府并未统一中国，贵州仍然在南明王朝的统治下，奉行南明的年号，执行明朝的制度，官吏仍由南明政权任免。南明政权中的"永历政权"坚持的时间最长，前后11年，永历皇帝朱由榔将贵州安龙作为行宫驻了4年。这一时期，贵阳曾一度成为抗清复明的政治中心。永历元年（清顺治四年，1647年），大西军张献忠部下孙可望率余部转移贵州，进入贵阳。这位"挟天子以令诸侯"的人物在贵阳直接掌控了永历政权十余年，制造了杀害永历皇帝身边的忠臣吴贞毓等十八人的惨案，至今安龙县城西尚有十八先生墓。

拥据北京的清政府对南明政权的打击，也一直没有停止过，封降将吴三桂为"平西王"，率清军直接追剿朱由榔的南明永历政权，至南明永历十三年（清顺治十六年，1659年），被追逃到缅甸的永历皇帝朱由榔由缅人执送清军，被吴三桂处死，南明政权结束。从此云贵两地又被吴三桂拥有。因为重兵在握，吴三桂在云南昆明又公开打着"反清兴明"的旗号，他自封为"总理天下水陆兵马大元帅兴明讨虏大将军"，下令蓄发恢复汉族服装，旗帜都用白色，提出"伐暴救民"的口号，并杀掉清云南巡抚朱国治，派兵攻打四川、贵州。贵州巡抚曹申吉、提督李本深，云南提督张国柱等首先响应吴三桂而附逆，就连已隐居的贵阳人吴中蕃都"自释前嫌"，出山投奔吴三桂，任"总理部曹"。一时间，明朝的遗老遗少们似乎又有了一线希望。至康熙十七年（1678年）三月，吴三桂在湖南衡阳称帝，立国号"周"，改元"昭武"，改衡州（衡阳）为定天府。"狼子野心"终于暴露了，明朝遗老遗少的"那一线希望"也破灭了。同年八月，吴三桂暴病而亡，其孙吴世璠继承帝位，改元"洪化"，奉其祖灵柩还昆明。至康熙十九年（1680年）十一月，清军平定吴三桂的叛乱，前后八年，战火延及十余省，贵州仍是战争的焦点。

长庆寺的主人周师皋正是在上述背景下被吴三桂任命为开州知州的。身为举人，世受皇恩，国破山河永常在，抗清复明固本心。当看到吴三桂公然打出"反清复明"的旗帜时，他如贵阳的吴中蕃一样激动，唯吴三桂令是从。然而，当吴三桂的"狼子野心"大白于天下时，他亦同吴中蕃一样悲愤忧伤，自觉上当受骗，"复明"希望完全破灭。吴中蕃愤然脱离昭武政权，返璞归真，回到贵阳老家，改自号为"今是山人"，终老泉林，绝计不再复出。而周师皋呢？四处一片战火，老家铜梁已回不去了。不经意间，他发现了在他治下的开州竟有这样一片世外桃源，不正是他理想的归宿之处吗？于是倾其积蓄，置办田庄。这个原本没有几户人家的地方就被称为"官庄"。笃信佛教的周师皋在"官庄"如鱼得水，在山畔开山建寺出家，致使长庆寺成了开阳庙产极多、香火极旺的大禅院，可与洋水玉皇观媲美。

白云悠悠，往事飘然，长庆寺依然钟磬声声、梵音袅袅，成了研究那段历史的见证，这也许是周知州师皋没有想到的吧。

花梨轿顶山

一树梨花、两树梨花、三树梨花，一片梨花的海洋。

一座青山、两座青山、三座青山，群山环抱中，孤峰独秀。

花海呢？在故事里，作了地名——花梨。独秀的孤峰永远在那里，叫轿顶山。

从前，那花梨街上，原本仅十几户人家，还分两个小寨子。这边的几户人家掩隐在梨树林里，满山遍野的梨树，花开花落，随风飘荡，转眼成泥。人们管这里叫"梨子坑"；那边的几户人家，除了四周都是梨树，更有一棵神奇的，一到春天，一半开着浩浩如雪的白花，一半开着艳艳如火的红花。一阵微风过，馨香沁心脾，彩虹落人间，好不美煞人！人们就把这里称为"花梨寨"。

与梨子坑和花梨寨几乎是等边三角形的地方，有一口大大的水井，清澈可鉴，照得见人影，姑娘们去井边汲水时，常常面井梳妆，于是人们把这口井叫作"花娘井"。

好一个地美水甜之地，渐渐地居住的人家多了起来，久而久之，便成了今天的花梨街了。

如此花香之地，充满了诗情画意，却并非全是温柔之乡，160年前那场血雨腥风、刀光剑影，还在人们的记忆里。这就是发生在贵州历史上的咸同起义，这里竟成了冰山一角，演绎了一段精彩动人的轿顶山传奇。

传奇故事里的主角之一何得胜，在家行二，人称何二。何二原本是离花

落日熔金轿顶山

梨不远的瓮安县人氏，生性狡悍，游荡无行。因此，曾被瓮安县令祝个园抓获，用木笼囚之站于烈日下，意欲处死而后快。何得胜之妇黎氏，是一个有头脑的妇人，设法救出了何二。于是怀恨在心的何二，一直在寻机报仇。此时贺洪恩、陈绍庚、潘名杰等的所谓义军暴动了，何二的机会来了。"落草为寇"的何二，似龙入水，如虎归山，与兄弟们一起呼啸山林，打家劫舍，攻城陷州，所向披靡。咸丰八年（1858年），攻陷了瓮安县城，时任县令刘升平挟印逃往平越（福泉县）躲避。何二便在瓮安自立为武安王，时人称"何二王"。

军情战事十分危急，开州知州石虎臣奉命兼理平瓮（福泉、瓮安两县）军务。于是，石虎臣率开州把总谢欣恩、团首佘士举等部属，于何得胜攻战瓮安几个月后，进驻距花梨很近的瓮安高枧，扼守开瓮通衢，争占义军出入要道，"据形胜，图进取"。然而，咸丰九年（1859年）正月十三，石虎臣率部转战至枫坪五道河时，遭敌伏击，开州知州石虎臣阵亡。一同阵亡的还有把总谢欣恩、团首刘同二等。"出师未捷身先死，长使英雄泪满襟。"扶石知州灵柩回开州城时，百姓迎哭道右者数千人，无异于赤子之丧慈亲。石知州葬于北极观后（现开阳三中）开阳首任知州黄嘉隽墓之下。

信心满满的何得胜趁机将防线移至花梨轿顶山，修筑工事，建造大本营于轿顶山。

你看那耸立于洛旺河（今开州湖）东岸的轿顶山，一峰突兀，群山环绕。远观恰如八抬大桥一乘，置于青山之中。近至山脚，绝壁千仞，鸟道萦行，一夫当关，万夫莫开。大自然的鬼斧神工，竟将这里劈成了自古兵家的必争之地。虽是草寇出身的何得胜，却有些眼力，筑营于此，不仅可以随时征战开州、龙里、瓮安、平越以及修文、息烽等地，还得以威逼省城贵阳。

石虎臣阵亡后，开州告急，本已接令到平越州任知州的戴鹿芝，朝廷"飞檄"重新委任戴鹿芝任开州知州。临危受命的戴鹿芝，执法严而慈惠爱民，故军民乐为效死，同守开州危城。轿顶山上的何得胜知道新任知州有备而来，对开州城不敢轻举妄动，但是骚扰临近地方如故。使得老百姓人心惶惶，只得筑营坚守（现开阳县域内尚有二十八处当年百姓筑的营盘遗址），无法农事。

正是春耕大忙季节，一年之计在于春，眼看春耕将废。戴鹿芝想到，如果兵祸不解，民且废耕，百姓何以维系？采用他的前任石虎臣硬拼的办法显然不行。不战而屈人之兵方为上策。于是戴鹿芝决定，再用在修文当县令时劝降反叛之民屠福生的办法，亲赴轿顶山劝降何得胜。临行之前，下属同僚及城中百姓皆知轿顶山上的何得胜可是个杀人不眨眼的恶魔，一旦深入虎穴，凶多吉少，去不得呀！他们聚集于州衙前，苦苦哀求戴知州，不能上轿顶山！面对同僚下属及父老乡亲一片真心诚意，戴鹿芝满怀深情地说，"我意已定，不必再议。那些相随何得胜的兵士，都是我戴知州的子民，我相信他们不会立刻加害于我，只要我能在轿顶山贼营拖延十几天，今年的春耕春播即可基本完成了，老百姓来年的生计即不成问题了！就算十几天后他们杀了我，我死而无憾！"

在场人士，无不为之感动，挥泪相送。

只见戴知州头戴箬笠，身着短衫，手执书袋，神情庄重，行色匆匆，出城东门而去。随行的是戴知州的两员随从——唐二和易老元，一人身背马刀，一人还专门背了戴知州的官袍、官帽、顶戴等。开州城至轿顶山，跋山涉水，羊场小道，那可是六十里的山路啊！由于何得胜军长时间的骚扰，虽然是阳春三月，芳草萋萋，鸟语花香，但却不见耕作的繁忙，四处悄无声息，一片死寂。已是日落西山时，三人渡过洛旺河，逶迤上山，来至轿顶山脚。戴知州命暂停休整更衣，待他将知州官袍顶戴穿戴规整之后，三人方行至山寨栅门前，被守门之兵挡住。

"我是开州知州戴鹿芝，要面见何得胜！"戴知州一边大声喊道，一边径直上山。从未见过身着官袍的朝廷命官的落草小兵，早已被戴知州的气势镇住了，哪里挡得住他们上山之路。

何得胜正同其副手贾福保等人在聚议厅里议事，得报时，戴鹿芝已至聚议厅大门口了。还来不及思考的何得胜随口说道："有请！"同时，示意贾福保等人按座次摆起架势端坐起来。

戴知州进了议事厅，径直走至堂中，面朝何得胜，正要说话，何得胜却先开口了："你堂堂知州，竟敢独闯我轿顶山，我以为我是英雄，看来你才是英雄啊！哈哈哈……"

"你错了，你我都算不得英雄，在这块地盘上，我是你们的父母官，你们是我的子民，父母官不忍心看到自己的子民死掉，子民亦不忍杀死自己的父母官。不过，从此时起，你们可随时杀我戴鹿芝，我本一介书生，手无缚鸡之力，杀我如囊中取物，易如反掌，我只求你何得胜宽限我十天半月，这十天半月内不要出兵，不要惊扰我开州百姓，待百姓们忙完今年的春耕，不至于来年饿肚子，那时你再杀我，我不反抗，我无怨言。为我百姓，我死而无憾……"

戴知州的一番慷慨陈词，深深打动了所有在场的人，何得胜更是无言以对。能说什么呢？自己的所作所为不就是想我们这些"草民"能吃个饱饭，过上好日子吗？如此舍生忘死一心为百姓谋福的好官，上哪儿找去！何得胜赶紧从正位上起身快步至戴知州跟前，拱手称道："好官啊，好官！"随即请戴知州上座，敬香茶，再继续他们的对话。

接下来，何得胜按戴鹿芝的说法，留戴鹿芝在轿顶山上住了半个月，天天酒肉相待，视若上宾。住在山上的戴鹿芝借此闲暇之机，披阅自己随身携带的《易经集注》《孝经衍义》《皇极经世》三部书。戴鹿芝温文尔雅的君子风度，更是让何得胜等人佩服得五体投地，营中官兵称戴知州为"戴青天""戴老祖公"！

转眼间，半个月过去了，戴知州得下山回府了，何得胜命人用轿子送戴鹿芝下山，并亲自送到洛旺河东岸渡口。分别时，何得胜紧拉住戴鹿芝的手说："公一日不离开州，得胜一日不敢犯境。望公保重！"亲自扶戴知州上船，目送渡河上岸，直到戴鹿芝一行消失在春的绿色中，何得胜还望着奔腾的洛旺河自言自语："好官啊！好官啊！"

开州无战事，百姓过了近三年的安稳日子。但是，一场料想不到的兵祸，还是自轿顶山降至开州城。

同治二年（1863年），开州城正街一个人称晏秀才的人，因违法乱纪，包庇祖师观的违法和尚，受到戴知州的斥责，因此怀恨在心。是年九月初六，晏秀才星夜潜往轿顶山，向何得胜报告，戴鹿芝因通匪（上轿顶山之事）罪和狂杀法国传教士文乃耳（即开州教案，的确朝廷正在立案查办）罪，被朝廷革职，已离开开州。何得胜一听，立刻惊叹道："我听了戴知州的劝告，三年不惊扰开州百姓，不攻占开州城，竟然还成了戴知州的罪状！这是什么鸟朝廷？既然戴知州被革职查办，已离开开州城，何不趁势拿下这开州城，也算是为戴知州出口恶气！"于是何得胜当即派兵，连夜攻城，并亲率大队人马继后。因戴何二人有盟在先，所以开州城防守甚虚，攻城太易。至天明，当何得胜率后继人马赶到时，开州城门已被攻破。至此时，何得胜才知道戴鹿芝根本没有离开开州城，自己完全是中了奸人之计。情急之下，何得胜立即下令，保护州衙，戒杀戒抢，违令者，斩！并急奔州衙，拜见戴知州，再作解释。

州衙内戴鹿芝见大势已去，无力挽回局势，急转入后宅，以护身宝剑让儿子戴咏自杀。取白绸练一条，让其夫人姚氏自缢。戴鹿芝又于卧室寻出黄金一锭，削粉吞下，再把官袍官帽穿戴整齐，凛然端坐于州衙大堂之上。见急急忙忙跑进大堂的何得胜，高声喊道："何得胜，你好一个不守诺言的贼匪！你现在可杀我全家，请不要伤我开州城百姓一人！"一边高喊，一边抓起案桌上的墨盒、笔筒等向何得胜击去。何得胜只得避让，欲待其怒息，上前解释。哪知还未等到何得胜开口说话，戴知州即倒下了，下肚黄金毒发身亡。何得胜伏尸大哭，边哭边道："是我杀了戴青天！我中了奸人之计，我罪该万死！"欲拔剑自刎，随从兵士急劝慰方止。待缓过气来时，何得胜下令，立即捉拿奸人晏秀才和不忠不勇的守城武弁。同时下令厚葬戴知州及其夫人和儿子。于是将晏秀才和守城武弁人头割下，祭于戴鹿芝灵前。何得胜披麻戴孝，守灵三日，厚葬戴鹿芝一家三口于北极观后山，前任知州石虎臣之墓旁。

接下来的几年中，何得胜军又搞得开阳、息烽、修文诸县鸡犬不宁，直逼省城贵阳。清同治六年（1867年），何得胜暴病，死于轿顶山大本营。次年咸同起义被平息。

"青山依旧在，几度夕阳红"，轿顶山的传奇已淹没在历史的长河里。如今轿顶山已成了人们的观光游览胜地。尤其是每当夕阳西下，立于轿顶山，极目远眺，苍山如海，落日熔金，脚下自开州湖而起的白雾如浪如潮，波涛滚滚，漫向山腰，漫向四周山谷、田园、村庄……远处的山峰若隐若现，隐隐约约中，似乎又见头戴箬笠、身着短衫、手执书袋、神情庄重的戴知州，行色匆匆地向轿顶山走来。

龙水太师坟

"明季有张、李、莫三人墓，号太师坟。考：张墓在龙坑田坝中，名张登贵，明永宁（历）王太师，兼贵州巡抚御史都察院；李为李宪荣，明季，官至余庆伯，后封川黔都总兵金事；莫墓在小河口，相传为莫宗文之墓，据中坪关帝庙碑尤信。"这是民国时期《开阳县志稿·名胜古迹》一章中的记载。

龙坑即开阳县龙水乡，乡政府所在地，地处乌江岸边，依山傍水，其山势走向犹如"三龙过江"，故称"龙坑场"。龙主水，水遇龙，因此，龙坑又被称为"龙水"。由于地理位置特别，龙水自古即是乌江的要津，兵家必争之地。因此，已是风雨飘摇的南明永历朝廷，同龙水有着千丝万缕的联系。而考证上述所载，略有出入。据同载于《开阳县志稿》莫宗文亲撰的《关帝庙碑记》所述，官拜余庆伯的是张登贵，而非李宪荣，实地考证后，莫宗文墓在中坪新地陇，不在龙水小河口。

莫宗文所记的中坪关帝庙已无迹可寻，但莫宗文之墓仍在龙水乡与瓮安中坪镇交界外一个叫新地陇的地方，既然莫墓尚存，何不实探寻考证一番呢？

于是一个深秋时节，我们到达新地陇。正是艳阳高照、白云悠悠、丹桂飘香之时，广阔的田园里，喜看稻谷千重浪，好一派丰收的景象。一条清澈见底的小溪流从田坝中间欢快而过，四周不高不矮的青山如帽如带、郁郁葱葱，山脚下都是农舍田庄，大都是新式小洋楼和老旧木房相间，很有传统写意画的风韵。

"中平者，蓝逆之据地也，山深野大，木老石怪，无居人焉。文经营图度，辟住山顶，草创庭厦，用庇风雨，而诸将士环绕山腹之居。"《关帝庙碑记》中，莫宗文如此写道。好不凄凉惨淡，简直阴森恐怖，非人居之地。莫宗文为了"经营图度"，只得"草创庭厦，用庇风雨"，他住在山顶，他的部下诸将士环绕山腰而居。

山还是那座山，梁还是那道梁，地也还是那片地，而人早已不是那个人了。遭遇不同，心情不同，处境不同，同样景致，所见竟是迥别，更何况还相差三百七十来年呢？

若不是那通县级文物保护碑的明显告示，简直不敢相信，眼前这方又低又矮的石砌土封坟竟然是莫太师墓，尚不如一旁的平头百姓的坟墓气派，但是你看他赫然写在《关帝庙碑记》上的官衔："钦命镇守川黔楚沅靖等处地方提督汉土官兵总兵官右军都督左都督上柱国太子少保安化伯"，到底是一个什么官？何等显赫！应该说，这是南明朝廷非常时期的非常人物，是永历皇帝朱由榔特别倚靠的重臣。实在叫人唏嘘感叹，正如莫宗文在《关帝庙碑记》中所叹："是皆运数使然，非人之所能为也！"莫宗文虽位极人臣，却生不逢时。

1644年，即明朝末代皇帝崇祯十七年，闯王李自成攻占北京城，崇祯皇帝被逼迫吊死于煤山，大明王朝结束。为报私仇、"冲冠一怒为红颜"的明将山海关总兵吴三桂引清兵入关，清兵大败李自成。李自成逃往西安，自称"大顺皇帝"。张献忠逃往四川，自称"大西皇帝"。大明王朝的政权落入了满族人之手，顺治成了满族人入关后的第一个皇帝。明崇祯皇帝吊死于煤山后的近二十年时间里，明皇族宗室受封于各地的同宗子侄们，为明朝官员所拥立于南方各地，继续与李自成、张献忠的农民起义军和入关后的清兵抗衡。莫宗文称这一时期为"中原陷失，胡虏据矣"。于是，相继出现了南京福王朱由崧的弘光政权、福州唐王朱聿键的隆武政权、唐王之弟朱聿粤的绍武政权和肇庆桂王朱由榔的永历政权，史称"南明王朝"。前后出现的四个政权时间都不长，如绍武政权仅存在四十天，其中，唯永历政权坚持了十六年。

今日龙水渡

　　永历皇帝朱由榔的父亲朱常瀛是明万历皇帝的第七个儿子，早年即赐封在湖南衡阳当桂王，湖南麻阳人莫宗文在其麾下。从莫宗文亲撰的中平《关帝庙碑记》显现出莫宗文不仅通晓军事，还是位饱学之士，文武全才，自然成了朱由榔的老师，因为教授的是王子王孙，即为少保太师。南明弘光元年（清顺治元年，1644年）十一月，桂王朱常瀛病死于广西梧州。后又由南明两广总督丁魁楚、广西巡抚瞿式耜等拥立刚继桂王位的朱由榔在肇庆称帝，建立起了最后一个南明政权——永历王朝。

　　李自成败走北京后的第二年，在湖北通县九宫山遇害身亡，其余部和张献忠大西军余部又与南明政权联合在一起，一同抗击清军。曾经的冤家对头竟成了联盟。目标相同，即消灭清军，而目的各异，南明王朝要借起义军的势力恢复大明江山，起义军是想拉虎皮作大旗，自己当皇帝坐天下。其实这是农民起义军与南明王朝不可化解的矛盾，也是导致南明王朝抗清复明失败的根本所在。

生长在王侯之家的朱由榔，懦弱寡断，昏庸无能，还贪生怕死，虽有莫宗文、张登贵这样的能臣辅助，却无能为力。从登基的那一刻起，朱由榔过的就是亡命生涯。他于清顺治三年（1646年)十月即位，十二月就听说清军已进入广州，便慌忙避敌于梧州，接着又先后逃往桂林、全州、柳州、安龙、昆明，最后从昆明逃到缅甸。在登基后的五年时间里，这位永历皇帝就逃亡了十六次。

正当永历皇帝被清军追得东逃西窜之时，张献忠部下孙可望、李定国、刘文秀等人率领一支几万人的大西军南进贵州，占了省城贵阳。他们很快站稳脚跟，还迅速扩充势力，在"共襄勤王，恢复大明天下"的口号下，不但出兵占据了云南，还纷纷称王。孙可望便"挟天子以令诸侯"，称起了"国主"。孙可望看准了永历皇帝君臣走投无路的窘境，趁势派人敦促永历皇帝移驾贵州。这时，永历皇帝身边除了一群手无缚鸡之力的文臣之外，真正能保护他的武士不足百人，想不听孙可望安排都不行。于是，在永历六年，即清顺治九年（1652年）二月，永历朝廷移至贵州安隆县，改安隆县为安龙府，永历皇帝开始了在安龙凄风苦雨的生活。

永历皇帝登基的次年，即永历元年（1647年），地处黔中腹地、清水江沿岸的苗族首领蓝二投清反明，率众攻占了瓮安、余庆、黄平三座县城，同时福泉被困。湄潭、凤岗等县又被清兵占据。情况十分危急，永历皇帝派遣太师莫宗文率部出征，以平息起义。在中平《关帝庙碑记》中莫宗文写道："丁亥（永历元年）正月渡乌江，合川事黔事也。黔之逆有蓝二者，投虏而攻陷瓮安、余庆、黄平三线，遂困平越（福泉），府城危迫。湄潭、龙泉（凤岗）亦被虏据。此时四面皆敌，几难措手。文计必靖内逆，乃可得志外虏。遂遣马步兵，兼程黄丝大道，阳欲解平越围以牵制之，而阴以奇兵渡棉渡小江，掳逆妻若子，连捣逆穴。蓝逆知家破，乌合者尽散，以孤身奔窜被擒，平越之围解，而内逆亦消矣。"

面对"黔逆"蓝二投敌，并且已攻占了瓮安等几座城池、"外虏"清军亦占领了湄潭等县的局面，莫宗文采取声东击西、出奇制胜的战略战术，直捣蓝二老巢中平，一举拿下，大获全胜，于是"平越之围解，而内逆亦消矣"。讨蓝二之计，不过"攘外必先安内"。蓝二被擒，服而舍之，大有诸葛亮七擒孟获之遗风。故今之开阳高寨乡平寨蓝氏一族仍为当地望族。莫宗文英勇善战、足智多谋的形象跃然纸上。

不堪一击的蓝二被剿灭后，莫宗文等士气大振，于是乘胜追击，捷报频传。就在这一年的六月，驻守各地的南明将士先后收复了被清军占领的湄潭、龙泉、遵义、绥阳等地，清军败退，"黔播悉安"。为了收复被清军占据的思州、铜仁等地，莫宗文会同余庆伯、张登贵，川督郑元、范矿、程源，巡抚郭承汾、监军刘济宽、饶崇品等永历朝廷的高级将领，于剿灭蓝二的次年，即永历二年（1648年），在余庆召开誓师大会，分析当前局势，制定战略方针，决定兵分两路抗击清军，先收复贵州境内的失地，巩固云贵战略基地，以图复明兴邦。莫宗文在中平《关帝庙碑记》中写道："己丑庚寅间（1649—1650年），文之出铜仁，图恢复楚，遂家中平"。为建立"根据地"，莫宗文不仅将家眷及其所属部下移居中平，还在中平"前筑田坪地址建关帝庙，庄严其像焉"。余庆伯张登贵镇守于乌江边与中平交界的龙坑（开阳县龙水乡），也在龙坑场建关帝庙（原龙水小学校址）。张登贵墓仍在今龙水田坝中，墓碑已倒，土墓犹存。

为什么莫宗文、张登贵等南明重臣在站稳脚跟之初要首先修建关帝庙呢？"人生不满百，常怀千岁状"，在人类历史的长河中，我们极具想象力的先驱们，凭借东方的智慧、明哲和超脱，创造不可胜数的神明，关羽就是其中一位，而且是十分重要的一位，堪称中国人的精神支柱。关羽生前为将、为侯，死后被封王、封帝，成圣、成神。一千多年的风雨兼程，关羽一步一步地被神化为人上之人、帝上之帝、神上之神，从古至今，对关羽的信仰与崇拜，几乎到了无以复加的地步。并且今于古，有过之而无不及。在当今的商场、宾馆、酒店、饭店、餐馆、酒吧，等等，无处不见关老爷神像的供奉，甚至城乡的许多家庭神龛也专祀关公神像或神位。尤以东南沿海为胜。正如一位作家这样写道：

> 他那"九尺五寸"的身躯，曾使芸芸众生"仰之如日月"，他那"声如巨钟"的话语，曾使魑魅魍魉"畏之如雷霆"；两道卧蚕眉，一双丹凤眼，曾窥见人世间的所有善与恶；八十斤重的青龙偃月刀，曾掌管着大千世界的全部罪与罚；他那有夏的炽热、春的温暖的"面如重枣"的脸庞，曾给多少在苦海中叹息的人们送去心灵的舟与帆；美髯公那"一尺八寸"长的一部黑胡须，也曾绎演出多少济困救贫、禳灾祛病的故事。就连为他扛刀的马前卒周仓，也是"忠义仁勇"的代表，甚至他那追风赶月的赤兔马也是真善美的化身……

从唐代开始，关羽即作为军神，被列入国家祀典。到了明清两代人们依然将关羽视作军神，对关羽的崇拜与信仰到达顶峰。大江南北，长城内外，凡有人群居住的地方，不论汉文化圈内，还是边远少数民族地区，几乎村村寨寨都建有关帝庙，亦称武庙，其普及度大大超过了孔圣人的文庙。有关公"显圣"的记述及其碑文，俯拾皆是。大而言者，关圣降妖护国、平寇破贼、除瘟禳灾；小而言者，关圣能体恤忠孝、断决疑案、扬善惩恶、示医疗疾、佐学举士、佑人发财，等等。有些传说虽然荒诞不经，但它们仍不失为我们这个民族用屈辱和生命写就的一份特殊的带血的文化遗产。莫宗文、张登贵何尝不是如此呢？他们分别在其驻守的中平和龙坑场修建关帝庙，特别选定住地"田坪地址"修建，不得马虎，要求"庄严其像焉"，目的就是请"关老爷显圣"，助他们抗清复明，重振朱明河山。中平关帝庙修造竣工后，莫宗文亲撰碑记，阐明缘由，直抒胸臆。

乃生时不幸，天下忽而纷乱，中原忽而胡据，而蓝逆忽变，而得捣其穴以居，是皆运数使然，非人之所能为也，且为文也。而以关帝之圣，处于汉末，何知后世之有其庙？况生于河东之解梁（今山西运城），而殁于荆襄（今湖北荆州），何知百世后庙于黔，并庙于黔之中平？而文以游览寄寓为之立庙撰碑，是亦运数使然，亦非帝之所强也。

　　紧接着笔锋一转，引经据典，莫宗文道出了羊叔子登游岘山的故事，以此自喻。羊叔子，姓羊祜，字叔子。西晋开国功臣，官至中军将军、散骑将军、车骑将军等职，与当时的莫宗文所任之职极为相似。羊叔子尤喜游览登临，在与东吴对抗时，统兵驻守湖北襄阳。一次他在登临襄阳岘山时，站在岘山之巅，独立苍茫，面对奔流不息的汉江，大有唐代诗人陈子昂"念天地之悠悠，独怆然而涕下"之感慨，正如莫宗文在《碑记》写道："自有此山，不知经阅几人，而湮没不传者，不胜可慨焉？"羊叔子一生"恭为德首，慎为行基"，并且爱民如子。当羊叔子病逝时，正值襄阳集市（赶集），市人无不痛哭，为之罢市以示哀悼，大街小巷哭声不断，就连与他对抗的东吴将士也为之哭泣。后襄阳百姓为了纪念羊叔子，特地在他生前喜欢游览登临的岘山建庙立碑，人称"羊公碑"。每逢年节，四周百姓都会到碑前纪念他，睹碑生情，莫不流泪。羊叔子的继任者经学家杜预因此把"羊公碑"称为"堕泪碑"，此碑至今犹存。《关帝庙碑记》中，莫宗文继续写道："则文于中平以家，而登眺托迹，抱此壮怀……而千百世以后，文虽不肖，得仗关帝之灵以传焉，亦未可知也，爰是撰之于石。"

　　没有信仰，则没有品行和生命，也没有灵魂，更不能成就事业。莫宗文不仅要在中平修建关帝庙，还推出了历史上他所崇拜的羊叔子，他当时的情形与羊叔子实在太像了。他的实质就是要借关老爷的威灵作护佑，以羊叔子为榜样，实现他辅佐当朝皇帝抗清复明、一统朱家天下的目的，可谓用心良苦。然而，大厦将倾，无可奈何，永历皇帝一行在安龙驻了四年之后，又迁往云南。最终于南明永历十六年，即清康熙元年（1662年），永历皇帝朱由榔在云南惨遭吴三桂杀害，南明王朝的历史结束。莫宗文等重臣，"不甘降清，潜踪此土，以死以葬"（引自《开阳县志稿》）。政权更替，改朝换代，大势所趋。莫宗文及其后人异志心存，顺应潮流，默默无闻，安居乐业。从南明王朝结束至今的370多年间，莫氏一族中建功立业者亦不少，在离中平不远的开阳龙岗大荆村莫宗文的后人仍算得上当地望族。清嘉庆年间莫文达创建的大荆书院旧址，依稀可见。

深秋的风很有几分凉意，弄得四周的竹树沙沙作响，似乎在唤醒我走出时光的隧道了。我们回程时，脑中还是印出莫宗文在《关帝庙碑记》中最后的寄语："后之览者，询其故址，考其遗迹，亦必生凭吊之感。"

猛然间，我记起了唐代诗人孟浩然在游览羊叔子常去的岘山时所写的诗《与诸子登岘山》。

人事有代谢，往来成古今。

江山留胜迹，我辈复登临。

水落鱼梁浅，天寒梦泽深。

羊公碑尚在，读罢泪沾襟。

我不正是那个"询其故址，考其遗迹，亦必生凭吊之感"的"后览者"吗？

米坪麻娘洞

　　米坪麻娘洞，要么不进，进去便是半个诗人。

　　国人有山洞情结，于是造出"别有洞天""洞天福地"等词语来。陶渊明的《桃花源记》之所以盛传万代，就在于他开凿了一个供武陵人进入理想王国的山洞。从此，在中国读书人的心里隐藏着一个逃避现实的桃花源。等到现实已无法回避必须面对时，又造出一个水帘洞来，此洞非同小可，大闹天宫的力量即是在这个洞里孕育的。

　　神仙的住地似乎都与山洞分不开，分为十大洞天、三十六小洞天、

米坪

七十二福地。那么，米坪的麻娘洞里有没有神仙居住呢？有，住的就是麻娘仙姑。这是我小时候就知道的故事。当时我们家就住在离米坪不远的花梨，常听到大人们说起"麻娘洞的故事"。

米坪大田坝边，有一个叫鸭坡的地方，山上有一个洞，因为有麻娘仙姑居住，所以叫麻娘洞。这麻娘洞同半山腰的观音洞是相通的，本是一洞上下两层。观音洞住的是观音菩萨，这是人们所熟悉的救苦救难的观音娘娘。而上一层洞里住的麻娘，虽然是仙女，也能为人们除病消灾，还有抛米成珠的本领。但是，麻娘人身鸡爪脚，手也是鸡爪一样的，时常发出尖叫声。她不伤害人，但很让人害怕。还说很久以前，在洞内熬硝的人曾看见过麻娘，太吓人了，所以不敢再到洞内熬硝了。

故事说得有板有眼，绘声绘色，给我留下了很深的印象。当时我即想，既然麻娘不伤害人，还能替人们消灾除病，只是长相和声音有些怕人，不能算是妖怪，还应该是仙女。我倒是想进麻娘洞看看哩。后来因读书工作，我离开了花梨，米坪我一直也没到过，渐渐地麻娘洞的事就淡忘了。不料二十多年后，我不但来到了米坪，竟然还是受命主持米坪乡的工作，任乡党委书记，麻娘洞的事又泛起于脑海中。一个闲暇之日，我结伴游麻娘洞。

从位于米坪大田坝卧牛山下的乡政府走到鸭坡麻娘洞很容易，穿过大田坝即可到达。因为鸭坡就在大田坝的南端，正与乡政府相望。走在田坝小道上，耳边回响起那首我刚到米坪时听到的民谣，"双狮把水口，一牛卧田中，地平天气暖，人勤五谷丰"。这大田坝，好生了得，《贵阳府志》上说，米坪之称谓元代就有了，就是因这一坝盛产优质大米，故而称"米坪"。这里离县城50公里，古属蛮州地，元明时期属水东宋氏辖地，后属水东乖西长官司正司杨氏辖地，即杨司江外四排之泥池排。说话间，我们走至"双狮把水口"的狮山下，爬至山顶，麻娘洞口就到了。

麻娘洞，洞口朝北，是两个洞口，似鼻孔，几乎被藤蔓掩盖，可见其人迹罕至。"初极狭，才通数十步，豁然开朗"，入得洞来，方见洞内宽敞，似

麻娘洞口

厅如堂，可纳四五百人。"万朵芙蓉顶上开，尚有盘龙五色台"，钟乳石各式各样，活灵活现。洞中凉气袭人，前行数十步，左右各有耳洞与岔穴，宽敞处如城门，可蜂拥而过，狭窄处似瓶颈，需匍匐而行，再行前，漆黑如墨，伸手不见五指。灯光照耀，美不胜收，石笋石屏，拔地而起；石剑石矛，临空倒悬；石帘石幔，流苏飘飘；石柱石屏，铁壁栋梁；石鳞珊瑚，如花似蕾，玲珑剔透。洞底暗河，水流淙淙。洞壁岩浆，甘露滴答。循声下看，似兽迹鸟爪，满布地面，所谓"鸡爪印"是也。人之对语，声如洪钟，余音袅袅。忽地"吱呀"声声，惊心动魄，毛骨悚然，莫不是麻娘至也！定睛细观，原来是蝙蝠惊叫飞蹿。

洞内森森深几许，无限风光在险处，因准备不足，不敢再前行了。沿来路返回，出洞下至半山，看看观音洞。人来人往的观音洞便没有麻娘洞的野趣，也少了异境奇观。想来也是蛮有意思的，这一佛一道，都是女神，又同处一山，人们为何要厚此薄彼呢？更何况，观音是外来者，麻娘可是自家人哩。

也许人们忘了，平常常用的两个成语"沧海桑田"和"东海扬尘"，讲的正是麻娘的故事。西晋著名的道家学者葛洪（字稚川）在其《神仙传》里为麻娘作传。麻娘，又称麻姑、寿仙娘娘、真寂冲应元君、虚寂冲应真人。出生在湖北麻城，故称为麻娘，五脑仙山中有麻娘住过的仙洞，也叫麻娘洞。是道教中的人物，民间信仰的女神仙。曾修道于牟州姑馀山（今山东烟台牟平区），东汉时，应仙人王方平之召，降生于蔡经家，年十八九，貌美。她常说她看见"东海三次变为桑田"。东海要多少年才能变一次桑田，麻娘居然见过三次东海变桑田。她又对她的入仙引路人王方平说，我又去了一趟蓬莱，这地方的海水比昔日召开群仙会时少了一半，我想不久东海会变成陆地吧。王方平笑着对麻娘说，那就是圣人所说的"东海扬尘"。

由于麻娘三次见东海变为桑田，又感觉东海将成为陆地起灰扬尘，于是麻娘成了女性高寿的代名词。并且又传说，每年的农历三月初三是仙界最高女神西王母寿辰，麻娘于绛珠河边，以灵芝仙草酿酒，为西王母祝寿。这即是盛行于民间的"麻姑献寿""麻姑晋酒"二图的来历。江西南城县有麻姑山，说是麻娘修道另一洞天福地，叫"丹霞洞天"，是道教三十六洞天中的第二十八洞天，又是七十二福地中的第十福地。麻娘自然有些本领，常替人们消灾除病，能穿着木屐在海面上行走，还能掷米成丹砂（一说成珍珠）。

自西晋葛洪的《神仙传》之后，在中国逐渐形成的"麻姑文化"，成了中国古文化系列中的重头戏，尤其是在民间民俗文化中占有极为重要的地位，麻姑成了受人喜爱和敬仰的女寿星。

也许是流传久远，也许是时过境迁，来到了鸭坡山洞里的麻姑，却是大大地走了样变了味，年轻美貌、献寿晋酒的麻姑，在这里被人们重新塑造成"人身鸡脚"的"妖娘"。受人顶礼膜拜的麻姑在这里受了天大的委屈，那洞内地面上的鸡爪印，分明是岩浆水滴钙化所致，硬说是麻娘的脚印。洞内那令人惧怕的"妖娘"尖叫声，原本是洞内千年蝙蝠受惊飞蹿时的尖叫声，强加成麻姑的尖叫声，冤哉枉也，麻姑！而同处一山，并且是一洞之上下的观音就不同了。我们在观音洞里转悠了一圈，虽然没有看到观音菩萨的塑像，但在原塑像处仍是香灰成堆，残蜡一地。在这里，人们不但不敢说观音半个"不"字，而且还虔诚有加，香火旺盛，观音太深入人心了。

我极佩服这里人们的想象力和创造力，把这些原本硬生生的天然山洞赋予了灵气，赋予了勃勃生机，赋予了无限遐思妙想！"桃花源"和"水帘洞"不就是这样产生的吗？

快 下

快下，一个小山寨的名字。

在地图上很难找到快下这一地名。一定要说清楚它的位置的话，即是开阳县双流镇三合村快下村民组。还是不知道，别急，现在要到快下了，十分方便，无论是从省城贵阳出发，还是从县城开阳出发，都不会超过一个小时的车程，因为通村通组的公路网早已把原本封闭偏僻的快下连起来了。

我们去快下时，正值初冬，晴好的天气，和煦的阳光，更显山寒水瘦，苍然寂然。车行至一山塘前，正遇几个村民在修整塘前公路边的沟渠，不能通行。

"快下"，我随口说一句，同行者会心地笑了。笑声中，我们下了车。正在干活的村民告诉我们，这山塘后面的寨子就是快下，与我们停车的地方近在咫尺。

"你们是来看何人凤官衙遗址的吧？"一位干活的年轻人说。

"你怎么知道？"我说。

"已经来过好几拨人了，特别是这路修好后，常有人来考察。我们这个快下寨基本都姓何，都是何人凤的后人，他老人家当年修的衙门，虽然原来的房屋没有了，但屋基还在，当年房屋的布局还可以看到，这口山塘也是当年配风水修筑的。"说话的年轻人显然是有些见识，热情开朗。我们自我介绍了身份、说明来意后，便邀请他作我们的向导，他很乐意。他说很愿意为宣传他们何家、宣传何人凤尽些力做点事。

"你们晓不晓得，我们这里为什么叫快下？"年轻人同我们一边走一边问我们。我们哪能知道，就是因为不知道，才到这里来的呀。

　　"当年，我们老祖宗何人凤任了开州知州后，把开州州衙建在了这里，这里自然威严起来了。但凡来拜见何知州的人，只要到了你们刚才停车的地方，必须得'文官下轿，武官下马'，动作还得快。衙署门卫不断催促来的人快下、快下！时间一长，人们就把这里叫作'快下'了。"

　　原来这状谓结构的组合词变成名词，竟然蕴藏着这么一个有趣的故事。这是漫长的中国历史中，对于贵州、对于开阳来说，有些特别的小插曲。

　　史载，明王朝崇祯十七年（1644年），闯王李自成攻占北京城，逼迫崇祯皇帝吊死于煤山，大明王朝结束。这之后的近二十年时间里，明皇族宗室，受封于各地的同宗子侄们，为明朝官员相继拥立于南方各地，继续与李自成的"义军"和入关的清兵抗衡，史称这一时期为南明，前后出现的弘光、隆武、绍武三个政权的时间都不长，唯肇庆桂王朱由榔的永历政权坚持了十六年。但是明王朝朱家天下毕竟气数已尽，永历皇帝自登基之日起，即惶惶如丧家之犬，过的就是亡命生涯。1652年2月，永历皇帝"移驾"贵州安龙县。在安龙度过四年。虽然清顺治皇帝已在北京城坐拥天下，但开阳仍属于永历政权统治范围。1630年，水东宋氏土司被革除，设置开州（开阳）。在开州建州十三年后，布依族起义，攻毁了开州城的州衙和寺庙等大部分建筑。《贵阳府志》记载，正当开州城处于一片狼藉的时候，何人凤因军功升任开州知州。而此时的开州城内无法立足，没有办公的场所。于是，何人凤上奏永历皇帝，请求将他的私宅（快下）扩建规整为开州临时衙署。"建私衙"这对朝廷命官来说，是完全违背祖制（法律）的事，但当时的永历皇帝正逃亡到了广西，受清军和农民起义军的夹击，自身难保，无暇顾及。永历皇帝为了争取贵州地方势力的支持，只得同意何人凤的奏请。

　　在同我们的向导边走边谈之中，我们已走进了快下寨。十几户人家，在青山怀抱之中，炊烟袅袅，鸡犬相闻。一色的木架青瓦房，悠闲自在地排立在

开州临时衙署遗址

那里，虽经风雨却不失当年的气派。踏进这个小山寨，似乎感觉有一种"气场"，在脑中闪现的便是"人杰地灵""物华天宝"一类的词语。

"何人凤在得到永历皇帝的同意后，用了开州三年（1650—1653年）朱砂赋税，加上自己的积蓄和官俸等，即把这里的私宅改扩建成了3000平方米的临时州衙，它包括三个朝门（州衙头门、辕门和仪门）、照壁（州衙甬壁）。第一个院落为办公区，大堂五间（即州衙大堂）和左右厢房各三间（即州衙花厅和签押房）；第二个院落为生活区，住房五间和左右厢房各三间。高大的围墙又将两个院落围成一体。现在只能看到当年的基址，房屋和围墙早就没有了。不过现在还能看到原先院墙外那两个拴马桩。"

一进寨子，年轻人就给我们介绍，如数家珍。在他的引导下，我们在寨外的一块地里看到了两个拴马桩，即两根石柱，不高，敦敦实实地立在土里，全身长满了青苔，给人一种沧海桑田之感。

"何人凤改建私宅作开州临时衙署的事，《贵阳府志》《开阳县志》都提及得很少，你说的这些从何而来呢？"我问道。

　　"这一史实的来源即是我们的《何氏族谱》，上面有《何人凤传》，以及前几年出土的《何人凤墓志铭》。何人凤的墓即在开阳顶兆何家坟山上。"年轻人回答说。

　　年轻人这么说，我记起了前不久读到的《吴中蕃诗萃详释》，其中一首《壬寅过斗光河》的诗，作注释的专家说，"斗光河，不详何地，可能在甘肃陕西一带"，此说是明显错误的。诗题中的斗光河，即开阳白马的光斗河，也称光堵河，或白马洞河，离何人凤的快下不远。该地是朱砂的盛产地（至今尚有宝王宫可证），唐初建光州于光堵河。《壬寅过斗光河》写的是光堵河一带因开采朱砂，"河尽淘砂，终岁作赤黄色"，溪流被污染，以及采砂工人的艰辛，而朱砂最终是"半入私囊半公府"，揭示了统治阶级残酷的剥削本质。

　　诗人吴中蕃为何会在壬寅年，即清康熙元年（1662年），从省城贵阳来

今日快下寨

到这开采朱砂的光斗河呢？这里有一个鲜为人知的事实。根据《何氏族谱》和其他相关资料载，何人凤与吴中蕃是双重儿女亲家，即何人凤的五子何子溶、六子何子泓分别娶吴中蕃的两个女儿为妻，何人凤的次女嫁吴中蕃长子吴皋为妻。这等联姻少有。可见何人凤与吴中蕃二人之关系非同一般。因为他们是门当户对的世交。

何人凤，字羽侯，明崇祯元年（1628年）出生于贵阳。其祖何图呈，举人，官至广西永康州知州。其父何兆柳，举人，曾任蓟辽总督洪承畴监军。那是一个战乱纷纷的年代，时任贵州总兵的陶洪谟为泄私愤，诬陷何兆柳私通流寇，致使大方县城失陷，将何兆柳一家"满门抄斩"。行刑时，何人凤尚幼，其保姆是一苗族妇女，即今快下人。眼见何家即将灭门绝后，这位苗族妇人，急中生智，用自己亲生的、与何人凤同岁的儿子换取了何人凤。苗妇忍受着常人无法忍受的悲痛，眼睁睁地看着自己亲生儿子惨遭杀害。之后毅然决然地背着幼小的何人凤连夜逃至今快下躲避。这位苗族妇人将何人凤视为自己的亲儿子抚养。没多久何兆柳得以平反，家产田地返还，何兆柳唯一的根苗何人凤得到了南明朝廷的重用。何人凤二十二岁时永历皇帝即任命他为监军，后升任游击，永历四年（1650年）转任开州知州，从五品。在何人凤的一生中，他最感恩的是那位不知姓名的苗妇，在自家堂屋神龛上和家庙祠堂里，摆挂起苗妇的牌位和画像，与何氏列祖列宗同享供奉。此举后来成了何人凤后人的家规，世代相传，以示永世不忘。

吴中蕃，字滋大，明万历四十六年（1618年）生于贵阳。其祖吴淮，举人，官至户部郎中。其父吴子琪，举人，曾任兴宁知县。吴中蕃年长何人凤十岁，两家是自祖父辈开始的世交。吴、何二人还在同一年升官，在何人凤出任开州知州的同一年，吴中蕃出任遵义县知县。吴中蕃治遵义县有政绩，升任重庆知府，转任南明朝廷的礼部仪制司郎中等。后因直言上疏，开罪于朝廷的当权者，被罢官归家。南明政权被吴三桂灭掉后，吴中蕃奉母入真龙山隐居，以诗文著述为乐。

吴诗中的壬寅年，正是吴三桂在昆明杀害南明永历皇帝、南明政权彻底灭亡的时间。贵阳开阳已经是清朝的统治区域了。此时，何人凤父亲何兆柳的"老上级"、已归顺清朝的洪承畴，率清军进驻贵阳。毕竟是改朝换代了，何人凤便带上南明皇帝所颁发的开州州印等到贵阳交给洪承畴，以示归顺。洪承畴念于同何兆柳的情缘，对这个后生晚辈给予许多的关照。将开州州印发还给何人凤，并命何人凤继续任开州知州。

清顺治十八年（1661年），清廷命江西人徐昌任开州知州。徐昌上任同样面临开州城内没有衙署办公的问题。前任何人凤以礼相待，让他继续在快下办公。到次年州城衙署基本修复后才正式将州衙署迁至开州城内。

也正是这个"壬寅年"，开阳永兴场（今双流镇）重新开场，何人凤以开州前任知州的身份，邀请前朝旧臣、著名诗人、自己的亲家公吴中蕃参加永兴场重新开场典礼。吴中蕃也想到快下，一是拜见亲家何人凤，二是看看自己的两个女儿在快下到底生活得如何。于是吴中蕃欣然前往。而从贵阳到快下，斗光河（光斗河）是必经之地，于是才有了那首《壬寅过斗光河》之诗。诗中写的是淘丹砂的艰辛，也让人感受到诗人极大的愤慨，因为此时吴中蕃已得知了永历皇帝被吴三桂杀害的噩耗，伤心极了。自己追随孝忠的明王朝彻底灭亡了，作为孤臣遗子，那心情怎会好呢！自壬寅年过光斗河到快下，参加完永兴场重新开场仪式之后，吴中蕃再也没有出过家门，隐居山林，直至终老。

也许是受了亲家公的影响，何人凤也一直闲居快下，专心教育子孙，不再外出活动，直到清康熙十六年（1667年）八月，病逝于快下衙署。

何、吴两家的联姻，形成了优秀而强大的遗传基因，何人凤的后辈子孙，自清乾隆时期直到清末，一百八十余年间，人才辈出，"一榜三进士，五代七翰林"名震天下，同时还出了十二名举人、十一名贡生。其中何学林中进士点翰林后，曾任嘉庆皇帝的老师，出任道员代理江苏省布政使（省长）。何亮清（贵阳名士李端棻之舅父，对李端棻的成长起了巨大作用的人）点翰林后，出任四川知府。

何氏一族至今于海内外还有影响，最近从媒体上得知，贵州历史学者庞思纯，于2018年冬，在美国加州大学洛杉矶分校东亚图书馆，收藏有六十七份清朝贵州籍进士考卷，他亲眼看见了这批考卷的"真容"。其中有何氏家族中何鼎的殿试试卷，该试卷长2米多，宽0.3米左右。封面以墨笔写着"应殿试举人臣何鼎"，朱笔书写"第二甲柒拾陆名"。在考卷扉页，写着个人简历以及应试人的曾祖父、祖父、父亲的名讳等详细信息。何鼎即是何人凤后人中"一榜三进士"之一。清咸丰十年（1860年），贵州一省考中五名进士，而快下何氏一门即三人同榜高中，他们是何亮清、何鼎、何庆恩。何鼎，字梦庐，官至河南叶县知县。有《游嵩日记》《游终南太乙小记》《蔬香小辅漫录》等著作刊行。

我们边走边聊，漫步在历经了三百多年风雨的快下开州临时州衙遗址上，不禁感慨，何人凤、吴中蕃、洪承畴、徐昌、李端棻等，这些曾是历史上浓墨重彩的人物啊！而今安在？青山依旧在，几度夕阳红，古今多少事都付笑谈中！

冬天的太阳来也匆匆、去也匆匆，在落霞满天的时候，我们回程了。快下，一个有意思的名字，我记住快下了。

石家卡

　　一道如城门般的巨型石拱门，耸立在那崇山峻岭之上，像一位饱经沧桑、风烛残年的老人，任凭风云变幻，寒来暑往，西风残照中，向走近它的人讲述着那些惨烈传奇、动人故事。它就是石家卡。

　　石家卡，位于开阳县与瓮安县的交界地方，距开阳县城约50公里，属开阳县花梨镇十字（石至）村辖地。石家卡的全称是：石家卡虎视关。不用说那是一个军事关卡。

风蚀岁月中的石家卡

这石家卡，与我竟然有些缘分，童年时就数次经过它，后来因为工作，又多次走近它，研究过它的前世今生，极想把它"拽出"大山，让世人知道它，了解它所经历过的那段特殊的历史。这自然是缘于自己少年时那段特别的感受。

　　童年时，让我感觉最惬意的事情是到外婆家去玩耍，而最令我发愁的事又是去外婆家要经过那叫石家卡的地方。那时的乡间，不要说坐汽车，就连见到汽车都是幸事，所以到外婆家的50公里山路得靠步行完成，石家卡是必经之地。原本一路平坦，一路欢快，刚过一道小河，抬头只见一道山梁巨龙一般横亘于前，挡住了视线，仔细看来才见一小路往山上蜿蜒而去，顺小路望去，山梁在那儿仿佛撕开一道口子，那就是石家卡的所在地。上石家卡的路在荒无人烟的大山深处，哪怕是与大人们同行，一路总是小心翼翼的，生怕惊了那山神野鬼，猛虎怪兽。不管春夏秋冬，走上石家卡时总是大汗淋漓、气喘吁吁，有时甚至眼冒金星，浑身发软。不过爬到卡子上那儿又是另一番景象，卡子是一道石砌拱卷城门，光滑平整的巨石，细锤细钻之后，砌成高大宽阔的门洞，很像县城的城门，只是那两扇关门与守关者一样，早已不知去向。沿卡子门的两翼，还有石砌的城墙，一直延伸在两边的一望无尽的山岭上，由于垮塌的地段多，望去是断断续续的。不用登高，就站在卡门前，凉风悠悠，居高临下，四顾苍茫，一山峭起群山嫉，远近的大小山头，本来都是想和这个制高点一较高低，争个锋头，但它们跟到半道，都心劳力拙地止步不前了。如果流放夜郎的李白到的是这里，他也会写下"一夫当关，万夫莫开"的诗句。每次过石家卡，总是在想，这"石家"为什么要在这前不巴村后不着店的荒山野岭上，修建这么一座城门和那两边长长的城墙呢？它发挥的作用是什么？

　　后来自然是历史告诉了我，150多年前，在我们生活的这块土地上爆发了一场战乱，即贵州历史上的咸同起义。清咸丰同治年间，同贵州各地一样，瓮安苗族人何得胜揭竿而起。其来势凶猛，很快就占领了瓮安县城。开阳危急，并威胁到省城贵阳。为抵抗何得胜的黄号义军（头缠黄色头巾，故称为黄号军），纵横驰骋，烧杀掳掠，民不聊生。开州作为贵阳的门户，战略地位十分重要，如果开州不保，贵阳一定会告急，而当时开州、瓮安、平越（今福泉）又是何得胜闹腾的重灾区。由于贵州的贫瘠，连军饷都得靠邻省接济，可想当时保开州何等艰难。

咸丰五年（1855年），云南昆明人、进士出身的石虎臣奉命任开州知州，石知州到任后，首要任务就是"备战备荒"，以减租减息、捐资疏浚沟渠、鼓励百姓积极种粮等手段来解决百姓的吃饭问题。处处为百姓生计着想。他断案公正，有诉立断，监狱为之一空。石虎臣在开州，深受百姓爱戴。咸丰六年（1856年），石虎臣调安平县（平坝）任知县，开州上千百姓到省城请愿要求石虎臣留任开州。留任后，石虎臣更是竭尽全力服务百姓，咸丰七年（1857年），开州百姓在县城为石虎臣建生祠，以享殊荣。鉴于当时的情况，石知州号召开州各地士绅，并自己带头捐银捐粮开办团练，在各地险要处筑营自守。号召百姓拿起刀枪，参加团练，坚守自卫。于是就有当时闻名全省的开州二十八营，至今开阳境内叫"营盘"的地名还很多，二十八座营盘遗址依稀可见。二十八营盘中以佘家营和何家营为著名，佘家营营主佘士举与何家营营主何正观也因此被推举为二十八营总团首和副总团首。开州最早在贵州形成了全县一体、各地联动的防范体系。

清咸丰八年（1858年），朝廷令石虎臣以开州知州兼办平越、瓮安军务。好一副重担啊！为防止何得胜的黄号军从平越、瓮安取道开州攻袭省城贵阳，石虎臣动员乖西长官司正长官杨永观等参与修筑三道防线、设立三个关卡，并从二十八营中选拔精干团练驻守。三个关卡选址在开州、瓮安交界的交通要道地势险要处，均为"一夫当关，万夫莫开"的山丫口，从西向东依次为虎奋关、虎威关和虎视关，由于是石知州率绅民所建，总名都称石家卡，三关取石虎臣的"虎"字，再分别结合地势得名。正如石虎臣在《虎奋关碑文》中写道："余承乏开州，于兹三载，凡山川形势，周流殆遍，如二三父老为坚壁清野计，于形势险要之地，筑关凡三，虎奋其一也。关成，扼平、瓮之冲，褫苗教之魄，既得地利，复仗人和。新场一带，可以言守与战矣"。三关建成后，黄号军几次攻关均未攻破，三关的威力无比。

石虎臣到任开州并兼办平越、瓮安军务，这无疑是对黄号军一记重拳，黄号军恨之入骨，呼之为"石老虎"。但是在当时石虎臣这样的清官能人，又能为老百姓办事的官吏实在太少了，加之当时软弱无能、尔虞我诈、中饱私囊、欺上瞒下、鱼肉百姓等怪相充斥了整个官场，面对起义军滔天巨浪般的势头，只有知州头衔的石虎臣再能干也无济于事。

咸丰九年正月初三（1859年2月5日），石虎臣奉命出征瓮安高枧，初战告捷。十天后的正月十三，石虎臣率部进至瓮安枫平五道河十二道拐，因为判断失误，随即陷入何得胜黄号军的重重包围之中。石虎臣身先士卒，左冲右突，由于援兵迟迟不至，寡不敌众。石虎臣及其干将二十八人，以及兵练四百余人阵亡。尸横遍野，血流成河。黄号军并不罢休，又挖掉石虎臣的双眼，割其肾脏而去。直到开州团总佘士举率部攻下十二拐，才在当地百姓的帮助下找到石虎臣的遗体，这已经过七天了。佘士举等扶石虎臣灵柩回到县城，百姓自发哭祭三日，葬于祖师观后黄嘉隽（开阳首任知州）墓旁，并在开州城里为石虎臣建了专祠祀之。

石虎臣战死后，黄号军仍然没有攻破石家卡的三道关，不得不改变进攻策略，绕道避开石家卡，占领洛旺河东岸的轿顶山，并扎营其上，窥视开州城。于是这支起义军在开州、瓮安、平越一带，以及贵阳周边闹腾了近二十年，演绎出了"戴鹿芝单骑赴轿顶山""何得胜望落望河兴叹"等动人故事。那自然是后话了。

时光的流逝，黯淡了刀光剑影，熄灭了烽火狼烟，残酷的战争最终远离了人们。石家卡，已由军事建筑变成了地名，犹如一位解甲归田的将军，默默无闻。不经意间看他一眼，你会觉得眉宇间透出许多的苍凉悲壮。

当年黄号军攻不下，绕道而过的石家卡，如今也很少有人去了，我儿时常走的那条路，也同样绕开了石家卡，修筑了公路。石家卡更像一位高人隐居

石家卡

在崇山峻岭之中，看风起云涌、日升日落，只有闲花野草相伴，不管人间的兴亡，在灰扑扑、暗沉沉、莽苍苍的城门上和已倾塌的城墙石中，经营着春华秋实。知名和不知名的鸟儿们，不问沧海桑田，在杂草丛中无忧无虑地唱和着，陪伴着石家卡。

佘家营

开阳城东南去20余里，崇山峻岭之中，有一营盘，围营石墙巍然屹立，断壁残垣朗然可见。三面绝壁悬崖，一面通达营中。所谓"营"，其实是一个可居百余户人家的山寨，至今还有好几户人家居于其内。这就是佘家营，亦称三星营。

这种称"营盘"的古代战争遗存，在贵州各地随处可见，单就开阳小小一县之内就有营盘三十余处。散落于万山丛中，成了今天一道独特的风景，而

佘家营旁的山寨

见证的却是昨天的血雨腥风。

打开贵州历史，只见满纸的血与火，尤其是在明、清两代五百多年的时间里，地瘠民贫的贵州，何堪如此战争重负？有学者做过统计，明代276年中，贵州发生大小战争的年份，共有145年，占明代一半以上的时间；清代267年中，贵州发生大小战争的年份，有227年，几乎年年战事不息。明清两代共计543年历史，有战争的年份共372年，占68.5%。

有位当代学者在谈及太平天国时说："我相信许多历史学家还在继续热烈地歌颂这次规模巨大的农民起义，但似乎也应该允许我们好好谈一谈它无法掩盖的消极面吧，至少在经济问题上。事实是，这次历时十数年的暴力，只要是所到的城镇，几乎所有的商业活动都遭到严重破坏，店铺关门，商人逃亡。金融死滞、城镇人民的生活无法正常进行。""在我看来，一切社会改革的举动，都以保护而不是破坏这种本能为好，否则社会改革的终极目的又算是什么呢？可惜慷慨激昂的政治家们常常忘记了这一点，离开了世俗寻常的生态秩序，只追求法兰西革命式的激动人心。在激动人心的呼喊中，人民的经济生活形态和社会生存方式是否真正进步，却很少有人问津。"（引自余秋雨《抱愧山西》）不是吗？听听余家营断垣残壁的述说吧。

1865年，正是清同治四年，开阳县城再次被苗民义军何得胜攻下，省城贵阳告急。开州（开阳）知州（县令）许其翔逃往开阳顶兆何正冠的何家营躲避，整个一座开阳城此时仅有幸存的二十余户人家，是一座空城。开州自古为省城贵阳的北大门，大门已经是第二次被攻破，已成了废城，贵阳城能不急吗？何得胜自咸丰七年（1857年）随黔南、黔东南苗教起义，封为武安王，率黄号军，在瓮安、福泉、开阳、清镇、修文、烽息等县的土地上纵横驰骋，攻城陷池、烧杀抢掠十九年，咸丰九年（1859年），开州知州石虎臣率兵与何得胜开战，石知州战死瓮安高枧。曾两次攻陷开州城。同治二年（1863年），首次攻陷开州城时，逼死知州戴鹿芝一家老小亲随三十余口。贵州两位有名的提督田兴恕和赵德昌曾多次与何得胜交手，均难分胜负，无可奈何。同治二年

佘家营内遗迹

（1863年）四月初十，何得胜偷袭棉花渡，攻陷二龙营，候补道赵国澍（青岩赵状元之父）战死，副将卢培强重伤，官兵阵亡者数以千计。何得胜的目标是要拿下省城贵阳。所以在第二次攻下开州城后并未在此逗留，继续往扎佐、沙子哨等地征战，并占领了永乐堡、大关、小关、茶店、北衙、三江桥、洛湾等地。据《紫江朱氏家乘》朱启钤的五叔朱庆奎自述："省城数里外……烽火烛天，势亦岌岌可危，祇以粮少兵单，莫能抗御。余虽童年，亦常随各绅后，执干戈以从事，风雨无间，寒暑不辍。当四时也……焚杀之余，逃亡故绝，几无孑遗，以致田土无人耕，遍地荆棘。"省城贵阳危在旦夕。开阳最有战斗力的佘士举大本营二龙营也被攻破，于是另筑营，以抗遁敌，即今日所见的佘家营。

苗民义军占山为王，如开阳境内的花梨轿顶山就是何得胜的大本营，老

佘家营营墙残存之一段

百姓只得暂避于山洞，而手无寸铁的老百姓，山洞岂能藏身？于是，在有识之士的倡导下，选地势险要、易守难攻之地筑营自守，并招募义士，组成团练，群防群卫。开阳在咸丰九年（1839年），全开阳县境内共有二十八处营盘筑成，推乡绅佘士举为总团，何正冠为副总团。农忙时干农活，农闲时操练，那才是一个全民皆兵的时代。但是，这些营垒仍然不起作用，何得胜所到之处，仍势如破竹，纷纷被占领。于是开阳、修文等地的老百姓不断涌向省城贵阳避难，贵阳城不堪重负，官府通告百姓回乡诈降何得胜，待来日官兵围剿时，里应外合，剿灭义军。老百姓只得按照上方的要求返乡。次年，官兵果然到达开阳，在百姓的配合下，将何得胜兵赶回其大本营花梨轿顶山。而官兵竟不能久驻，不久又离去了。何得胜兵又卷土重来。何得胜说开州百姓有反骨，大开杀戒，无论老幼男女一律杀戮，血流成河，尸骨成堆。据民国年间的《开阳县志稿》载，开阳城在战乱前为两千余户人家，乱平后仅有二十四户，双流镇一千余户，乱平后仅存十三户，用沙坝场三百余户，乱平后仅存四五户。佘士举新筑的三星营完成之后，的确起到了很大的作用，何得胜多次率兵攻打而不得，铁壁铜墙，那一方的百姓可暂得休养生息，安宁度日，深得官民的一致赞赏。

同治五年（1866年）正月，何得胜又一次集数倍于佘家营的兵力围攻佘家营，佘士举自知兵寡将微，难以抵挡，急告贵阳军事长官贵阳营游击傅必胜求援，傅虽率兵前往，但不敢贸然行动。佘家营内粮草告急。智勇过人的佘士举并未气馁灰心，而是沉着应对。这一天正是正月十五元宵节，也是佘士举的生日。于是他唱了一出"空城计"，在营内搭台唱戏，大摆宴席庆贺生日。佘家营对面有一山，登至山顶便可见营内一角，平时营内均用柴火遮挡，这天全部搬开，有意让何得胜兵窥视。暗地里佘士举精造200名壮士，组成敢死队。他还派人探得何得胜已回大本营轿顶山过节去了。至晚佘士举一声令下，数门铜炮齐发，打得围营之敌抱头鼠窜，他趋势率兵出营追杀敌人，势不可挡，围营之敌惨败而逃。至此，佘家营声名大振。至同治六年（1867年）九月，何得胜病死于花梨轿顶山，同治七年（1868年）义军全部被剿灭，佘家营也从未被攻破过。

这就是贵州历史上著名的咸同起义之冰山一角。这场战争，在贵州境内，义军达几十支队伍，涉及全省七十多个府、州、县，除贵阳、遵义、安顺等城池未被攻破过，其余府、州、县城无一幸免。有的还如开阳、修文等城一样多次被攻破。朝廷调动了湖南、四川、云南、广西及贵州兵力，加上佘士举的团练等近十万人马，才得以平息了这场起义。这山坳里的佘家营即是这场战争的见证。

唯有时间才能消解一切。三星营、佘家营、民居村寨、市级文物保护单位，这一路走来，昭然若揭，青山依旧，江河不老，日月永在，百姓长存。

雄图霸业今何在？都付残垣夕照中！

到开阳吃茶去

　　东晋地方志专著《华阳国志·巴志》载，三千多年前的西周时期，周成王主持"天下"诸侯大会盟，巴蜀一带濮人酋长，将当时当地所产的"丹（朱砂）、漆、茶、蜜……皆纳贡之"，这是茶作为贡品进献皇室的最早记载。当时巴蜀疆域很大，包括四川、贵州、云南以及湘西、鄂西、陕南等部分地区。贵阳开阳恰巧在"巴蜀"的中心地带，这"头一份"贡茶中还能少得了中心地带的开阳茶？北宋大文学家黄庭坚在他的《答从圣使君》书信中说："此邦茶乃可饮"。号称苏门四学士之一的黄庭坚，一生追随他的老师苏东坡，也因此黄庭坚遭贬谪黔州。"此邦茶乃可饮"，正是黄庭坚喝了乌江流域的黔州茶后的感叹。开阳一县不正位于乌江流域吗？

　　在漫漫的时光中，历史在流淌，沿着星星点点的痕迹，追寻求证，避开喧嚣与纷繁，你能闻到这一路走来的开阳茶香。

　　走吧，到开阳喝茶去！

一

　　西湖龙井甲天下，此茶又甲龙井茶！

　　此言何出？正是大清帝国的皇帝乾隆爷啊！此茶何茶？开阳南贡茶是也。一言九鼎，开阳南贡茶，随即成了西南地区向朝廷进献的专供皇室之用的贡品茶。

故事还得慢慢道来。

出开阳县城，沿东南方向的公路而去，大约一个小时的车程，即抵达当年出产南贡茶的地方，即今开阳县南龙乡一个叫南贡场的小村寨。

小村寨南贡场，像一片树叶一样静静卧在群山之中，明显地看得出当年集市的模样。南贡场的后面即是茶园，远远地望去，那绿油油的茶树垄像群龙卧地，一条一条温顺地伏在那里，一直延伸到山腰的树林边。穿过村寨，走进茶园，往里走，能看到几座坟茔，其中一座看上去很不起眼，但细看碑文，却十分了得，墓碑上赫然写着："皇清特授扬威将军祖公梅仕奇之墓"，旁边的一座便是诰命梅夫人墓，墓碑是梅氏后人于清光绪年间重修梅墓时所立。大概是长时间无人问津，以至于两座坟茔破败不堪。但是，谁能想到，此地的茶能成为南贡茶竟是由梅仕奇引出的呢？

茶叶成为贡品，是因为茶的故乡即是中国西南地区，所以贡茶从西周到清末一直贯穿于整个中国古代社会。贡茶既是国家一种赋税形式，也是政治上君臣关系确立的一种表现形式，是特定历史阶段所具有的一种文化现象。贡茶又分为土贡茶和不定期贡茶两类，土贡即茶区每年必须进贡的定额茶叶，不定期贡则包括节日进贡及一些临时性进贡，贵阳地区的茶叶属于土贡，明万历《贵州通志》载，水东十二马头（今开阳的大部分区域）年进贡茶叶"一千一百一十五两三钱一分零。额有表笺。贡茶芽应朝祭祀"。清代朝廷的贡茶制度基本延续了明代的做法，还明确了地方贡茶的数量，运抵京城的时间和到京城的交接验收等。贡茶先由户部掌管，后又改为礼部执掌。

在清代入关后的十位皇帝当中，乾隆皇帝是对茶极有研究的一位，一生爱茶如命，更是品茶的高手。今日之杭州西湖龙井茶，正是他"老人家"的推崇备至，才得以名震天下，至今不衰。而开阳南贡茶，难见当年的风韵。

西湖龙井茶是乾隆皇帝六下江南，多次品尝之后才得以走红天下的，而开阳南贡茶又是怎么进入乾隆爷的视野、入"龙口"的呢？这还得从开阳的几位"武人"说起。

都说文人故事多，而这开阳南贡茶却是几位"武人"引出的故事。自明嘉靖十六年（1537年）明廷准许贵州开科举试以来，在全省700进士、6000举人中，开阳县考中进士者26人，考中举人者105人；考中武进士者2人，考中武举人者25人。两位武进士即谢绍尧和徐占魁，连同一位落第武人梅仕奇，正是这三位"武人"串起了开阳贡茶同乾隆皇帝的故事。

据《开阳县志》载，谢绍尧于清乾隆四十三年（1778年）考中武进士后，即有同县红坡（今开阳双流镇）人徐占魁和马桑坪（今开阳南龙乡南贡场）人梅仕奇，同拜谢绍尧为师学武，由于名师的指导，加上二人兢兢业业，勤学苦练，学力大增，武功大长，同时二人亦成了情同手足的弟兄。乾隆四十九年（1784年）徐占魁高中武进士，很快成了御前侍卫，即成了乾隆皇帝亲近的侍卫武官。而梅仕奇却落第了，自然闷闷不乐，蛰居马桑坪的家中。几年之后，已居庙堂之高的徐占魁想起了处江湖以远的当年的"铁哥们儿"梅仕奇，便鸿雁传书，邀约梅仕奇进京一晤。接到徐占魁的来信，梅仕奇很兴奋，决定择日进京。进京自然少不了带点家乡的土特产，梅仕奇想来想去，就带点家乡马桑坪的茶叶吧，虽说样子不是很美观，但其吃味，那是远近闻名的，而且正是清明节前采摘的新鲜绿茶。于是，马桑坪的茶叶也就如此这般地随梅仕奇进京了。

徐、梅二人在京城见面，把酒话旧，情深意长。待徐占魁品完了梅仕奇从家乡马桑坪带来的茶后，作为御前侍卫的徐占魁，首先想到的是他的"主子"乾隆皇帝，那是一位品茶的高手啊！他不止一次亲耳听到过乾隆爷对各地名茶的评论，如将此茶给乾隆爷呈上，让他对这来自"天末"的马桑坪茶评说评说，兴许会对科场落第的梅老弟有点作用。

果然不出所料，当乾隆皇帝品完徐占魁进献的茶叶后，赞不绝口，接着是一番高论：

漫游茶海中

如果说将此茶同西湖龙井茶叶相比的话，形不如西湖龙井茶美观，而味却远胜西湖龙井茶，茶汤色泽纯厚，闻之清香醉人，品之余味无穷，"西湖龙井甲天下，此茶又甲龙井茶！真乃茶中之奇品。"

接着嘱咐徐占魁，一定要见一见这位远道而来的送茶人。由于马桑坪茶给了乾隆皇帝极好的印象，所以当梅仕奇在徐占魁的引领下跪拜完被赐平身面见时，乾隆皇帝见梅仕奇一表人才，气宇轩昂，对答如流，又会武功，于是龙颜大悦，当即赐授梅仕奇为"扬威将军"（非常设武官），并下诏令梅仕奇专办其家乡进贡的茶叶。从此，落第"武人"梅仕奇成了专办贵州贵阳府开州马桑坪进贡茶叶的"扬威将军"，每年来往于京城和开阳之间。

金口玉言，乾隆爷对马桑坪的赞誉和对梅仕奇的重用，可想而知将会带来什么样的效果，这是百万千万都难做的"广告"啊。这来自西南开州马桑坪的茶即成了"南贡茶"，誉满京都，盛极一时。梅仕奇这位"扬威将军"的家乡马桑坪自然亦不能再叫马桑坪了，改为"南贡场"，离马桑坪不远的南江河亦改称"南贡河"。随之而来的是南贡场商贾云集，买卖兴隆。商贾们还纷纷捐资造桥修路，打通通往南贡场的每一条道路，一时间，南贡场成了开阳境内热闹繁华的重要集市。

数年之后，梅将军告老还乡，终老于故乡。至今除了能看到梅将军同其诰命夫人墓之外，还看到当年建造于南贡河上的石拱桥残桥一洞，古道近千米，古道连接南贡场的小石拱桥一座。当年被乾隆皇帝推崇备至的、令扬威将军专办的"南贡茶"，虽难觅踪影，但新的"南贡茶"早已问市了。现已探明南龙乡辖地内，地表土壤和水源富含硒元素，南贡茶即当然的富硒茶。加之地理位置、气候条件等特殊，故该地茶叶香味独特。南贡茶再成西南茶中的"贡茶"已不大可能，而成西南茶中的"极品茶"是很有可能的。试看今日之南龙乡，专办"南贡茶"的何止一个"扬威将军"！

三月春风采嫩芽

二

　　时间真是太快了，不知不觉中又到了"绿遍山原雨如烟"的季节，在友人的邀约下，我又一次来到那个当年出贡茶的村寨——南贡场。

　　初春的南贡场，四周一片绿，生机无限。而这里的茶树茶园，并不是想象当中的一片茶海，没有碧浪翻涌地向远方铺去的景致，而是茶垄向树林里延伸去，相互交错，联袂出场，一起用生机和曼妙注释着这里姿势夸张的绿。南贡场已非比当年，几十户人家的房屋，或新或旧，闲闲散散地处在那"绿"的浪涛中。我们要去的那一户人家姓叶，主人是位三十多岁年轻的制茶能手，住在南贡场的寨子靠后一点，一进院，即见"农舍变别墅"的住房，不难看出主人的精明能干，房屋的后面即是茶园，再往后山而去几十米就是清乾隆皇帝当年授封的专办南贡茶的"扬威将军"及其诰命夫人的墓地。在我的想象中，这南贡场寨子里的人家应该是姓梅，其实非也，小叶告诉我，这个寨子中大部分人姓叶，没有姓梅的。是呀，风风雨雨三百多年，那使南贡茶扬名天下的梅将军后人安在？

"请喝茶，刚制出的明前茶"。

请茶声打断了我的冥想，杯中的茶香将我的思绪拉回到现实。泡好茶送上的是同样年轻的女主人，看她那忙前忙后、忙里忙外的身影，既可知其夫为何能成制南贡茶高手的原因了，不正是一位"夫唱妇随"的女能人吗？此情此景，令我想到了清人周顺倜的一首诗：

三月春风长嫩芽，

村庄少妇解当家。

残灯未掩黄粱熟，

枕畔呼郎起采茶。

这女主人不正是诗中那位"解当家"的"村庄少妇"吗？不，她比那"村庄少妇"还要能干得多，不仅仅是"枕畔呼郎起采茶"，她说起茶来，理论是一套一套的，能说服人。

"人们都喜欢明前茶，你们面前这杯即是，香是肯定的，但看茶汤色就比较淡，不赖泡，第三道水冲下去就没有什么味了。其实雨前茶才是最好的，色、香、味、形都不亚于明前茶……"她说得不无道理，民间有"吃好茶，雨前嫩尖采谷芽"的说法。谷雨茶还有清火明目的功效。

我们一边喝着女主人送上的茶，一边听着她的讲述，雨也跟着来了，有一阵还挺大的，雨点砸在瓦楞上，"啪啪"直响，雨水顺着屋檐流下，在院坝中溅起了水花，大朵大朵的，顷刻间直沁心脾的凉意把四周的空气浸润得湿漉漉的，远山亦在朦朦胧胧的雨雾中，时隐时现，显得神神秘秘的。面前的玻璃茶杯，已被女主人续了水，茶叶在杯中完全舒展开了，正在舞蹈呢，沉下去又浮起来，浮起来又沉下去，像一群绿色的小精灵，可爱极了。

难怪周作人说，"喝茶当于瓦屋纸窗下，清泉绿茶，用素雅的陶瓷茶具，同二三人共饮，得半日之闲，可抵十年的尘梦。喝茶之后，再去继续修各人的胜业，无论为名为利，都无不可，但偶然的片刻优游乃正亦断不可少"（周作人《吃茶》），又说"我们于日用必需的东西以外，必须还有一点无用的游戏与享乐，生活才觉得有意思。我们看夕阳，看秋河，看花，听雨，闻香，喝不求解渴的酒，吃不求饱的点心，都是生活上必要的——虽然是无用的装点，而且是愈精炼愈好。可怜现在的中国生活，都是极端地干燥粗鄙，别的不说，我在北京彷徨了十年，终未曾吃到好点心"。（周作人《北京的茶食》）

茶字拆开来，即人在草木间，人生命的至高境界就是回归那份本真和纯净，正如元代诗人张雨的《水仙子》所写："归来重整旧生涯，潇洒柴桑处士家。草庵儿不用高和大，会清标岂在繁华？纸糊窗，柏木榻。挂一幅单条画，供一枝得意花，自烧香童子煮茶。"这生活艺术化，艺术生活化，正是在焚香、品茶、插花、挂画"四般闲事"中完成的。现代人实在太需要"茶"了。

雨停了，雨雾如轻纱如梦幻，笼罩着绿水青山。我们已茶过几巡了，仍没有见到男主人小叶入座。女主人告诉我们，小叶正在炒制早晨采摘的茶青。我们不正好可以参观一下古法制茶工艺吗？所谓的古法制茶，即传统的手工炒茶，由于制茶手法原始古朴，已作为非物质文化遗产的技艺类而受到保护了。我们走到叶家的手工制茶作坊，就在我们喝茶的客厅另一端的一间房子里，刚好炒出一锅，茶叶还是热的，正摊放在簸箕里，见我们走进，小叶说："这是刚炒出锅的茶，要摊放凉了才能包装，包装好后也要存放两三天才好喝"，说着捧起一把簸箕中的茶叶，将脸凑近，深深闻起那茶香，脸上绽放出甜蜜的笑容。他是在向我们示范闻茶香。其实我们一跨进制作坊，就已闻到了那茶香，很特别，与刚才喝茶时的香味有些不同。这间手工制茶坊不大，安有两口专供炒茶用的大铁锅，用的是电炒。最好的土灶柴火大铁锅，但成本要高一点。

"制好茶，特别要把握时机，绿茶不是发酵茶，讲究的是鲜美，例如这明前茶，那真叫'春风一夜长灵芽'，只要温度一上来，茶叶长得飞快，十几天的工夫就得把嫩芽采完，芽头不得留在茶树上，而且采茶的手法还必须讲究，要用拇指与食指轻轻提住嫩芽茶梗处，迅速提摘，不能掐，不然茶梗的断裂处就有伤痕，炒制后会出现黑的断面。鲜叶采摘极为重要，只取初展一芽两叶（一芽二），炒出来的茶叶才会条索匀称，具有观赏价值。"小叶站在我们旁边滔滔不绝地讲着，听得我们有些出神入化了。原来这明前茶采摘都如此讲究，炒制不是更讲究吗？

"做好茶的第一步也是关键的一步即是杀青，锃光瓦亮的大铁锅，要烧至190—200摄氏度，三两左右的茶青（刚采后经摊晾干水分的茶芽）入锅，用手上下翻炒，要听到茶青在锅中哔啵作响，热气上扬。整个杀青需要十五分钟左右。出锅装入簸箕里摊晾回潮。然后再入锅回炒，手指沉稳用力，让每片茶叶都尽可能均匀受力浓缩香气，这个过程需二十来分钟，要'茶不离锅，手不离茶'，一气呵成。直至干茶条呈鱼钩形，手感紧实，才出锅放凉包装"。

小叶的叙述，让我们知道了原来这茶也是片片皆辛苦。明代末年，贵阳大诗人吴中潘，曾有《种茶》一诗，"种茗先人志，年来思一酬。亦尝黄蕾子，未见绿盈互。地力非余吝，人工颇自尤。今朝重点缀，何日摘新柔"。这写的是种茶不易，采茶尤难，其实制上品优质茶更难。

我们走出小叶的制茶坊时，太阳出来了，阳光照耀下的南贡场，四处青翠欲滴，几只白鹭在山间飞来飞去，暮色已悄悄降临，我们得回程了。小叶夫妇谦让再三，说太忙了，没有招待好我们，邀请我们随时都来喝茶。

何处寻春迹，南贡场中行。到南贡来吃茶吧。

三

一盒新茶，朋友送的。名曰：大荆书院茶。

奇了！茶，明前翠芽，启封清香入脾，冲泡更是秀色诱人。此等好茶，何以冠名"大荆书院茶"？一定有故事，有嚼头，得细细品味才好。

从字面上看，"大荆"，地名也；"书院"，古时供人读书、讲学的场所，清末废除科举制度以后，大都改为了学校。而大荆书院与眼前这茶有何瓜葛呢？素喜刨根问底的我，决意到实地探个究竟。

秋高气爽艳阳天，正是出游好时节。我邀送茶的朋友驱车前往大荆书院所在地。大荆，也叫大顶卡，即开阳县龙岗镇坝子村大荆小学所在地。距离龙岗镇政府所在地约4公里。我曾到过那里，只是当时没有留意而已。

说话之间，大荆小学即到了。还未进校门，那惜字塔便印入了眼帘。蓝天下，田野中，在四周隐隐青山的映衬下，一塔耸立，熠熠生辉，实在是耀眼得很。进了校门，不但能看到安然无恙的惜字塔，当年书院的柱础、石级、台阶等基址还依稀可见。惜字塔和书院遗址，已被列为县级文物保护单位。这大荆小学的前身就是大荆书院。大荆书院于清道光十年（1830年），由莫文达出资创建。为激励乡人"敬典崇书，爱惜字纸"，莫文达又于同年修造了今天还能见到的惜字塔。

"大荆书院茶的名称，就是从莫文达的大荆书院这里来的，大荆书院茶的茶园就在对面的山上。待会儿，我们到茶园走走看看吧，那里又是一番景象。"同行的朋友在我们观赏惜字塔时说道。

朋友的话，使我记起了从相关文史资料中了解到的莫文达这个历史人物，以及莫氏一族的传奇故事。

据莫氏《族谱》载，莫文达于清乾隆年间出生于贵筑王潘里所属的大顶卡，即今开阳县龙岗镇大荆村，布依族。自幼习文好武，至今在当地还留有叫"马道子"的一段跑马道，那是每天早晚供莫文达跑马射箭的专用跑道，练习百步穿杨的技艺。现在还可见训练臂力的石墩一尊，重约100公斤；莫文达使用重10公斤左右的大马刀；每支重约4公斤的铜锏一对。因此，莫文达于清嘉庆年间（1796—1820年），考中黔北武进士。按常理，高中武进士，那是光宗耀祖、享受高官厚禄的。然而，莫文达选择的却是隐居不仕，不愿为官，不取朝廷俸禄，甘于清贫。莫文达满怀的激情，化为对家乡的报答。于是，他创建大荆书院。这在当时偏僻的布依族山寨创建供人们读书、讲学的书院，实属罕见，可钦可佩。莫文达还于创建大荆书院的第二年开通了脚渡河的义渡。这正是黔南的龙里和贵阳的乌当、开阳交汇点，一渡连三县，极大地方便脚渡河两岸的老百姓。

文武兼备的莫文达，名士风范，隐居故里，耕读传家，寄情于"琴棋书画诗酒茶"之中。如今大荆小学旁的莫家正在修复那一进三院的老宅，还能看到当年的气派。据莫氏后人介绍，莫文达特别喜好产自书院对面山上的茶，并对茶的种植、采摘、加工、储藏以及冲泡都有相当的研究。不但他喜好，就连莫文达请来书院授课讲学的先生们都十分喜好产自对面山上的茶。

金榜题名后的莫文达不愿为官，隐居家乡，除了"莼鲈之思"，特别喜好家乡的茶以外，其实尚有隐情。因为，莫文达是南明永历皇帝朱由榔的老师、永历朝廷的重臣湖南麻阳人莫宗文的直系后人啊！

南明永历十六年，即清康熙元年（1662年），永历皇帝在云南惨遭吴三桂杀害，南明王朝的历史结束。一直镇守在中平一带的莫宗文等南明重臣，"不甘降清，潜踪此土，以死以葬"，至今在瓮安县的中坪镇中坪村尚能看到莫宗文的坟墓，当地人称"莫太师坟"。

在莫宗文当年率部追剿蓝二时，对同处清水江流域的大顶卡（大荆书院所在地）留有很深的印象，这里地势险要，易守难攻，东西两边是大山，中间是一条通往龙里和乌当的要道，设关卡，有一夫当关、万夫莫开之势，故名曰："大顶卡"。而且这里不仅民风淳朴，还山美水美，气候宜人，特别宜于人居住。所以在平定蓝二后，莫宗文迁家眷于中平时，便遣其胞弟莫应元携家眷到大顶卡居住。由明入清，改朝换代，这一住，一百多年的时间过去了，莫氏后人已同当地的原住民布依族融为了一体，成了布依族人。

一切都可以变，但是在莫家，"反清复明"的思想却是根深蒂固代代相传的。因此，清嘉庆年间，莫文达即使金榜题名，也终生不为官，决不为清廷效力。

莫文达是隐士吧，但与那些结庐山林、独钓寒江的隐士不一样，他没有故意地标榜孤傲，也没有愤世嫉俗的狂放不羁，而是踏踏实实地过着小桥流水人家的充满诗情画意的生活。

"大荆书院茶的茶园到了。"朋友的话，打断了我悠悠然然的思绪。

离开莫家大院，我们乘坐的汽车，已经在山的怀抱里奔跑了半小时的路了。其实直线距离并不远，站在惜字塔旁就能望见茶园的山、茶园的树，而公路却得顺山脚而行，然后拐弯上山，再行一段路才能到达茶园。

下得车来，举目望去，四周那大大小小、远远近近的青山，如浪奔浪涌，与面前条条伏地茶垄共同编织的无限生机，令人心醉神迷。若不是远山高压电线铁塔的提醒，眼前的景象与莫文达当年的所见有什么两样呢？漫步茶园，沐浴着山岚，"两腋清风起，何必寻蓬莱"。

"这茶园所在地正好是两区三县交界处，即贵阳的开阳县、乌当区和黔南的龙里县的交界地，目极范围内都没有村寨农舍，原始生态保护很好。并且最为得天独厚的是，这里是典型的富硒地带，所出产的茶即为富硒茶。这是历经专家反复测试所得的结论。按照原始生态圈、海拔、土壤、温度、温差、光照、云雾、水分、空气等九大标准，大荆书院茶均达到指标要求。"朋友如数家珍地介绍着。

一百五十多年前的莫文达为什么特别喜好这里的茶，答案不难找到了吧。而且今天居住在大荆书院一带的布依族同胞同样喜好这里的茶。

看完茶园，朋友还带我到了离茶园不远的一个叫落坝田的布依族村寨，在同该村的老支书交谈中了解到，落坝田八十来户人家，几乎家家种茶、制茶，喜好茶。当地的布依族语言基本消失，但只有"吃茶"布依族语叫"根吉"，还老少都记得。在他们的布依族山歌中，无论是"三滴水"，还是"四平腔"，对当地茶的歌咏赞叹，不胜枚举。他说人们劳作之余"根吉"，逢年过节"根吉"，待客宴宾"根吉"，祭祀祖先"根吉"，不可一日不"根吉"。他们"根吉"出了健康！"根吉"出了快乐！"根吉"出了长寿！老支书还告诉我们当地还有不少的老茶树，有关部门还来登记挂牌哩。

"柴米油盐酱醋茶"，从古至今都是平头百姓的生活，这个名不见经传的布依族山寨也一样。

大荆书院茶，果然一好茶！

清龙河边坐夜筵

礼失，求诸野。

没想到至今仍在应验着这句话。曾几何时，传统文化、传统礼仪一股脑儿地被砸烂，洗澡水和孩子一块泼出去，礼崩乐坏了。现在又要重新寻捡回来，还真有些难。

然而不用急，当你经历过一回开阳清龙河边的"坐夜筵"之后，你会惊叹：原来，"这厢有礼"！

作为省级非物质文化遗产的"坐夜筵"，原本是布依族婚庆中最隆重最欢乐的礼仪，早就想体验感受一番的。于是，电话联系了这个项目的传承人老陈，他在清龙河边等我们。

现在要到清龙河实在太容易了，都是高速路，省城贵阳一个小时，县城开阳二十分钟即可到达。一个春日融融的上午，我们一行来到了开阳禾丰清龙河边，老陈曾任过村党支部书记，与我是老朋友了，见面格外亲切。当他知道我们的来意时，他兴奋了，他告诉我，他正在河边一户"农家乐"搞坐夜筵的传习活动呢，来得恰是时候。说话间，老陈领着我们往河边寨中一户人家走去。

未进大门，歌声混着酒肉香扑面而来，歌声是女声的无伴奏齐唱，清脆悦耳，叫人难忘；酒肉香是农家米酒腊肉的浓香，清醇浓郁，令人垂涎。老陈叫我们暂缓进大门，他说今日要向我们展演一次布依族娶媳妇时的情境，并要我们参与互动，我们的角色就是女方家来的送亲的客人。不用说老陈就是今日的"导演"。他说，刚才听到的叫"接风歌"，意思是为送亲的客人接风。正式仪式中，大门外或寨门外，摆设香案，桌上斟满八杯酒，两位迎宾先生（主人家选派的代表）在案后恭候，待送亲队伍到来时，两位迎宾要同两位主送亲客见面致以问候，行三鞠躬礼，礼毕后，主送亲客将案桌上的四杯酒祭于地，主人也将另四杯祭于地，这叫酒祭于地，众神有请，诸邪回避，然后拆案放行。但还不能随意进门，门内必有迎客师高声念白道：

> 子路闻之喜，昨天就望起。
>
> 听到喜鹊叫，才知贵客到。
>
> 主人未开门，客人莫见笑。
>
> 此门不是随便开，要把根由说出来。

此时，主送亲客必须高声念白和于门内道：

> 天上金鸡叫，地上银鸡鸣，有请高亲来开门。
>
> 不说开门由自可，说起开门有根生。
>
> 此木不是非凡木，乃是昆仑山上梭罗木一根。
>
> 鲁班师傅来到此，砍下神木做财门。
>
> ……
>
> 财门已开，上上大吉！

念完"上上大吉"后，我们才跟着老陈鱼贯而入。这是一个"凹"字形标准的布依族民居，宽敞整洁，窗明几净。近年来的乡村旅游开展起来后，这家靠着布依族的这些传统的东西办起了"农家乐"，生意很不错，这些老旧东西对于"山外人"来说是"稀罕物"啊！我们刚一坐下，先前唱歌的那七八个身着布依族盛装的妇女又唱开了。

板凳拖一拖，情姐请我坐。

板凳架在桌底下，叫我怎么坐？

左边拉一拉，右边拖一拖。

拖出板凳来安起，慢是慢来慢慢坐。

……

　　老陈说这叫"安凳歌"。进行完接风仪式后，开始大宴宾客，叫"正酒"。送亲客有专门的两桌席，摆法与其他不同，板凳四张呈"井"形套架在桌子下面，所以才有刚才唱的"安凳歌"。桌上碗、筷、杯、碟只摆出一半，都用红纸封着，宾主入席后，分男左女右入座。为了表示主人对送亲客人的诚挚欢迎，这里又有一路歌唱，即入席歌、安凳歌、发壶词、发杯词、散筷歌、散盐碟歌，等等，客人每拿一样，迎宾客就是将红纸拆开，将另一半餐具补上。然后上菜敬酒，宴席开始。待酒至半酣，寨上的弟兄姊妹们要来为送亲客唱歌敬酒，热闹非凡。

　　"此时新娘在哪里？"我问老陈。

　　"新娘早就在洞房里了。"老陈说，按布依族人的规矩，结婚前一天，男方要派迎亲队伍带着彩礼到女方家迎亲。女方家要备办酒席招待亲友。出阁吉时到了（发亲的时辰），新娘由自己的兄或弟背出阁门，到中堂拜别祖宗，辞别父母，然后开大门，男方派来的两女迎宾撑着红伞在外迎接，一个打灯笼，一个撑伞，将新娘扶上花轿。奏乐，起轿，一路吹吹打打赶往男方家。在男方家进亲时，男方的家人（含新郎）一律回避，由两位多子多孙的老妇人扶入堂屋，新娘向男方祖宗神位行礼后牵入洞房，这个过程叫"进亲"。女方家的送亲队伍要等进完亲后，才从大门进，即有前面说到的接风、开财门、吃"正酒"等。在男方家整个婚庆过程，最有情趣，最精彩就是"夜筵歌"，也叫"坐夜筵"。今天我们就不吃"正酒"了，就直接"坐夜筵"吧。

清龙河边布依人家

于是，在老陈的引导下，我们又在歌声中登堂入室，进入堂屋里。堂屋内早已安好了三张大桌，配以长条凳，叫合席。老陈说，这一般都在正酒当天的晚间十二点举行，其实就是招待送亲客人的夜宵，但这个夜宵不是一般的，那是要展示主送亲客和主陪客的才华和酒量的，这两个角色必须得寨中德高望重、知书识礼、能唱能喝又能说的人来担当。我们一行随老陈坐于堂屋内香火牌位的下方，叫上座，下座是刚才唱歌的那几位盛装的妇女。她们刚一坐下又唱开了，叫"请客入席歌"。酒和菜上齐之后，老陈又向我们介绍说，此时还不能动筷举杯，请客入席歌唱完后，是客人答谢歌、主人致歉歌、客人贺主歌、请客合桌歌、客人合桌歌、发筷歌、燃香词、发壶词、发杯词、散盐碟歌、发调羹歌、散筷词、发烟歌等，都是唱歌和韵文念白，内容十分丰富，女宾席以栽花贺花为主，男宾席以读书考试为主，还有大量谦让赞美之词，这些程序都要进行完，没有一两个小时是下不来的，所以今日简化，说到为止。

我们又在歌的海洋里举箸端杯。杯中物，是自酿的米酒，醇厚甘甜，散发着诱人的芳香；盘中食，是自制的腊肉、香肠、血豆腐、油炸粑颗、豆花、盐菜扣肉、小米鲊以及刚从地里采摘下的时鲜蔬菜，或煮或炒，清香扑鼻。这简直就是美食与歌唱的完美结合，这美食，这歌声与欢笑声，在这古色古香的堂屋里，在这水绿山清的天地间，更显得原汁原味。这里没有"观众"，人人都是参与者，个个都是"主角"，这里没有渲染装饰，一切都纯朴自然，这里更没有"作秀"，一切都显本真。这是何等的弥足珍贵！这酒与歌使整个"合席"更是热烈沸腾了，我们一行中的老宋同那几位主唱的妇女对起歌来，他用歌唱挡了许多的敬酒。我等不会唱的，只一个字"喝"，真是"一杯去了二杯来，三杯四杯下不来"。

"接下来就是坐夜宴中最精彩的部分——行酒令了。"老陈介绍说这行酒令，玩的是文化，所以有"牛攆牛、修马路、起书房、扫书房、开学歌、读书歌、请大人、贺童生"等名称，把四书五经、农时节庆、农事口诀、读书做人的警句名言、唐诗宋词摘句等传统的东西融入了这酒令之中了，一问一答，一唱一和，答和不上就罚酒。难怪我们喝了这么多酒，因为我们根本答不上来，"酒令"大如"军令"，不喝能行吗？这行酒令的场景，如果还感到有点熟悉的话，那肯定是在《红楼梦》里的大观园中看到的。不过那是文学作品中描写几百年前古人行的酒令，离我们实在遥远。而现在我们身处的这布依山寨中的"行酒令"，比"大观园"里的还多了布依歌的演唱。内容丰富实在，表现形式洒脱飘逸，自由自在，无拘无束，而且一玩常常是通宵达旦。大观园里的能比吗？这些文化竟能在这布依山乡传承得如此完美，历经风雨而不衰，真乃奇迹也！礼崩乐坏何处寻，布依山乡有"真经"。

歌一首接一首，酒一杯复一杯，我们已融入了这歌与酒的海洋中了。

当我们走出山寨登车返程时，春日的太阳早已偏西。醉眼蒙眬中的远景近景，处处都是人间仙境。耳边又飘来了歌声，那最后两句我听得真切："沙啦啦的杨柳，哗啦啦的水"，不正是唱的这春天的情景吗？

我愿这布依山寨四季春常在。

开阳花灯记

花灯是什么时候兴起于开阳的，无从考证。

在20世纪90年代之前，花灯这一"年俗文化"瑰宝遍及开阳城乡，成为春节至元宵节期间开阳人喜闻乐见的文艺活动。因此，有关花灯的那一幕幕便长久地定格在我的记忆里。

开阳花灯

正月十五元宵节，开阳人习惯称为过大年，天刚一擦黑，一阵阵喧天扯地的锣鼓声夹着鞭炮声，像春雷滚过大地一样，朝着大街上涌来。

　　"出灯了！出灯了！"人们欢呼着奔向那灯的队伍。首先看到的是，排灯两盏，居中押正，紧随着的是宫灯、二十八宿灯、虾形灯、鱼形灯，还有灯笼上画着八仙过海、哪吒闹海、三打白骨精、嫦娥奔月、武松打虎、三英战吕布、梁山伯与祝英台、金猴献桃、老鼠娶亲等图画的灯，一盏接一盏，数都数不过来。排灯写有神的牌位，所以得正正规规地举着走，其余的灯可以自由行进。敲锣打鼓的七八个汉子走在队伍的后面，使劲地打着敲着。还有一人是专门燃放鞭炮的，背着一大背篼小串串的鞭炮，在队伍里窜来窜去，不定在什么时候，摸出一串，用嘴上叼着的香烟点燃，扔在你脚边，吓得你直冒冷汗，一阵欢笑过后，又往前走了。队伍中最引人注目的当然是唐二和幺妹子。

　　只见唐二身穿小红背心，红裤子，头顶着红泡花，手里拿一把扇子，左顾右盼，动作夸张滑稽，未曾开口就叫人忍不住大笑。那幺妹子是一瘦高男子装扮的，头戴凤冠，身穿浅色花裙，涂脂抹粉，两个脸腔涂抹得跟猴屁股一般的红，手里拿着一张帕子，边走边扭动腰身，时不时地用兰花手指将手帕一丢，又捏着手帕一角提回，往嘴角擦拭一下，接着含情脉脉地一低头，又往前走去。那唐二叫生角，幺妹子叫旦角，整个的花灯戏就靠他俩唱主角。

　　灯的队伍上街后，那个称为"会首"的人就会领着队伍朝着他事先预定了朝贺的人家走去。而此时的主人家大门紧闭，灯队站在大门外，一阵紧锣密鼓之后，一人朗声念白（一般都是念唱两句一阵锣鼓伴奏）：

走了一程又一程，来到主家大朝门，
门上一颗印，赛过北京城。

门还是未开，那人又朗声道：

走了一湾又一湾，不知主家把门关，

你把财门打开了，花灯恭贺你喜欢。

看来夸得还不够，门仍是未开，还须念道：

主家房子起得高，石灰泥齐半中腰。

不是唐二奉承你，满屋都是银条条。

主家房子起得长，团转都是石院墙。

喂头肥猪像水牯，鸡鸭成群赛凤凰。

主家房子修得好，房顶盖的灵芝草。

灵芝草，一朵花，发财你是第一家。

这一串一串似念非念、似唱非唱奉承话让主人家听得舒坦高兴，大门就打开了。这叫开财门。这一家的财门开得算是轻巧的，如果遇到主人本身就是一个唱花灯的高手，或者屋里有一个唱灯的高手，财门就不是这么轻而易举地打开的，那得"盘灯"，就是大门内的人有意考一考这个灯队的开财门者水平如何。例如，屋里问道：

正月里，正月正，灯头先生听原因，

不知哪样盘问你，只将锣儿盘根生，

你打的哪家锣？你玩的哪家灯？

灯从何时起？戏从何时兴？

何人的儿子装小旦？何人的儿子跳小生？

说不清，道不明，请打锣鼓转回程。

外面答道：

正月里，正月正，盘灯先生听原因，

我打的唐王锣，玩的唐王灯；

灯从唐王起，戏从唐王兴，

唐王的儿子装小旦，唐王的儿子唱小生。

说得清，讲得明，请放我们进来玩花灯。

这里有典故，唐王即唐朝皇帝唐玄宗李隆基。由于他的艺术天才，又在皇宫中设教坊于梨园，常到梨园指导排演，被后世尊为戏剧保护神。戏剧界也自称"梨园行"或"梨园弟子"。

这一问一答、一来一往是需要真功夫的，历史典故、风土人情、农时家事、锅碗瓢盆，什么都可以问，就得什么都能答，而且问答都得合辙押韵，否则就开不了财门，下不来台，这是斗智，也在展露才华。观者更是津津乐道于这无限的乐趣。

开了财门后，主人家就正式迎花灯进家了，花灯进了堂屋后，主人家会将早已准备好的茶水、香烟、瓜子、糖食、果饼等端出招待灯队。还将利市钱（红包）以及香蜡纸烛一并交给灯队。在会首的指导下，灯队首先参拜主家香火牌位，然后绕堂一周，参拜各路神灵，祈求保佑主家发财发富，合家安康，等等。一系列的祈求祝福之后两位主角——唐二和幺妹子上场了。此时的锣鼓节奏明显与先前的不同，轻柔了许多，节奏感增强了，主要是在为二位舞者传递着舞步的点子。只见唐二挥着扇，幺妹子舞着手帕，一来一往，翩翩起舞。幺妹子的手帕玩法可分为：拥八字、挽螺丝转、反转螺丝、抖帕、浪帕、乌云盖雪、红梅飘花、彩带缠身等，唐二的扇子动作与幺妹的帕子动作相似，但形态不同。

围观者如遇行家，他还会将唐二和幺妹子舞蹈动作分解评价一番，那舞步中的四平步、交叉步、梭梭步、二进一退步、蹲步等，如何如何；那舞蹈中的岩鹰闪翅、蝴蝶穿花、犀牛望月、蜘蛛牵丝、膝上栽花、观音坐莲台、蛤蟆晒肚、喜鹊闹梅、彩云追月等，怎样怎样。说者旁若无人，头头是道，听者心领神会，津津有味。

唐二边舞边道白："我唐二不聊白，聊个白来了不得。三岁走湖广，七岁下川北。钟鼓楼上坐，衙门大堂歇，棒棒打格蚤，周身都是血，菜刀砍豆腐，口口都砍缺。豆腐砍开后，血淌半个月。我唐二本姓张，结过懒婆娘，啥事都不做，只会打晃晃，隔壁王大娘，杀鸡又炖臒，我家两口子，饿得心发慌……"唐二出口成章的道白诙谐幽默，幺妹子妖艳滑稽的扮相令人捧腹。此时，笑声一浪高过一浪。那也正是接灯的主人家最高兴的时候，在这悦神悦祖又悦人的舞蹈和笑声中，他获得了想获得的一切。

如果接灯的人家需要敬神还愿的话，那得提前与会首接洽好，花灯队就要玩"坐台"，闹通宵，演出传统的花灯折子戏。当然也得看看这支灯队能否接得下这大戏。通常流行的折子戏有《韩湘子度妻》《谢文清南山割麦》《御河桥》《三看亲》《给王妈妈祝寿》《借亲配》《丘二砍柴》《生扯拢》《张三打铁》《傻子打草鞋》《员外观花》《相公求名》《憨包回门》等，基本都是民间故事。不过单家独户的接花灯，演折子戏的很少。

开阳的花灯还往往同龙灯、狮子灯组合，那就更精彩。记得有一年的正月十五，搭了高台花灯、龙灯、狮子灯一起上，灯队里，有龙有狮，还有大头和尚、孙猴子等，那龙灯和狮子灯的玩法，简直是杂技的活儿了。特别是那雄狮，一般是两人，一人玩狮头，一人玩狮尾，活灵活现，栩栩如生，跳上若干张大桌叠小桌的高台上玩，看得你悬心吊胆，大气都不敢出，直到看见雄狮又跳回地上后，你才会深深地松口气。龙灯更是精彩，一条龙有数人来玩，舞龙头者必须是高手，需力气和技巧，玩龙身和龙尾的人一举一动都是跟着龙头进行的，一般都是两条龙同玩，在一圆形宝灯的引导下，或横行绕场，或跳跃夺宝，一会儿来一个"懒龙翻身"，一会儿又来一个"蛟龙出水"，最精彩的是"二龙抢宝"，两条龙争斗起来，左右翻滚，上下厮杀。此时那玩宝灯者也表现了非凡的技巧，因为两龙相争都是为他举着的那"宝"。那一次真是盛况少见，演完的次日打扫场地时，看玩灯的人被挤掉的胶鞋、布鞋，收捡了一大挑，用现在的话说，那是潜藏着安全隐患的。而当时，灯会会首说，玩花灯不会出事的，因为有灯神的保佑。这话倒是有些玄乎。

正月十六化灯，即将所有的灯笼集中堆放一处，一番仪式之后，将灯笼烧毁化掉，标志着年就算过完了，只得盼望下一个年的到来。

有灯无月不娱人，有月无灯不算春。
春到人间人似玉，灯烧月下月如银。
满街珠翠游村女，沸地笙歌赛社神。
不到芳尊开口笑，如何消得此良辰。

这是几十年后读到的明代风流才子唐伯虎的诗——《元宵》。灯月辉映的乡间元宵是何等的美丽。我方才醒悟，少时我等只顾追逐花灯的热闹，竟忘了仰望天上的明月。而几十年后，知道元宵赏月时，又没了花灯。"有灯无月不娱人，有月无灯不算春"，灯与月，到了现如今二者难以兼得，怅然失然而已。

开阳阳戏

阳戏，傩文化中的一种。

傩，在中华民族的精神史中占有极其重要的地位。首先，"傩"字就极有意思，左边"亻"即"人"，右边"难"即"灾难"，引申为"疫病""鬼魔"。人难免要遇到"疫病""鬼魔"，怎么办？人抬起头来，与神对话，扭动身子，舞起来，蹈起来，驱赶疫病鬼魔，让这些可恶的家伙远离人们。鬼和神，什么样？不知道，谁也没见过。没关系，戴上面具，把人、神、巫、鬼搅成一气，在自由自在中歌舞呼号，让神快乐一下，也让人快乐一下，在快乐的氛围中，显现出强烈的愿望，神灵护佑，疫鬼滚蛋！于是，从朝廷到民间，从军队到百姓，也无论山南或海北，都离不开"傩"。

研究表明，作为"驱疫逐鬼"仪式的"傩"，至少在三千年前的周代已完全形成，分为在宫廷举行的"国傩"和在民间举行的"乡人傩"。汉代，一次"傩"的活动牵动朝野上下，主持者和演出者数以万计，皇帝、大臣、一至六品的官员都要观看或参与，老百姓也都参与。唐代傩仪达到鼎盛。宋代，特别是南宋一百五十余年的时间，原本产生并兴盛于中原的"傩"，又与南方民间的"巫"以及习俗有机结合，戏剧成分加重，又分为以酬神驱邪为主的"阴戏"和以娱人纳吉为主的"阳戏"。

阳戏，又称"舞阳神戏"，即在祭祀仪式中进行若干戏剧性表演，逐渐形成了独具特色的、流行于中国西南诸省的地方戏种，特别是在重庆、湖南、贵州、湖北等省市的农村广为流传。

开阳阳戏表演场面

　　然而，所谓的"广为流传"，那是好多年前的事了。如今作为"非物质文化遗产"的阳戏，会不会也同其他一些"非遗"项目一样，随着时间的久远，传承人的老化，"人亡曲终"，濒临失传？为此，在开阳现在的九坛班阳戏中，我特别走访了开阳县南龙乡中桥村的阳戏班子。

　　中桥也同我们常见到的村庄一样，在山中的一开阔平地中，不同的是它似乎处处显摆着自己当年的阔绰，丁字形的街道两旁仍有不少青瓦木架的房屋，高大笨拙的木柜台仍露在外面。似乎在告诉你，这里曾经是商旅云集之地。史载，这个中桥即是开阳历史上的中坝场，地处平越（福泉）、瓮安到贵阳的交通要道上。中坝场开场于明末清初，至清乾隆年间已成为开州的三大集市之一。历经咸同起义后，一度萧条，后又兴旺起来。随着交通的改变，不再是要冲之地，又由于区域设置的变化即成了今日的中桥村。在这里，我们要采访的人叫刘正远，他家就住在中坝街上。

　　见到刘正远的第一感觉，眼前这么一位三十多岁的现代气息浓厚的青年会是阳戏传承人？

他似乎也察觉了我的疑惑，笑了笑对我说："怎么？我不太像吧，但我就是中坝阳戏现任掌坛师。我叫刘正远，在阳戏班子里我叫刘法远，属于'法'字辈的，目前我们戏班有11名演职人员。"

他滔滔不绝起来，从阳戏的起源、发展、门派支系讲到演出剧目等。口若悬河、绘声绘色，处处显出他的博闻强识和深厚的阳戏底蕴。在他家，他搬出一个大红木箱子，全是线装的阳戏唱本。最早的是清光绪年间的雕版印刷戏本和手抄本，最多的是民国时期的手抄本，还有"文革"时的手抄本。同时有各类神祇和符牒本的雕版。一百多年了，保存得还如此完好，实在难得。由于家传的原因，刘正远从中学时代起就开始拜师学阳戏了。县职业高中毕业后，刘志远回到家乡中桥，后来还当上中桥村村委会主任，对阳戏的学习钻研一直没有停止过。由于他虚心好学，刻苦钻研，终于在他三十五岁时成了中坝阳戏的掌坛师，曾应邀参加过2008年"中国福泉阳戏学术研讨会"，发表过关于阳戏的学术论文。

这次有点遗憾的是，我们没有亲眼看到刘正远阳戏班的演出。而从刘正远介绍看出，阳戏的确内容丰富，博大精深，正如清道光年间郑珍、莫友芝在《遵义府志·风俗》中说：

> 歌舞祀三圣曰阳戏，三圣川主、土主、药王也，近或增文昌四圣，每灾病力能祷者，则书愿贴祝于神，许酬阳戏，既许后，验否，必酬之，或数月，或数年，预办羊豕酒，择吉如巫优，即于家歌舞娱神，献生献熟，必诚必谨，余皆诙谐调弄，观者哄堂，于钩愿送神而毕。即从祭物宴亲友，时以夜为常。

这是现存关于贵州阳戏的最早记述，刘正远说，中坝阳戏与湖南梅山巫教有同源关系，明初由江西传入，唱阳戏主要是达到祛病消灾、祈福还愿的目的。分内坛（正戏）和外坛（耍戏）两类。曲目繁多，四十八坛法事，就有四十八个项目。内坛正戏，重点是请神、敬神、悦神，因此比较严谨，如迎神下马、刹帐、开坛礼请、祀灶、领牲、出财神，等等，24坛法事，即24折剧目，如果要全都唱完的话，非两天两夜不可。外坛耍戏，又称折子戏，重点是悦人，诙谐幽默，还可以根据具体情况现编现唱。折子戏中如《将军闯营门》《八仙上寿》《锁孽龙》《春兰送酒》《李玖看花》《三星上寿》《仙鹤记》，等等，大都是神仙故事、历史传说和现实生活再现等，剧情生动感人，人物形象丰满，生、旦、净、末、丑俱全，唱、念、做、打齐备。阳戏唱腔有"九板十三腔"之说，调式变幻灵活，民歌小调、山歌俚曲、地方小戏兼收并蓄。阳戏音乐以打击乐为主，主要来自巫教。唱腔以五声音阶为主，宫、商、角、徵、羽五种调式齐备，以徵调为常用，阳戏演唱的特点是"帮腔"和"压尾子"，帮腔只用于正戏，通常是剧中人唱首句或尾句，帮腔者以虚字行腔帮衬，作情绪渲染。"压尾子"是一唱众和，剧中人领唱上句，下句由帮腔者应和。明显是川剧的唱法。开阳受黔北文化影响较大，今之遵义古属四川，故以川腔唱阳戏事属必然。阳戏乐队少则4人，多则6人，乐器主要有鼓、大锣、马锣、钹、铙、丝刀等。演员不戴面具，只用颜料在脸上勾画，与京剧的脸谱极似。阳戏称之为开脸，一般由掌坛师进行。古时开脸是用火烧瓦片产生烟墨调制成颜料来勾画，现在是直接用颜料描抹了。台上需要开脸的有土地爷、关公、财神和《桃山敬母》中的铁匠等人物。阳戏在表演上特别讲究手法和眼法的运用，手法除一般戏剧常用的兰花手、剑手、虎掌、抖指之外，还有姜爪手、荷包手、摘袖手、佛手、钩子手、丫口手、叠掌等。眼法则有鼓、斜、泪、对、眯等，用以表现各类角色的喜、怒、哀、乐、惊等不同情感。阳戏表演中的步伐亦十分有特色。如小丑的鸭步、猴步、碎步、梭步、小跳步、矮子步，小旦的跻步、碎步、蹉步、云步、十字步、轻盈步、小踏步、叠叠步，再加上山步、下山步、鬼魂步、捡田螺步等，可将不同人物的不同心理表现得惟妙惟肖。阳戏在演出时必备，法器：铜印章、排铃、阴阳卦、令牌、文书字板、祖像画卷等；道具：文官朝牌、三尖刀、神鞭、拐头、牛角等；经书：《戏场开台书》《坛书》《庆坛开坛书》《造船经》《象吉通书》《诀门书》《备火书》《安香火书》等。这一番介绍，不得不佩服刘正远对阳戏如此全面了解与掌握，不愧为中坝阳戏的掌坛师。

专家学者们常用"戏剧活化石"来比喻阳戏（傩戏），而化石是没有生命的，仅仅是一个生命影子的残留，"活"的"化石"也只是那个生命体的复活，能不能长久地"活下去"才是关键的问题。要解决长久"活下去"的问题，必须有所创新，是在全面继承的基础上进行创新，唯有创新才能发展。刘正远及其阳戏班子使我看到了这种希望。

开阳地戏

地戏同阳戏一样同属傩文化范畴。不同的是地戏演员出场时必须戴脸壳（面具），阳戏则更接近现代戏，不戴脸壳，角色的区分是直接在演员脸上勾画涂抹。

明初，随着贵州军事战略地位的日益突出，大量的屯军和南方移民将傩文化带入了贵州，并吸收了当地巫教、神祇崇拜等元素，形成了独具地方特色的戏剧。由于当年屯田军士的流动性较大，傩戏傩仪活动无固定戏台，均是在平地上演出，久而久之就将傩戏傩仪称作地戏。

开阳禾丰布依族苗族乡鲊坝塘地戏也正是随明初征南大军传入的。

20世纪90年代末，那时我正在禾丰乡工作，为了陪专家对鲊坝塘地戏进行调查而观看了一次地戏的演出。

鲊坝塘是清河边上的一个小村寨，当年公路还不能到达，汽车只能开到河对岸，弃车过桥登山。那桥是铁索吊桥，铺以桐油浸泡过的木板，阳光下，呈古铜色，走在上面摇摇晃晃的，如果有人再在桥上使劲摇动几下的话，不定会吓出一身冷汗。不过那只是有惊无险的玩笑，那比碗粗的铁索已经承载了鲊坝塘人来来往往不知多少年多少代，从未有过闪失。过完桥，走十几分钟的山路就进入了山寨，首先映入眼帘的是一座很有些历史感的戏楼，青瓦木架，高高大大地耸立在那儿，由于年久失修，显然只有象征的意味了。而寨中那些参天的大树倒是一片盎然生机。我们进寨时正是秋天的傍晚，无数的白鹤纷纷归向那一棵棵大树枝上，远远地望去，极像一棵棵盛开的白玉兰树。树是碧绿碧

禾丰地戏

绿的，鸟是雪白雪白的，晚霞是火红火红的，炊烟是轻描淡写的。这幅景致是任何高明的画家都无法描绘出的。夜幕已经完全笼罩了山寨，地戏的演出就开始了。

　　演出的场地在寨中一周姓人家的大院坝里。这家人的入黔始祖周孟忠就是地戏能手，明代初年，随朱元璋征南大军进入贵阳一带屯军，后来其后代子孙定居乌当羊昌镇。清代初年，周孟忠的后人周世甲由羊昌镇迁居禾丰鲊坝塘，于是地戏就落户在鲊坝塘。风风雨雨，几起几落，这地戏在鲊坝塘一唱就是三百余年。

　　周家的大院坝里，灯火辉煌，一阵带有川剧意味锣鼓暴响过后，寨中的村民都朝着锣鼓声而来了。里三层外三层地围着院坝，院坝中间留着演出场地。首先披挂登场是一位戴面具挂白髯的老者，手执神鞭，在锣鼓声中踱着台步，一步一晃地朝院坝中间一案桌走去，白髯者至案桌边，锣鼓声戛然而止，旁边递上一只大红公鸡，公鸡在白髯者手中尖叫挣扎着，随着白髯者一阵略带沙哑地念唱，那大红公鸡似乎温驯了许多，停止了尖叫和挣扎，白髯者一边念唱一边用右手在公鸡鲜红肉实的冠子上掐了一下，公鸡又忍不住地尖叫，鸡冠上鲜血直冒，于是白髯者倒提公鸡，捉住鸡冠，往案桌的一条幅上狂草写画一番。接着，递下公鸡，锣鼓声起，白髯者左手拿条幅，右手作剑指，对着条幅好一阵比画念道，然后将条幅与纸钱一道烧掉，鞭炮声一阵声响。接着各路神仙登场，当然都是人扮的，戴着面具，踏着锣鼓点子舞蹈一回。他们当中有唐朝天子李世民、龙王、魏徵臣相、观音菩萨、神算袁天罡……人们指点着一一辨认，都是熟悉的，心中觉得踏实。

接下来要演的是折子戏《怒斩龙王》，故事是从《西游记》中的情节演化而来，只不过加进许多带有地方特色和巫教的东西。一大段一大段进行着，有的注重舞，有的注重唱。舞姿笨拙而简陋，很像木偶，令人想到远古。由于头戴面具，唱出的声音低哑浑浊，也像几百年前传来的。有的是一人领、众人和，极似川剧的唱法。锣鼓声、鞭炮声、观众的欢笑声混在一起，舞者们唱的什么，念的什么，几乎一句都没有听明白，但是那气势却是夺人的。整个演法唱法极其自由简单，演者和观者没有距离，有时甚至觉得没有观者，似乎在场的人都是演者舞者。这些演者从他们的祖先开始皆非专业，平日他们都是脸朝黄土背朝天的农民，只有节庆到来，他们才匆忙披挂登场，腿脚生硬、唱腔沙哑自然是情理之中的事，而他们的执着与热爱会深深地感动你。从夜幕降临直至皓月当空，他们就那么满怀希望地唱着舞着。

由于回程还得走一段下山之路和过那摇晃的铁索桥，没等他们唱完，我们就离开了。当我们的车往乡政府进发时，我竟然觉得，刚才像是做了一个梦。

离开禾丰乡已好多年了，一直没有机会去鲊坝塘。听说那铁索桥早已被拆了，公路桥是新修的，汽车可以直接开进寨子中了。清河已改为清龙河了，沿河两岸美其名曰：十里画廊。而那鲊坝塘的地戏班子怎么样了呢？真想再去看一回。

开阳陶

　　一天，在朋友书房的博物架上，看见一只土陶盐罐，古色古香，厚重笨拙的样子，很有意思。而我把玩了半天，还是没有看出名堂来。朋友十分喜好收藏古玩，不知从哪儿又弄来这只出土的古陶来。

　　"花了不少钱吧？"我问。

　　"你猜猜看？"朋友笑着说。

　　"你这些都是无价之宝，鬼才猜得到。"

　　"五元钱。是几年前我从开阳专卖坛坛罐罐的地摊上买的，就是开阳窑上坪烧制的陶器。"

　　朋友如此一说，我想起了，在开阳地区无论是在城市，还是在乡村，许多人家里都有这种质地的泡菜坛、盐辣罐、酒壶、茶壶、油壶、杯碗盘碟等，只是摆放的位置不同而已。我的朋友往博物架上一放，还真成了艺术品，以假乱真成了出土文物了。

　　说到开阳窑上坪，便勾起了我的一段回忆，那是四十多年前我到窑上坪的经历，不过那时不是去看陶器，也不知道那里有制陶的事，而是去参加一个星期义务劳动——采摘春茶。当时，是学校组织我们到窑上坪茶场参加劳动的。才干一天，就觉得这摘茶叶单调无趣，又苦又累，倒是茶场近旁的陶器烧制吸引了我们。

　　看见的明明是一大坨灰白色的泥，像刚打融的糯米糍粑一样，放到操作台上，工人师傅沉思片刻之后就转动起操作台，两只手不停地动作，或双手作捧状上提下压，或手指轻点轻弹，或挖补或镂空。一会儿停止转动，左看右瞧，双手在水盆里涮涮，又再次转动运作。不用多大工夫，那坨泥就成了工人师傅想要的或坛、或罐、或碗、或碟。简直是在变魔术，我们都看呆了。

在另一间放满已做好坯子的车间里，工人师傅们在往坯子上刷一种糊状的东西，他们说那是在上釉。上好釉的各样坯子就要放到窑炉里去烧制了，这是最后的一道工序，也是最关键的一道工序，一般都是最有经验的老师傅来掌握火候。

那窑炉亦十分有趣。我们看见两种不同形状的窑炉：一种是由火门设在低凹处，窑洞呈圆形，一孔一孔地斜着往上走，最后一孔几乎成了一座小山，烟囱就在最后一孔圆窑上。窑孔外有亭状的长廊罩着，长廊为木架盖小青瓦，顺窑孔而斜上。窑廊配在一起，蔚为壮观，犹如拔地而起的龙，因此

开阳陶的龙形烧窑

人们叫龙窑。工人师傅说那座龙窑已有一百多年的历史了。还有一种，极像在电影上看到的陕北窑洞，方方正正的，挺大的一座，四周都有窑门，一根高大粗壮的烟囱离窑炉有好几米远，似乎是毫不相干的两个建筑，其实暗地里窑炉与烟囱是连通的，一个鼻孔出气。

二十世纪六七十年代是窑上坪陶器烧制最红火的时候，不仅是在开阳，在乌当、修文、息烽、龙里、贵定的市场上，也能看到窑上坪的坛坛罐罐在那里畅销。

一晃几十年过去了，朋友的那只出土文物似的盐罐勾起了我重访窑上坪的欲望。于是在深秋时节，我们走进了窑上坪。

当年的窑上坪国营陶瓷厂已变成了只有稀稀疏疏住户的村庄，那根高大粗壮的烟囱还在，只是不冒烟，顶端的牌子已锈迹斑斑，暗淡无光，不注意的

开阳陶

话，根本看不见。陕北窑洞似的窑炉已淹没在荒草杂树之中，很有些凄楚孤独。龙窑也在，从头到尾，破败不堪，真如一条奄奄一息的卧龙，不见当年的半点风采。手工制作坊、上釉坊等都看不见了。

"窑上坪陶器制作工艺是已公布的市级非物质文化遗产保护项目"，何君告诉我，他是从事"非遗"研究保护工作的。"这项技艺在这里始于清乾隆年间。一个叫江昌绫（1752—1822年）的人，从福建连城县古田镇迁徙到窑上坪，江家在福建古田世代都是烧制陶器的。江昌绫到窑上坪后发现这里的黏性土壤与他的家乡极其相似，于是他在窑上坪继承祖业也干起了烧制陶器的营生。江家这一干就是近300年，几起几落，坎坎坷坷，经风历雨，到了清道光年间，由于江氏的制陶工艺有了文人参与，一度发展到了有彩陶工艺，其工艺之精湛在贵阳地区极受称赞，陶器行销到贵阳之外的龙里、贵定、遵义等地。最辉煌的是新中国成立初至20世纪70年代，这家企业有一百多名工人。后来陶器厂倒闭了，现在只剩四家个体户在从事这项工作，但都举步维艰。"何君边走边说，我们来到寨中一户人家的大门前。"这就是目前的陶器烧制传承人陈忠祥家。"何君对我说道。

四门紧闭，院内空无一人，一只小黄狗向着我们跳来跳去地叫着咬着，似乎在告诉我们，主人不在家，你们赶紧离开吧。院内两边的厢楼下堆放了许多成品、半成品陶器，显得有些零乱。显然交易是有一段时间没有进行了。我们只得离开，到其他地方看看。

"这里陶器的烧制起自江昌绫，怎么现在的传承人叫陈忠祥呢？"我问道。

"江家通过几代人的努力，已发展成了一个相当规模的家族企业，但到了清代咸同起义时期，江家的制陶业遭受致命的打击，当时，江氏族人不死即逃，很难立足。直到清末民初制陶工艺才得以恢复，烧制陶器的人家自然就不止江姓一家了。我们今天想见的陈忠祥，16岁就开始跟他的父亲学做陶，是目前窑上坪手艺最好的一个……"

我们在窑上坪寨子中走了许久，鸡犬之声相闻，却少见人们的往来。常听有人说，现在农村有许多空壳村，年轻人都外出打工去了，小孩也随打工的父母进城读书……我们正准备打道回府时，突然看见村头的两株古树正枝繁叶茂地耸立在那里，枝干上挂满红布条，在萧瑟的秋风中，犹如跳动的火焰，古树无疑成了寨中人们的保护神了，更是窑上坪陶器兴盛衰落的见证。

窑上坪陶器制作还会发达兴旺起来的，那一条条飘荡在古树上的红绸，不正是窑上坪制陶人心中的希望吗？

开阳陶

跳　圆

　　正月十五元宵节，还有些寒冷，但是在清水江边的苗乡里却处处热气腾腾，一片欢乐。因为这是苗族同胞们一年一度的跳圆节。

　　跳圆，也称跳月、跳场、跳花、跳硐等，是苗族历史最悠久、参与最广泛的群体芦笙舞会。

　　小时候，曾听我母亲绘声绘色地讲述过开阳平寨苗乡的跳圆，留有很深的印象，一直向往着亲自参与一回，但都苦于没有机会了却夙愿。机会终于来了，朋友老王得知我现在正参与非物质文化遗产的研究保护工作，盛邀我等参与他们今年的芦笙跳圆节。

　　老王是从平寨苗乡走出的国家干部，一直都没有忘记生养他的苗寨，虽然已退休，但总在想方设法地为苗寨做事情，尤其是近年，国家大力提倡保护非物质文化遗产，老王更是有干不完的事。他说苗家"宝贝"很多，他目前的工作就是让人们见识见识苗家的"宝贝"。这位苗族汉子是位有心人，已经为保护与开发苗家"宝贝"做了许多工作。在老王的引导下，我们在正月十五来到了开阳县平寨蒲窝苗寨。

　　蒲窝苗寨，亦称蒲窝八寨，八大苗寨犹如八颗珍珠镶嵌在青山怀抱里。在苗族众多的支系中，蒲窝八寨的苗族为小花苗，亦称短裙苗，世代聚居于清水江边。为了祭祀祖先，辞旧迎新，欢庆丰收，跳圆成了苗族同胞在每年正月最隆重热烈的节庆活动。《开阳县志稿》中记载："蒲窝八寨更有所谓跳厂者，于每岁正月行之。男鲜衣，女艳妆，集多人于广场中，持芦笙而吹之，怅

跳圆

舞高歌，各择所欢，解带互易，若新式订婚，交换饰物者，于是始通媒妁，给
聘资。"又说："男女整行列队，吹芦笙，踏步而歌，歌词之苗语不可晓，然
其声清越可听也。青年男女多于是求所欢爱，故是月多有闭门不屋者。"在这
大山深处，竟有如此既古老而又欢乐开放的民族。

　　一脚踏进山寨，实在令人陶醉。木屋边，古树下，到处站着身着花衣短
裙扎绑腿的苗家女子，那种异样又神奇的感觉，真像九天仙女忽然下凡在这
里。接着是拦路酒，大碗的米酒，又硬又香的腊肉，混在一大片欢笑声中，热
烘烘地被端了上来。老王笑着说："喝吧，你们是我们苗家最尊贵的客人，入
乡随俗……"老王不但不解围，还帮着灌我们酒。

　　米酒甜淡清香，还未走到跳场，我们已微醺了。

　　跳场早已布置妥当，就在寨外的大坝子里，不用问，就知道这是一个古
老的芦笙跳圆场地，场边那一株株参天的古树就是最好的见证，它们似卫兵一

样守护着跳场、守护着村寨。姑娘们早就梳妆打扮好了，三五成群，在跳场边上，谈着笑着追逐嬉戏着。她们穿着自己纺织、自己蜡染、自己千针万线绣成的花衣裳和百褶短裙，戴着苗家特有的银手镯、银项圈、银耳环，在冬日的阳光下，分外靓丽动人。小伙子们身着崭新的青布对襟衣，在姑娘们花枝招展的盛装映衬下，显得古朴典雅，他们精神抖擞，容光焕发，在高谈阔论着什么，不时爆出热烈的笑声。芦笙顶端挂缠的红绸，在微风中，像跳跃的火焰。

成书于宋末元初的《文献通考·夜郎考》载，宋太平兴国五年（980年），番王龙琼琚遣诸子并诸州蛮七百四十七人以方物名马朝贡，太宗皇帝召见使者，并询问地理风俗，于是令作本地歌舞，"一人吹瓢（芦）笙如蚊呐声，良久，数十辈连袂婉转而舞，以足顿地为节。询其曲，则名《水曲》"。这是一千多年前的马端临对跳圆的记录，如果马端临能到现如今跳圆场地，身临其境，他又会作何感想？

"嘟嘟嘟，嘟嘟嘟……"芦笙响起来了，跳场中间，两名芦笙手一边吹奏，一边踏步起舞，时而背靠背，时而肩并肩，不断变化着踏步和方位。紧接着数名芦笙手联袂而起，亦是边吹奏边踏步起舞，很快跳成了一个圈，将先上场的两名芦笙手围在中央，此时，姑娘们在悠扬的芦笙乐曲中，合拍踏步，翩翩起舞，又在芦笙手圈外再跳成一个圈。只见她们和着节拍，时而双手上举，作摇铃状，时而手牵手肩并肩，回旋婉转，芦笙圈和舞蹈圈不断穿梭往复，时而圈里，时而圈外，中央的两名显然就是担任着领奏和领舞的职责。跳场上，人越跳越多，老人和七八岁的孩子，背着娃娃的年轻妇女也都围着舞蹈起来了，都是舞者，没有观众。

都是参与者，没有旁观者，这便是民俗的本质。在这大山空阔的深谷里，在回荡着森林气息的山寨里，在山民有血有肉的生活里，听着这芦笙乐曲，看着并参与这跳圆舞蹈，才能真正领略到苗家文化真正的"原生态"。

"芦笙响，脚板痒"，老王说着，我们就被几个姑娘生拉活扯地"捉进"了跳场，我们一直跳到出汗，才停下来，好不畅快淋漓，真过瘾啊！

"年轻时，就盼着年节的到来。吹起芦笙跳圆舞，正好寻找心上人。一旦相互瞄准了，一对青年男女就会失踪好几天，跑到僻静的地方谈情说爱去了。"老王又说开了。

　　"当年，你是不是这样做的？"我问老王。

　　"是呀。不过现在寨上的青年与我们那个时代不一样，外出打工的多了，新的玩意儿多了，能吹芦笙的青年也就少了。这几年又好起来了，政府很关心芦笙舞，给予我们很多支持，还办过培训班。芦笙舞是我们苗家的传统啊！"接着老王讲了在这里流传的一个故事。

　　很久以前，苗寨里有个叫密笛的青年，一天，密笛正在家门前吹着口哨编竹器，忽然有六只小鸟飞到门前那棵梧桐树上，小鸟的鸣叫自然清脆，很好听。时而一鸟独鸣，时而众鸟齐鸣，时而高声，时而低声，六只鸟竟然发出六种鸣叫声，密笛着迷了。他听着听着，忽然灵机一动，用手边六根长短不一的

手之舞之，足之蹈之

竹管黏合在一起，吹奏起来，这声音和那门前梧桐树小鸟的鸣叫声一样好听，密笛高兴极了。于是苗家的第一把芦笙就在密笛的手中诞生了。密笛不但发明了芦笙，还根据芦笙音阶的不同编出了一百二十首芦笙曲子来供人们吹奏。这就是斗牛曲三十首，跳圆曲六十首，送客曲三十首。密笛受到了苗家人的尊敬和爱戴。为了纪念密笛，苗家人在每年的正月初五、十五、二十五都要吹芦笙跳圆舞，因为密笛就是这三天完成芦笙制作的。

多么美丽的传说！其实，作为吹奏乐器的笙，是中华民族最古老的器乐之一，传说女娲时代即有笙，湖北随州出土的战国时期的曾侯乙墓里即有笙。汉代许慎在《说文解字》中记载："笙，正月之音。物生，故谓笙。"中国使用笙乐器至少有二千五百年历史。你看那跳场上欢乐的人群，莫不是密笛的后人，他们热情好客，勤劳智慧，能歌善舞，真是天生丽质。不管是芦笙吹奏者，还是舞蹈表演者，无拘无束，自由自在，喜气洋洋。直到夕阳西下，跳场上依然乐声悠扬，舞蹈翩翩。这是欢乐的海洋，到处洋溢着和谐幸福。

夜幕降临，芦笙舞会才停止，而人们的活动并未停止，呼朋引伴，相邀还家，大碗喝酒，大块吃肉，是今天的另一项重要活动。酒足饭饱之后，对歌又开始了，歌声笑声弥漫在山寨的夜空中。

这又是苗家一个不眠的欢乐之夜啊。

斗牛节

当我们参加完跳圆要离开时，我询问老王关于斗牛节的事。

"斗牛，我们叫'牛打架'，与跳圆原本是连在一起的活动，是为了祭祀我们苗族共同的祖先格蚩爷老。不知从何时起，跳圆与牛打架被分开进行，祭祀的成分少了，娱乐的成分多了，牛打架还偏重于竞技比赛。"老王回答道。

"你说的'格蚩爷老'，是历史传说中的'蚩尤'吗？"我问老王。

"是的，我们所说的'格蚩爷老'就是历史上的'蚩尤'。在我们的古歌传唱中，是这样说的：远古时代，苗族属于九黎族，位在'甘扎地坝'，即北方大平原。九黎族部落的首领正是格蚩爷老，他领着他的九黎族部落过着富足安宁的生活。但是，后来战争爆发了，为了争夺地盘、扩充势力，先是另一部落的首领黄帝率众来打格蚩爷老部落，黄帝输了，输得很惨。接着又一部落首领炎帝也率众来攻打，还是惨败而归。因为我们的祖先格蚩爷老不但有勇有谋，骁勇善战，还会使法术，他能变成牛首人身的战神，他头上的牛角能变作利剑，轻而易举地置敌人于死地。大败而归的炎黄二帝并不善罢甘休，结盟联手对付格蚩爷老，最终在九天玄女的帮助下，炎黄二帝打败了格蚩爷老。

"格蚩爷老战死沙场，他的九黎族部落也被打散了，并且遭受无情地追杀。九黎族部落各自逃生，他们逃过黄河、逃过长江，四处躲藏。我们这一支人逃过长江后，逃到洞庭湖，又转至黑羊大箐（贵阳市），最后才来到这清水江沿岸定居。我们苗家虽没有文字，但我们代代相传，我们的祖先格蚩爷老是大英雄，是牛的化身，因此我们苗家特别崇拜牛，牛打架就是为取娱祖先、祭祀祖先。"

老王说的仅仅是一个传说故事，但也够气壮山河的。

老王讲的格蚩爷老"牛首人身"，与历籍中所说的"蚩尤人身牛蹄"其实是一致的，表明牛在苗族人心目中是神圣的，是祖先的化身，是图腾崇拜。在今天清水江边小花苗的服饰和日常用具中还随处可见，如苗族少女的牛角帽，妇女盛装上高耸的牛角，用牛角制成的酒杯，重阳节家家户户打牛王粑，把糍粑黏套在牛角上等习俗，无不与对牛的崇拜有关。

老王又邀请我们参与他们正月二十五的平寨斗牛节。

那天我们到达平寨村时是上午十点左右，斗牛场就在村头的一块大凹地里，四面斜坡上早已人山人海，除当地人以外，还有来自龙里、贵定、福泉、瓮安等县邻近的近万名群众。这可与芦笙跳圆是两回事，除主持者和指定的场内工作人员外，"闲人"是不得入内的，打红了眼的牯牛那可是不认人的。

上午十时许，场主（主持人）站在斗牛场边的一块青石上，宣布斗牛即将开始，概要讲述今天牛打架的相关规则和观看须知，随着宣布"踩场"开始，一时间鞭炮齐鸣，声震山谷。接着数十头斗牛登场亮相，清一色的水牯牛（"水牯打架吓死人，黄牯打架笑死人"，当地人都爱这么说。所以打斗是水牛的事，黄牛是断不可登场的）。上场的水牛"斗士"个个都很"酷"，鲜艳夺目的红毡或红花垫单搭在斗牛背上，牛角装饰成了金银角。"斗士们"被年轻的主人牵着，瞪着眼，气势汹汹地绕场一圈，退回指定地点等候指令出击。

搏战就要开始了，斗牛被主人灌了酒，更是斗性勃发。主人将斗牛牵出，双方相距数丈，随着火药枪的一声巨响，双方斗牛脱缰而出，向对方猛烈冲击，就在双方头角相撞的那一刹那，四面坡地上观看的人们似乎屏住呼吸，四角相撞的响声特别清脆，铿锵有力。接着四角绞在一起，你推过去，我推过来，使足了劲较量。此时，四周观众欢呼雀跃，呐喊助威。双方斗牛似乎也得

较量

到了支持，更是来劲，扭绞较劲的四支角分开又对撞上，撞上又分开，如此来来回回，不分胜负。突然一牛调头回跑，佯装败阵，使另一方放松警惕，松懈下来，踌躇满志地低头吃起地上的草来。说时迟，那时快，佯装败阵的斗牛杀了回马枪，猛一头撞在对方的肚子上。这一下实在不轻，遭撞击的斗牛没命地逃跑起来，只有招架之功，而无还架之力，惨了！而这一方并无姑息之意，大有置对方于死地而后快之气势，穷追不舍。一时间斗场上尘土飞扬，牛蹄飞奔，观者欢呼声一浪高过一浪。此时，裁判出场了，几个精壮的汉子，用事先准备好的绳索套住胜牛的后腿齐力往后拉，用竹丫枝扰乱胜牛的视线，不让它再追败者。人们终于拦截住了，赶紧上绳拴鼻，但牵不走它，胜牛一直昂着头，在等待主持人给它披红挂彩，并注视着被自己追离很远的败者。败者并不甘心，也在注视着对方，伺机还击。无奈，被主人牵出了场。

　　"胜败是我们玩斗牛的常事，这一局赢，下一局难得还会再赢，今年赢了，难保明年不输。关键不在输赢，而在养好斗牛下次还可以打斗。"老王向我们讲道。

"斗牛挑选的基本标准是牛的眼睛是三角眼、猪沙眼；牛角要长而宽大；身体要肥硕；鼻梁、坐蹲位的两边要有'线圈'；牛蹄呈'鸭蹄'状。这样的牛才有劲好斗。斗牛一般要长到6岁以后才可以参加比赛，16岁后就不再打斗了。"

"斗牛的饲养有什么讲究吗？"我问道。

"讲究大了，首先斗牛是不耕地的，必须由专人饲养。斗牛天生爱跑好斗，一个寨子可能有好几头斗牛，谁家的在什么地方放牧，热天在什么地方滚水（牛洗澡），都必须商定好，避免牛打斗。除了每天将牛牵到野外放牧，还要用嫩草拌上粮食喂两到三次。春天要给牛梳毛，夏天要找干净的水塘给牛滚水，秋天要给牛的草料上喷盐水，增强它的牛劲，冬天要到河边去割嫩草来喂，要给牛填圈，要保持牛圈的清洁干爽。一年四季都有事干。"

苗族汉子养斗牛完全是一种精神的体现，是图腾崇拜的体现，更是让人看到了苗族同胞的不屈不挠、勤劳勇敢、友善和睦的种种美德。

斗牛场上欢声雷动，又有一对牯牛决出了胜负。老王说得好，斗牛的关键不在于胜败，重在参与，重在对斗牛的情感，败者没有气馁，胜者也没有骄傲，胜者和败者的主人都在高声地谈论着，他们用的是苗语，虽然我们没法听懂，但我可以肯定他们是在总结着自己的经验，找出或胜或败的原因。苗族汉子们就是这样一代一代"玩"着他们的斗牛的。

杀鱼节

　　开阳"打儿窝"古人类文化遗址出土的数以吨计的石器、骨器，各种烧骨、灰堆、陶片等，令我幻想远古时代祖先们的生活情景，他们在水草丰盛的地方居住着，无忧无虑，一起围猎、捕鱼、采野果，分享着快乐。渐渐地开始了在地里的种植与畜牧驯养，生活稳定而富足。但上山打猎和下河捕鱼仍然没有丢

杀鱼节

掉，成了主要副业。水里的世界实在太丰富，后来捕鱼杀鱼还增加了一种仪式性文化成分，至今还能寻找到它的踪影，这就是清水江边苗族同胞的杀鱼节。

因此，杀鱼节是唯一保存至今的人类远古集体渔猎生活遗迹，也是小花苗原始祈雨的一种仪式性记忆。除《黔南识略》《贵阳府志》等史籍中有记载以外，还流传着这样一个故事。

很久以前，清水江沿岸，春季久旱不雨，田土龟裂，庄稼无法栽种，眼看农时将过，沿岸的苗人十分焦急。一天，苗王蓝水召集清水江两岸他的属下商议说："天旱是那可恶的鱼把井水、河水都霸占了。还欺骗老天爷，才使昏头昏脑的老天爷把春雨一笔划掉，我们唯一的办法是团结起来，把可恶的鱼都杀掉。"大家听了苗王的话，振臂高呼："停米！停米！（杀鱼！杀鱼！）"于是苗王率领大家上山找闹鱼的药。找了四九三十六天，仍然一无所获，大家只能靠树叶充饥。苗王吃了一种很苦的树叶，顿时就昏倒了，一天一夜才醒过来。醒来后苗王突然得到了启示，这不是很好的闹鱼的药吗？闹不死，但可以把鱼闹昏，又不会污染河水。这种树叶叫化香叶。有了闹鱼的药，而没有杀鱼的工具啊，正在愁闷时，只见挑花刺绣能手蓝花给苗王做了一个五指分开的手势，并比画了一个杀鱼的动作，苗王恍然大悟，立即叫大家打制五指钢叉。同时，苗王分派人们采集化香树叶，先在石板上捣烂春融，制成闹鱼的药投进清水江中。当满河的鱼被闹昏后，苗家汉子顺着河岸见鱼就杀。

这下龙王急坏了，他的鱼兵虾将们死伤不少，龙王赶紧上报天庭，要求立即布云降雨，一时间大雨倾盆，干裂的田土接收了甘露，一年四季风调雨顺，庄稼获得了丰收。

于是，清水江沿岸的苗族同胞都记住了，每年清明前后都要选一天到清水江边，给龙王一点颜色看看，杀鱼祈雨，要求龙王保佑风调雨顺、五谷丰登。久而久之，相沿成习，成了清水江沿岸苗族同胞的节日——杀鱼节。

这个故事是王其龙给我们讲的。那一次，为了能参加开阳平寨苗族杀鱼节，我们一大早就赶到了平寨。王其龙是我们第一个要见的人，这位精壮的苗族汉子，四十来岁，见过世面，自幼跟着长辈们参与杀鱼节的活动，从化香叶的采摘捣制、鱼叉的制作打磨到整个杀鱼活动的安排部署，他无所不会。又由于他热情好客，交结甚广，又有文化，于是他成了平寨苗族杀鱼节的主要策划组织者，苗语叫"笛把"，当地汉话叫"渔头"。从平寨到清水江边，有一段距离，沿河几大苗寨的人们早早地吃过早饭就往河边赶。在王其龙的引领下，我们也汇入了这支队伍。男人们提着鱼叉，挑着化香叶制成的鱼药；妇女们身着节日盛装，肩挑米酒和饭食。顿时一条五彩缤纷的长龙仿佛从天而降，蜿蜒行进在曲折的山道上，山歌声、谈笑声和着路边树上的鸟鸣，久久回荡在深山峡谷中。春日融融，清风拂面，整个身心清爽得欲醉欲飞。

　　谈笑间队伍就到了河边。王其龙指挥着男人们将鱼药放在指定的地点，等待时机统一投放。"鱼药要在河的上游投放，在下游杀鱼。鱼药闹昏鱼，闹不死，更不会污染河水。"王其龙告诉我们。岸边的小伙子们检查着自己带来的鱼叉渔网，做着杀鱼捞鱼的准备。鱼叉多是铁制的，齿锋尖利有倒钩，装上一至三尺长的木柄，柄系一条长绳。

　　太阳当顶时，"笛把"王其龙一声令下，几个青年汉子即将鱼药投入河中，顿时河面上浊浪翻滚，不一会儿，下游鱼群腾跃，沿岸群众欢呼呐喊。这时，只见鱼叉纷飞，刺向河中被药昏了的鱼。你看那小伙，已瞄准了河中的那条大鱼，迅速将鱼叉投掷河中，鱼叉刺进鱼背的一刹那鱼挣扎着沉入水里，小伙子将手中的绳索迅速一收，背着叉的大鱼被拉出水面，小伙子再次收绳，最后提叉，一条十来斤重的大鱼就到了他手里。小伙子博得一片喝彩声。同伴们都纷纷举起手中的鱼叉，目不转睛，寻觅着河中的猎物，一旦瞄准，奋力投掷过去。

　　此时此刻，我的脑海中显现的是远古人围猎的图画，与眼前的场景何其相似，竟不知自己是身在现代，还是在远古？他们是在围猎，也是在竞技。就在此时，岸边有两人同时刺中一条鱼，上岸后，将鱼一刀分成两段，各拿走一段。正在不解时，王其龙告诉我："这是在同岸由两人一起杀到的，如果河两岸的两人一起杀到鱼，就将鱼从中剖开，一人一半。这个习俗，是古时传下来的，从未发生过争执。"也许，这正是杀鱼活动流传至今的一个重要原因，团结协作，友好和睦，共享胜利果实。

河岸边，身着节日盛装的妇女们也没有闲着，她们正忙碌着河畔聚餐的一切准备。用石头架起铁锅，就地拾来干柴，用清水煮鲜鱼，还摆出从家里带来的早已准备好的清蒸糯米饭、腊肉、香肠等，酒是必备的，一色的自酿米酒，甜淡清冽。当杀鱼结束后，你看那沿河两岸，不管男女老幼，或七八个，或十几个，都围着柴火煮着大铁锅，一个何其壮观的野餐"阵地"展现在深谷里河边上，大家吃着喝着，猜拳行令，欢声笑语弥漫在整个河谷中。这里没有酒宴上的烦琐客套，更没有虚情假意、假装斯文，有的是热情和豪爽。

欢乐的野餐直到夕阳西下，人们才沐浴着晚霞的余晖踏上归途。远道的客人也借此机会走亲访友。而青年男女们的活动似乎才进行完序幕。你听山那边，传来悠扬的木叶吹奏声和山歌声，在这青山绿水间，男吹女歌，会有孔子"闻韶乐三日不知肉味"之感。还有山冈密林中的嬉戏欢笑，这不正是幽会的前奏曲吗？

好不令人感叹的情景，清水江边这支历尽艰辛的苗族同胞竟然将古老悠久的渔猎仪式传承演绎得那般赋有诗意。

宋隆济

乖西山下的宋隆济，是千年水东宋氏土司中，堪称英雄的第一人。

七百年前，如今的贵州地域为湖广、四川、云南三省分管，隶属关系常有变动。到了元代至元十六年（1279年）设立八番罗甸宣慰司，至元二十九年（1282年）设立顺元路军民宣慰司，至元二十九年（1292年）将两者合并，成为八番顺元等处宣慰司都元帅府，驻顺元城。顺元城即宋代的贵州城，元朝军队占领之后更名为顺元城（意为顺从于元朝统治），就是如今的贵阳城。

元朝对贵州的统治一方面依靠当地的土司，设立了宣抚司、长管司等地方自治机构；另一方面也由朝廷直接派遣官员，设立相当于州、县一级的政府机构。无论是宣抚司、长官司，还是州、县，地盘都不大，而且时废时立，变化无常。元朝统治者争夺天下算第一，但是，"只识弯弓射大雕"，治理天下，却"略输文采"。其统治总共九十来年的时间，时常有暴动、起义的发生，尤其是在贵州这样一个"三管"（三个省管）、"三不管"的地区暴动起义是常事。

其中，乖西山下水东宋隆济领导的反对元朝统治者的斗争，是元代西南各族百姓反元斗争中规模最大、时间最长、影响最广的，朝野震惊。

宋隆济，水东宋氏土司的第十三代传人，元初袭任顺元路雍真葛蛮等处土官。雍真葛蛮等处即今开阳双流镇一带，治所即在乖西山下。土官即长官司长官，与雍真葛蛮等处级别相当的有元朝派遣的雍真总管府，驻地在今开阳县城东。同一地盘的两个机构自设立的那天起，矛盾就开始了，反目成仇是早晚的事。

元成宗大德五年（1301年），云南行省所辖的少数民族部落"八百媳妇"（地名）起义反元，来势甚是凶猛。元朝廷急调湖广、云南两行省兵两万人前往征讨。湖广兵由湖广右丞刘深率领，往云南必过顺元（贵阳）、八番（惠水）等地，刘深特令雍真葛蛮等处抽派运送粮草的丁夫、军马等随时运往军中。要到"八百媳妇"，那不是说着玩的，路途遥远艰难不说，是去打仗，能否活着回来还难说。此等徭役，实在不堪忍受。再加上刘深的军队所到之处，惊扰百姓，无恶不作，这一带的少数民族百姓已是恨之入骨。作为地方长官的宋隆济向朝廷派往的雍真总府掌握实权的达鲁花赤也里千（蒙古人掌印官）及时反映情况，达鲁花赤也里千却蛮横无理、盛气凌人地说："如果你要再强调困难，我就调你们宋家的全部人马去顶差！"宋隆济又向八番顺元等处军民宣慰司都元帅府申诉，也被驳回。

早已义愤填膺的宋隆济，一触即发，拍案而起。大德五年六月十七日，宋隆济以"反派夫"为口号正式起义抗元。第二天，宋隆济率500人的队伍首先攻下雍真总管府，并烧毁了总管署衙，总管府达鲁花赤也里千，带官印，携妻小家丁逃往底窝总管府（开阳禾丰乡马头寨）躲避，二十二日，宋隆济又率兵追到底窝坝，攻破底窝总管府，夺得"雍真等处蛮夷管民印"。

雍真总管府总管为何要逃到底窝总管府躲避呢？因为底窝总管府，是八番顺元等处军民宣慰司都元帅府所辖的底窝紫江等处总管府，与雍真等处总管府同属元朝廷的下州（相当于县级），驻有少量兵士。但是，在当地已归顺宋隆济的4000名多各族义军面前不堪一击，杀死了也里千之妻和数名家丁。也里千侥幸逃脱。连官印也被宋隆济的义军缴获。此印于20世纪80年代出现于黔西，现保藏于黔西县文管所。

攻破底窝总管府后，随着底窝总管龙郎的起兵响应，不久龙骨（龙里县境内）长官阿都麻也起兵加入宋隆济的义军，义军队伍迅速扩大。是年六月二十七日，宋隆济义军开始攻打贵州城，打散了普定、龙里守仓军，烧了官粮，杀死贵州知州张怀德。不到两个月，从贵州南至新添（贵定）哝耸坡，北至播州（遵义）刀坝水的广大地区尽为宋隆济义军所控制。在义军的打击下，刘深的部队大乱，丢盔弃甲，纷纷逃逸。统帅刘深无计可施，只得弃众远遁，极其狼狈。

这一年九月，由于刘深又胁迫水西安氏土司，为征讨"八百媳妇"必须出黄金3000两，战马千匹。水西土官之妻奢节也因此起兵响应宋隆济的反元斗争，与宋隆济的部队一起围攻贵州城（贵阳城）。十一月，元朝廷调集湖广、四川、云南三行省兵力和思州、播州士兵，数万之众，由湖广平章政事（相当于省长）刘国杰统一指挥，联合进剿宋隆济和奢节的义军。元大德六年（1302年）正月，宋隆济的义军第九次围攻贵州城，声威大振。三月，云南的乌蒙、东川、芒部、威楚，贵州的乌撒、普安，以及广西少数民族等，纷纷响应宋隆济起义。面对这种状况，元朝廷只得下令罢征"八百媳妇"，急调陕西行省平章政事也速带儿（蒙古族人）率兵火速增援刘国杰。十月，也速带儿的陕西兵打败云南芒部的义军。接着与刘国杰率领的云南、湖广两行省兵会合，采取各个击破的战术，先后将乌蒙、乌撒、普安的义军镇压下去，然后集中攻击奢节的义军。大德七年（1303年）二月，奢节所率义军被灭，奢节遭杀害。

接着其他各地响应宋隆济的义军也先后被镇压下去了。唯有宋隆济率领的这一支义军仍在纵横驰骋，所向披靡，势不可当。正当元朝廷束手无策、一筹莫展时，一个意想不到的人物——宋阿重隆重登场了。宋阿重先是到元大都（今北京）向元朝皇帝献计平定宋隆济，得到皇帝赏赐后，率部深入宋隆济的"根据地"四川蔺州水东，亲自生擒宋隆济献给元军。一场气势恢宏、威震全国的反元战争就此落下帷幕。

宋阿重何许人？如此了得！宋阿重即宋隆济的侄儿。

有些费解吧，不参与、不支持叔父的反元战争就罢了，哪有侄儿出卖叔父的？有违常理。但是，如果宋阿重依了"常理"，宋氏一族还能保得住吗？还有明代雄踞贵州的水东宋氏吗？历史已经证明了宋阿重就是千年水东宋氏承前启后、不可缺失的重要人物。能用对或错、是或非来评判宋阿重吗？"英雄已有周公瑾，倜傥宁无鲁仲连"（宋隆济远孙宋昱诗），就连周瑜、鲁仲连一类的英雄人物都随大江东去了，还有必要去判定宋阿重的对错吗？

每次到开阳双流镇，望着巍然屹立的乖西山，我都想问：乖西山，你还记得宋隆济吗？他可是水东浓墨重彩的英雄啊！

刘淑贞

每次到开阳禾丰乡，我总喜欢到清龙河边新建的明德广场走一走、看一看。还未走进广场，远远地就被那尊高大的塑像所吸引。

她手捧诰命敕诏，身着有几分布依族特色的短衫长裙，紧扎着的腰带上佩挂一柄小巧玲珑的宝剑，头戴凤冠，霞帔飘飘，目视左前方，端庄而文静地站那里。

此时脑海中跳出的尽管是"英姿飒爽""巾帼英雄"等一类的词语，但还是很难想象她当年"卷裙走马八千里，化解黔地一战端"的艰苦卓绝。

然而，历史是不容想象的，她就是刘淑贞。这广场是以她受大明开国皇帝朱元璋诰封"明德夫人"而得名的。诰封明德夫人，官阶可不低，按封建王朝的制度，妇女封号应从丈夫爵位高低而定。明、清两朝规定，命妇封号，其丈夫是一品、二品大员的，其妇可封一品夫人、二品夫人，以下的三品称淑人，四品称恭人，五品称宣人，六品称安人，七品以下称孺人，不分正从（正副），文武皆同。但水东刘淑贞和水西奢香却是例外，她们二人的丈夫同是贵州宣慰使司宣慰使，爵位为从三品。而刘淑贞和奢香分别受封"明德夫人"和"顺德夫人"，爵位正二品。可谓史无前例。

这是为什么呢？

这还得从六百多年前的明朝初年说起。史载：刘淑贞，亦称刘赎珠，祖籍京兆樊川（今陕西西安市），生于河南邓州望城岗（今邓州市九龙乡大坡村望城岗）。刘淑贞祖父刘垓于元大德二年（1298年）至元至大二年（1309

刘淑贞塑像

年），任八番顺元宣慰使都元帅时，曾与任顺元安抚使的宋钦祖父宋阿重同署办公，刘宋二人过从甚密，情谊深厚。刘淑贞父亲刘威，曾任常熟州同知、无锡州知州等职，也很敬重宋阿重。故刘淑贞谨遵其祖其父之命，于元朝末年，嫁给水东宋阿重之孙宋钦，并将"赎珠"之名改作"淑贞"。宋钦、刘淑贞婚后居住在其祖父宋阿重创建的同知衙署（今开阳双流镇白马村同知衙）里。宋阿重于元泰定元年（1324年）去世，由于宋阿重的儿子宋居混体弱多病，即让年仅十九岁的孙子宋钦袭宣慰使等职。当时，宋钦族名宋阳举，袭任后，为了表示对蒙元王朝的亲近，改名"宋蒙古歹"。年轻气盛的宋蒙古歹在其妻刘淑贞的协助下，平乱保境有功，于是元朝廷还特别加封他为昭勇将军、八番顺元等处宣慰使都元帅、镇国上将军、四川等处行省参知政事。于是水东宋氏声名大振。

　　1368年，朱元璋夺得天下，定都南京，改年号为洪武。宋钦、刘淑贞夫妇审时度势，顺应潮流，迅速联合水西霭翠、奢香夫妇于洪武四年（1371年）归附明朝廷，并主动将顺元城改为贵州城。朱元璋对此举十分赏识，将宋钦在元朝时的"宋蒙古歹"赐名为"宋钦"，授怀远将军、世袭贵州宣慰使，管理水东、贵竹等十长官司，并亲领红边、陈湖等十二马头，并命宋钦将衙署从开阳白马洞同知衙迁往贵州城（贵阳城）。明朝廷同时授封霭翠贵州宣慰使，治水西十五则溪、四十八目，明确水西安氏（霭翠）、水东宋氏（宋钦）二人衙署同迁贵州城，合署（贵州宣慰使衙署位于今贵阳老城喷水池附近），衔列左右。而朱元璋心里非常有数，世居水西的安氏兵强马壮，地广物博，不得不防，"霭翠辈不尽服之，虽有云南不能守也"，在《平滇诏书》里，朱元璋就如此说过。所以对水西安氏只得采取既拉又防的手段，明令"安氏管印"，位列宋氏之前，但是又明确安氏"非有公事不得擅还水西"，进出受限，以防图谋不轨。可见朱元璋用心之良苦。

　　明洪武十四年（1381年），霭翠、宋钦两位贵州宣慰使司的"当家人"，竟同在这一年病逝，朝野震惊。两位年轻的"未亡人"，孤儿寡母，贵州的局势怎么控制？因为，贵州虽地处西南一隅，但它位于荆楚上游，滇南锁钥，川桂要冲。开国之初，局势动荡不安，云南仍在元梁王把匝剌瓦尔的统治下，自恃地险路遥，负隅顽抗。朱元璋曾三次派遣使臣往云南诏谕，不但无功而返，而且连使臣也被杀害了。只有用武力才能征服云南，而要征服云南，贵州的战略地位就显得十分重要，谁来执掌贵州？朝野倍加关注。

《明史》上有这样一段记载："十四年，宋钦死，妻刘淑贞随其子入朝，赐米三十石，钞三百锭，衣三袭。时霭翠亦死，妻奢香代袭。"这段文字过于简洁。但不难看出刘淑贞在政治舞台上已崭露头角。宋钦死了，其子宋诚年幼，虽然袭了爵位但不能主政。刘淑贞从丧夫的悲痛中振作起来，不辞辛劳从贵州城赶到南京，入朝觐见皇上，禀告目前贵州情况，地方初附，连受自然灾害，民物凋瘵，赋税过重，民不堪命。朱元璋闻之，不但准奏免税，还赏赐刘淑贞珠宝、金带、彩缎、白银、衣物、大米三十石等。这是皇帝朱元璋对刘淑贞的褒扬，更是一种信任。朱元璋的用意很明显，因为就是那一年，明洪武十四年（1381年），朱元璋派颖川侯傅友德为征南将军，三十万大军途经贵州，征率讨云南梁王。刘淑贞得到了朝廷的信任，尽心竭力地支持南征。她的辖地金筑长官司密定因献战马助征有功，朱元璋特别下诏嘉奖"尔密定首献马五百匹，以助征讨，其诚可嘉，故特遣使往谕，候班师之日，重劳尔功"（《明实录·太祖洪武实录》）。由于有刘淑贞等大小土司相助，经过一年的征战，终于征服了云南，实现了天下统一。

随着贵州战略地位的提升，朝廷于明洪武十五年（1382年）置贵州都指挥使司，掌管贵州军事。这是贵州建省前的第一个军事机构。马烨任贵州都指挥使司的都指挥使。初到贵阳的马烨，仗着自己皇亲国戚的特殊身份，年轻气盛、飞扬跋扈，人称"马阎王"。他根本没有把摄政贵州宣慰使司的刘淑贞、奢香两位年轻夫人放在眼里。其实，马烨是想要灭掉贵州土司，达到"代以流官"，"郡县其地"，邀功朝廷，专横贵州的目的。他视奢香为"鬼方蛮女"，企图以打击水西安氏为突破口，制造事端，以战制胜。于是马烨无中生有，借意找碴儿，派兵将奢香夫人抓到都指挥使司衙署，用最忌讳的侮辱人格的手段迫害奢香，"叱壮士裸香衣而苔其背"。奢香堂堂的贵州宣慰使，朝廷封的三品大员，而且是一个年轻的妇人，竟然遭受了马烨令壮士扒掉衣服，裸其体而鞭打其背，奇耻大辱！是可忍孰不可忍，奢香扯断所配革带，发誓必报此仇！消息传到水西，四十八目的大小头领，无不义愤填膺，摩拳擦掌，纷纷表示："愿死力助香反。"一场影响云、贵、川三省的民族反抗战争即将爆发。

当刘淑贞得知马烨裸挞奢香之事后，迅速赶到奢香住处，苦口婆心地分析劝说，强调这是马烨的阴谋诡计，千万不能上当，鲁莽起事。同时与奢香共谋报仇雪恨的良策，最后刘淑贞决意进京面见朱元璋，禀明事情的缘由经过，嘱咐奢香："无哗，吾为诉天子，如天子不听，再反不迟。"于是刘淑贞"卷裙走马八千里"，风尘仆仆赶赴南京，"遂飙驰见太祖白事"。从贵州城（贵阳城）至南京，按《明史地理志》计算，那可是4250公里的路程啊！"卷裙走马八千里"一点都没有夸张！进京后，来不及休整，立马入朝觐见皇帝朱元璋和马皇后（马烨的姑姑），据实陈述贵州时局现状，将马烨弄权误国、扰乱民安、裸挞奢香、水西欲反等实情列举无遗，据实禀报，并直言贵州一旦发生战乱，失掉的将是整个西南边陲。

朱元璋被刘淑贞拳拳报国心、脉脉忠君情所感动，对马烨放弃朝廷安抚之策，推行暴政激变的行为非常气愤，对刘淑贞明辨是非、顾全大局的远见卓识十分佩服。朱元璋让马皇后赐宴于谨身殿，招待刘淑贞，命刘淑贞速返贵州召奢香进京。

于是，刘淑贞速返贵州后说服了奢香，并在刘淑贞的陪同下一道进京觐见朱元璋（奢香，水西彝族，不通汉语，刘淑贞还有一个当翻译的职责）。但是，进京后能否达到除掉马烨的目的，还是个问题。因为马烨毕竟是马皇后的亲侄儿，朝廷派出的封疆大吏，极难对付啊。经过一番认真思考后，刘淑贞对奢香说：现在是开国之初，百废待兴，皇帝要的是一统天下，国泰民安，西南边陲的当务之急就是"开邮驿恢边境"，你只要答应为了皇上的江山一统，我们愿意开通贵州通往四川、湖南、广西的驿道，皇上肯定龙颜大悦，哪里还会顾及一个寻衅生事的鲁莽武夫呢！

情况果然不出刘淑贞所料，当刘淑贞、奢香面见朱元璋禀报完毕后，朱元璋道："汝等诚苦马都督乎？吾将为汝等除之。然何以报我？"奢香答道："贵州东北间道可入蜀，梗塞久矣，愿为陛下刊山开驿传，以通往来。"

这一问一答，不难看出朱元璋的矛盾心理，马烨没有二心，忠心耿耿，但为了从政治大局考虑，他宁肯牺牲自己的一员大将，也要换取边陲一方的安定。马烨奉旨入朝，朱元璋下令斩之，以其头示刘淑贞、奢香，并说："吾为汝忍心除矣。"这"忍心"二字无不道出朱元璋"挥泪斩马谡"般的心情。刘淑贞、奢香深感皇恩浩大，山呼万岁之后，表示"愿效力开西鄙，世世保境"。为了彰显刘淑贞、奢香二位夫人为"江山一统"、消弭战乱所作的积极贡献，朱元璋特颁旨诰封水东刘淑贞为"明德夫人"、水西奢香为"顺德夫人"，均为二品。

刘淑贞兵不血刃，平息了一场战争，为明初贵州建省创造了安定和谐的政治局面。同时，刘淑贞大智大勇的女政治家风采也淋漓尽致地得以展现。

刘淑贞在摄政贵州宣慰使期间，还作出许多历史性贡献，主要体现在：扩建贵阳城，把元代的顺元城改造为贵州卫城，后又支持顾成等人，将贵州卫城扩建为贵州都司城，为贵阳城成为省会城市奠定了坚实的基础。发展教育，明洪武五年（1372年），把元代的顺元路儒学改为贵州卫学，聘请儒学名家授课。明洪武二十一年（1389年），支持贵州宣慰司学教授芒文镇大规模建设贵州宣慰司学，并将贵州宣慰司学发展为贵州最好的官学。就在这一年，刘淑贞派孙子宋斌到都城南京太学学习儒家文化，把宋斌培养成了将水东文化推向鼎盛的奠基人物。

静静地站在明德广场中央的刘淑贞，身后即是当年她曾管辖过的水东十二马头之一的底窝马头寨，面对奔腾不息的清龙河，她又在思考什么呢？

蓝秧碑

　　如果你去开阳县高寨苗族布依族乡平寨苗族村，会看到分别位于平寨村新寨、蒲窝和后寨的三通石碑，虽然历经了二百六十余年的风风雨雨，保存却仍然较为完整。石碑上的阴刻楷书还朗然如新。其中，上蒲窝寨那通立于清乾隆二十六年（1761年）碑，其碑联："一子蒙承圣恩福，万民抱住月边星"，后寨那通碑的碑联："一碑保众千年盛，万古流芳永世兴。"总碑碑额刻题："抚部院阁周，按察司徐，布政司尹，贵阳府胡。"碑文主要内容：蒲窝八大苗寨总首领蓝秧（当地人也称之为蓝阿秧）与汉人生员（俗称秀才）何暹长达五十年之久的田产纠纷，是在时任开州（开阳县古称）知州吕正音，特奉贵州巡抚周大人、贵州布政使司徐大人和贵阳府知府尹大人之令，实地详查，化解矛盾，经苗汉双方友好协商，纠纷得以和平解决，当时还列出纠纷田地的四至界限、八寨头人姓名等，从此苗汉世代和睦相处。

　　三通石碑，内容基本一致，文字朴实无华，波澜不惊，被后人评价为贵州历史上苗汉和谐第一碑，具有重要的文化价值和历史价值。但是，石牌背后的故事，却无不令人唏嘘感慨。

　　这一时期正是明清两朝政权更替、改朝换代、天下纷乱的特殊时期。清水江沿岸，由于地处偏僻，还远离政治中心，倒成了前朝旧臣、大德高僧、名人志士们理想的躲避战乱的隐居地。贵阳地区赋有"一门三进士，五代七翰林"盛名的何氏家族，正是这一时期入住这里。曾任南明时的开州知州何人凤之妻卒后卜葬蒲窝（后称平寨）椅子山。何人凤之子何子澄，二十四岁中

这是我们的蓝秧碑

举人，官至广东琼州府昌化县知县，其母卒后辞官定居蒲窝为母守孝。何子澄之子何昂也是举人出身，曾任福建武平县县丞（副县长），晚年也回到蒲窝定居。就在何昂晚年回蒲窝定居时期，族侄何暹已入生员，即考中了秀才。此时，发生了何暹同蓝秧田土纠纷的官司。

生于清康熙初年的蓝秧，幼年丧母，从小即跟着父亲在何家当帮工。其先祖的血气在他身上似乎要继承得多一些，完美一些。在同龄的苗家孩子中，他总是领头人的角色，很有号召力，秉性刚直，机敏过人，好打抱不平。田间地头的农活他自是一把好手，并且在他们苗家的斗牛节、杀鱼节、跳圆吹芦笙等节日活动中他也是主角。他是多少苗家姑娘心中的白马王子啊。

那一年的秋天，他和寨上苗民们一起挑着新打下的稻谷到开州府城替何家缴纳皇粮，从蒲窝到州城一百多里的山路，还挑着一百多斤的稻谷，累得疲惫不堪。他和同伴们都坐在自己挑担的扁担上，等着收粮官照着纳粮簿一家一家的传唤，纳粮者一担一担地挑过去检验、过秤、进仓。蓝秧与同伴们的稻都入仓完毕了，一直都没有听到传唤他们东家——何家的任何一个名字，听到的倒是他熟悉的名字，像"蓝阿三""王阿联"等，这些人名都是他们蒲窝八寨苗民的名字，有的甚至是死去好多年的长辈的名字。于是，从州城回家的路上，大家一直没听到蓝秧的歌声和笑声。他心里正犯疑惑，因为自他懂事起，一直听说蒲窝八寨大部分的田地都是何家的，何家是地主，他们八寨的苗民是佃户、是帮工。可是今天的收粮官喊到最后也没有喊到何家老小任何一人的名字，这是为什么？

回到家的第二天，蓝秧带着疑问，跑遍了八大苗寨，向各寨的老人寻根问底。蒲窝八大苗寨世世代代居住在清水江边，谁也说不清有多少年多少代，经过一代又一代勤劳善良的苗民开垦耕种，这大片土地都变成了良田沃土。最初入住蒲窝的何家与八寨苗民关系甚好。何家毕竟是贵阳地区的望族，深得八寨苗民的信任。由于何家是做官的，是识文断字、知书达理的人家，每年秋季开征缴纳皇粮时，苗民都把自家的地契交给何家，由何家按每户地契上所定的田地亩数到开州府代办纳粮手续。因此，何家逐渐地带管了各户苗民的地契。

悠悠岁月如流水，总把新人换旧人。一晃几十年的时间过去了，何家即到了何暹管家的时代。当蓝秧追问到八寨苗民的田土所属权时，得到的回答是：八寨各户苗民都没有地契，故八寨田土属于何家所有。

一股无名之火在蓝秧心头燃烧，蓝秧决定到开州府衙状告何家霸占苗民田土。谈何容易！蓝秧由于没有足够证据，被何暹反告蓝秧诬陷，结果被开州知州以诬陷罪判了蓝秧五年监禁。

五年的冤狱生活，不但没有磨灭蓝秧的意志，反而增强了他斗争必胜的信心。在牢中，他一直都在思考，他突然想起了两件事：一是他在走访八寨老人时，老人们都说当年划定每户田地四至界线是用鸡毛、石灰、木炭埋在地下做标识的，这些标识物肯定还在；二是几年前他曾看见过何家人翻晒几箩筐字纸，然后又将字纸卷成筒放进坛子里，埋藏起来。因为不识字，自己也不知道是什么东西。莫非那些卷成筒的字纸就人们所说的田土契约？

五年刑满释放后，蓝秧仍随父亲到何家做帮工，他变得沉默寡言了，比过去憨厚诚实，干活也比从前卖力。何家对他也渐渐地放松了警惕。其实他是想得到何家信任之后，好找那坛字纸。功夫不负有心人，一天他果然在何家后院墙脚掘出了那坛字纸，随手抽出一卷筒，打开一看，那红手印还很清晰。他如获至宝，小心地折叠好藏在衣服里。余下的再原封不动地埋回老地方。那些田地的四至标识也找到了多处。这下蓝秧充满了信心，充满了希望。他决定再次告状，并且要直接告到巡抚衙门去！

　　颇费一番周折后，蓝秧来到了省城贵阳，他直接去了贵州巡抚衙署，击鼓喊冤。他并不知道大堂之上坐着的是一个多大的官，一番跪禀陈述之后，还出示了他在何家后院找到的一张契约。只听到堂上坐着的大人说道："你且退

蓝秧碑

蓝秧碑简介

蓝秧碑简介

蓝秧碑，原有九通，1761年苗民蓝阿秧等分别立于蒲窝八寨。现存三通，总碑竖向楷书阴刻300余字，记蒲窝八寨苗民买生员何暹田土共111亩6分，价银5261两6钱等事。

蓝秧碑反映的是清代乾隆时花苗首领蓝阿秧乾隆二十六年（1761）到贵州巡抚衙门告状，得到巡抚周人骥支持夺回苗民土地的故事。周人骥责成开州知州吕正音等赶往蒲窝查清案情后，何氏提出把田地卖给苗民以挽回面子；苗民要求赔偿几十年禾花钱即土地年总产值。经官府调解后双方达成买地钱与禾花钱两抵，苗、汉双方达40余年的土买地银两……圆满解决。

下，本官自会为你做主。"他忐忑不安地退出了大堂，小心翼翼地走出了巡抚衙门，庆幸自己这次没有被抓起来。

回到蒲窝八寨的蓝秧对告状的事并不报什么希望，堂上那位大人也许只是说说而已，哪里会为我做主？然而，蓝秧哪里知道，他告状时大堂上高坐着的那位大人，正是当年在湖南主政以平反冤案而闻名的周人骥，周大人刚任贵州巡抚，就遇到了贵阳府开州蒲窝苗民蓝秧鸣冤叫屈，状告汉人何暹霸占蒲窝八寨苗民田土。刚正不阿的周大人立即责成贵州按察使司尹大人和贵阳府知府胡邦佑，迅速查办此案，尹大人和胡知府又责成开州知州吕正音到现场查处办理此案。

就在蓝秧从省城告状回到家没多久，开州知州吕正音即带上衙役赶到了蒲窝现场办案。事实证据确凿，何暹不得不认输，答应把田土归还给蒲窝八寨的苗民。以何种方式归还？吕知州很费一番心思，一则这案件不但时间久远，还事出有因；二则何家是贵阳地区极富名望的大家族，得顾及何氏的名誉。吕知州想，用调解的方式处理为好。于是吕知州作出调解意见，何家自愿将原八寨苗民的田土，以出售的方式退还给苗民，计算出买卖银两，标出四至界线，但八寨苗民不需出银进行实际购买。同时，八寨苗民也不找何家清算数年来的田土占用费。地归原主，从此两清，和睦相处。双方同意，皆大欢喜。空口无凭，立碑为证。立碑人均为八寨总头人蓝秧，每寨立一通，共计八通石碑。二百六十余年经风历雨，仅存现在尚能见到的三通石碑了。

民国《开阳县志稿》对此评述道："蓝氏为开阳苗族著姓，考开州旧志所记，苗寨三十六，蓝氏所居之寨十有三……而各苗寨总头目，据该地（清）乾隆年间碑记均为蓝（阿）秧，民国以后，迄于现在，该地保甲长，几等于蓝氏世袭。

戴鹿芝

一百六十年前，当我们的国家遭受列强蹂躏时，是他，向帝国主义强盗动了第一刀，毫无畏惧地砍下了为非作歹、飞扬跋扈的法国人文乃耳的人头，悬于城门示众。

开州百姓处于战乱中，无法进行农事活动，眼看这一年的春耕将废，是他，置生死于度外，亲赴轿顶山贼穴，以他浩然正气撼动了匪首何得胜，不但完成了当年春耕，还迎来近三年的安宁。

当开州城破，匪兵蜂拥至州衙，是他，喊出："可速杀我全家，请勿动我开州城百姓一人！"自己于大堂之上吞金自杀，取义成仁。

然而，一百六十年后的现在，还有几人记得他？

一次，我出差杭州，特意跑到西州边拜谒俞楼，想在那里寻到一点关于他的资料。因为那是他情同手足的同乡、同榜举子、同为进士的俞樾当年修筑在杭州西湖的一处寓所。一栋中西合璧的建筑，两层小楼，靠孤山，面西湖，比邻楼外楼，现在是俞樾纪念馆。

那是一个深秋的上午，走进俞楼的我，第一感觉是，这里太静了。楼内除了两名管理人员以外，并没有其他人，这与西湖的其他景点形成了鲜明的对比，尤其是旁边的楼外楼，人声鼎沸，食客如云，与俞楼的反差太过明显。

俞樾（1821—1906年），字荫甫，晚号曲园居士。清末著名学者、国学大师，是大学者章太炎的老师，当代著名红学家俞平伯的曾祖父。但谁还管这些？难怪这里如此清静。我楼上楼下细细地看了一遍展出文字图片资料，一直都没有看到只言片语关于他的东西。

我看到《开阳县志稿》载有俞樾为他写的《墓志铭》。《墓志铭》是他取义成仁后，他在老家的儿子亲自找到俞樾，并向俞樾讲述了其父取义成仁的经过，以及在贵州任职的情况。已是大学者的俞樾倍受感动，特别为他写下了《墓志铭》。俞樾满怀深情地称他是：当代之魁士名人也！

他，就是戴鹿芝！

戴鹿芝，字商山，浙江兰溪人。清道光十九年（1839年），与俞樾一起考中举人，道光十四年（1844年）中进士。道光二十七年（1847年），以知县分发贵州，先是补印江县知县，升郎岱同知，历任修文县令、定番州知州、开州知州、代理安顺府知府等。俞樾评叙说，戴鹿芝"才识明练，勇于任事，不畏缰御，不避艰阻"，并非凭空褒扬之辞。戴鹿芝任修文县令时，修文大户屠福生父子五人，因与前任县令有矛盾，被告谋反，即成了"官逼民反"一类的落草为寇之人，横行乡里，遂成一霸。戴鹿芝任修文县令时，刚到任，屠氏父子便每日派人打探，见戴县令毫无动静，于是屠氏父子心安理得，放松警惕，疏于防范。哪知几天后，戴鹿芝亲率人马，突然闯进屠氏父子所居村寨，屠氏父子大惊，措手不及，只得伏地请罪。戴知县见状，慰之不必惊恐，只要能知错即改就行。随我回县城，自有理论，屠氏父子颓丧随行。回修文县城后，戴县令不但没有治屠氏父子的罪，反倒重用屠氏父子。不久后，当地夷民反叛攻城，屠氏父子感恩戴县令，拼命死守修文县城，县城得以保全。

戴鹿芝无论在哪州哪县任职，最关心的是当地百姓所承担的赋税问题。咸丰十年（1860年），戴鹿芝就任开州知州，下车伊始，首先废掉向老百姓抽取的"厘谷厘金"。戴知州认为这是无缘无故增加老百姓负担。

最叫俞樾感动的是戴鹿芝就任开州知州后的所作所为，其中的两件事，可谓惊天地、泣鬼神，罕见于史。一是为了百姓的生计，单骑赴敌营，以浩然正气感动对手，换来了开州百姓近三年的安宁。后来，何得胜惑于浮言，谓戴鹿芝犯事去官，于是率众攻城，城破，戴鹿芝取义成仁。俞樾在《墓志铭》中写道："鹿芝居官恺悌，报政廉勤，吏畏其威，民怀其德，知能御寇，屡荡鸥张，勇不顾身。曾入虎穴，树一方之保障，尽瘁殚忠，婴五载之危城，成仁取义。"

第二件事是俞樾在《墓志铭》中，仅是一笔带过，或许是另有隐情。俞樾作为清朝臣民，或者是不愿提及那段历史吧，那就是"开州教案"，那可是震惊中外的大事。

清中叶以后，国势渐弱，帝国主义列强侵略欺压中国，清政府被迫与列强签订了一系列不平等条约，其中外国传教士在中国享有若干特权，可以自由深入中国内地，设立教堂会所。一些外国教会的传教士依仗不平等条约，在传教的同时无视中国法律，经常进行种种不法活动，霸占田地、干扰地方行政、教唆不法教民无端生事、欺凌无辜百姓。咸丰十一年（1861年），因《天津条约》《北京条约》的签订，更使得法国在中国获得了较其他西方列强更多的传教特权。此时，法国传教士胡缚理任贵阳教区主教，不但持有中法《北京条约》的"传教特权"，还获得了清朝廷总理各国事务衙门特别签发的"传教护照"，并附有告知贵州巡抚和贵州提督的谕单（公告）。得意忘形的胡缚理，为了使法国天主教传教士享有特权，在贵州各级府衙得到认可，形成一种外交压力，特别组织了一百多人的仪仗队，在外事司铎任国柱陪同下，胡缚理乘八抬紫呢大轿，打着法国国旗，在贵阳大街上一路吹吹打打、前呼后拥、耀武扬威地往贵阳城南的贵州提督田兴恕的官府而来。满以为田兴恕会躬身相迎，胡缚理哪知遇到的是一位铁骨铮铮、有血性的中国硬汉。田兴恕，字忠普，苗族，湖南凤凰人。十六岁从军，因打仗英勇过人，有勇有谋，二十二岁即当上了副将加总兵衔，二十四岁升任贵州提督兼署贵州巡抚，并诏赐钦差大臣，集贵州军政大权为一身。田兴恕对法国传教士的所作所为早已义愤填膺。今见胡缚理的所谓"觐见"，分明是在示威，决定给他一点颜色看看。

"军门重地，不得擅入，违令者斩！"田兴恕传口谕。

已至田兴恕官府大门前的胡缚理一行只得等候。这一等就是几个小时，不见任何人员出来招呼。由于外国人很少在贵阳公开露面，贵阳人很少见到高鼻梁、蓝眼睛的"洋大人"，于是纷纷前来围观，如看耍猴戏一般。当时"又值巡街军士到署衙换班，手中兵器鲜明，主教、司铎心甚疑惑，更睹军民人等交头接耳，恐惧突生。先由任司铎弃轿转入巷中，易服逃去，胡主教得闻司铎已遁，亦弃轿改换洋装逃出辕门"（引自民国《贵州通志》）。

围观百姓见此情景，更觉爽快，人潮涌动，一时街道堵塞。此时，突然号炮声响起，胡缚理等闻炮声更是抱头鼠窜，往城北的北天主堂飞奔。

为了进一步惩治外国不法传教士，田兴恕特向全省府、州、县衙发了一份"秘函"，要求各级官吏"无论城乡，一体留心稽查，如有来外方之人，谬称教主等项目名，欲图传教惑人，务望随时驱逐，不必直说系天主教，竟以外来匪人目之，不得容留。倘能借故处之以法，尤为妥善"。

胡缚理原本打算在贵阳炫耀一番，结果反遭田兴恕耍弄。这便是"开州教案"的前奏。同治元年（1862年），正月十五元宵节，开州城南夹沙垄一带的村寨民众，按照传统习俗举办跳花灯、玩龙灯等活动，以祈求国泰民安，人寿年丰。同时还有一个重要目的"并借以齐团"，因为当时的开州正处于咸同起义之中，何得胜义军攻占瓮安、平越之后，大本营已移至洛旺河东岸的轿顶山，尽管开州知州戴鹿芝单骑赴轿顶山，以自己的人格魅力暂时降服了匪首何得胜，但整个局势依然严峻，开州城岌岌可危，省会贵阳也受到极大的威胁。百姓处于战火纷纷、硝烟弥漫的艰难岁月中。由于政府的贫弱，民众只得在当地乡绅的领导下，成立"民团"，筑营自保。至今在开阳县域内还能见到这种"民办官助"的营盘二十八处，足见当年的形势是如何的危急。因此，夹沙垄一带的老百姓，在"团首"周国璋带领下，借正月十五元宵佳节祭赛龙花灯活动，把民团团员集聚起来进行整训，提高一下战斗力。

值此战火弥漫开州之际，在贵阳受挫的大主教胡缚理，派遣同是法国人的文乃耳任开州城乡天主教的司铎。文乃耳仗着法国传教士在中国享有的特权，趾高气扬、目空一切，在开州城乡为所欲为，根本无视开州所面临的时局，他除了在州城内宣扬所谓"福音"，还以夹沙垄天主教徒张天申家为会所，组织当地教徒开展活动，并努力发展收纳教徒，唆使教徒抗拒参与民团的所有活动。这对战乱中的民团组织民众自保，无疑是一个极大的破坏和打击。此事知州戴鹿芝早有耳闻，曾指示周国璋密切注视，详查具报。

元宵节的龙花灯活动，在文乃耳的指使下，夹沙垄的教徒不但不参与，还气势汹汹地指责民团妨碍他们信教自由。箭在弦上，民团与文乃耳等教徒的矛盾一触即发。早有思想准备的戴鹿芝，闻讯立即赶到现场，进行一番调查后，以"众情汹汹，恐致激变"为由，将文乃耳和张天申等教徒带回州署，开庭审讯，以彰声势。同时飞报贵州提督田兴恕。戴、田二人，虽是上下级关系，却是心心相印的志同道合者，不用细看，田兴恕即在报件上批示："缉案就地正法！"这六个字，掷地有声。

接到批示后的戴鹿芝特地在开州教场坝设立法场，对法国不法传教士文乃耳，开州不法教徒张天申、陈显恒、吴学圣、易路济（女）等五人一并押至法场，斩首示众。法场上，戴鹿芝身着官服，正襟危坐，亲自监斩。台下人山人海，群情激奋。五位不法教徒人头落地后，戴鹿芝特别指示，将法国传教士文乃耳之头悬于城墙北门上，以示民众，以显我中华泱泱大国之威严！

戴鹿芝此举，是把天捅了个窟窿。

首先，法国驻华公使哥士耆，在接到胡缚理报告戴鹿芝杀了文乃耳的急件后，暴跳如雷，怒不可遏，认为文乃耳之死，不仅关系到《北京条约》能否执行的问题，还大大有损法国之"国威"。他一面向本国政府汇报请示，一面联合美、英、俄等国驻华公使，一起向清朝政府施压。他到清政府总理各国事务衙门见恭亲王奕䜣，盛气凌人地提出，立即将开州知州戴鹿芝押解到京城，为文乃耳报仇。他指控田兴恕等官员故意羞辱贵阳教区主教胡缚理，要求严惩这些官员。在法国公使哥士耆的挑唆下，英国公使鲁斯、美国公使蒲安臣、俄国公使尹格拉提也夫，一致指责清政府，强烈抗议，要求立即押解戴鹿芝到京，并严办田兴恕等官员。此事不得不惊动同治帝的两宫太后慈安和慈禧。两宫太后指示，以恭亲王奕䜣为主的总理各国事务衙门各大臣负责与法国公使谈

戴鹿芝

判。同时，谕令成都守将崇实、两广总督劳崇光、四川总督骆秉章"分派满、汉慎密妥靠大员前往贵州，访查确实，即行复奏"。

由于清廷所派"访查"官员意见不一致，法国方面态度骄横，提出种种无理要求，以致谈判多年，毫无结果，几至决裂。中法双方反复争执的焦点问题是如何处理田兴恕、戴鹿芝，法方坚持要处死田、戴二位官员，寸步不让，认为不如此，不能维护法国的"尊严"。中方认为，事出有因，并且此事牵连贵州乃至朝廷的许多官员，不宜处以严刑。法方竟以武力恫吓威胁清政府，"勿因此事再受兵戎惊扰，靡费死亡，以致重定和约"。谈判历时近三年，最终达成的协议是：田兴恕革职发配新疆，没收田兴恕在贵阳城六洞桥的公廨（别墅），交法国主教胡缚理作教堂使用，清政府赔天主教会白银1.2万两。何冠英（发生开州教案时的贵州巡抚）、戴鹿芝、赵畏三（状元赵以炯之父，青岩教案的主要行刑人）已故，应毋庸议。

拉锯似的谈判终于落下了帷幕。除了执行上述协议各条外，开州由州府出资修建天主教堂一所（开阳县城老公安局处），亦作补偿。

俞樾在《墓志铭》中写道，"越二年，君坐事去官，代者未至，贼感于浮言，谓君行矣，率众攻城"，城破戴鹿芝死。"坐事去官"指的即是杀文乃耳之事。同治元年（1862年）正月二十，发生开州教案。同年九月初六，何得胜攻破开州城，戴鹿芝以身殉职。接替田兴恕职务的张亮基，特别向朝廷奏请优厚抚恤戴鹿芝。朝廷准奏，赠戴鹿芝按察使司衔，以从三品例赐恤，并诏示，戴鹿芝原籍浙江兰溪和死地贵州开州，各建戴鹿芝专祠，以时致祭，永受香火。

"头戴箬笠，身着二马驹（短衫）。有亲兵二，各背马刀随行，虽备滑竿，实未乘坐"。这便是戴知州鹿芝定格于老百姓头脑中的形象。

开阳忘不了戴鹿芝。

松林告诉你

再访松林，早有此愿，想看看这个以李立元为代表的李氏望族的龙兴之地。

出开阳城东，沿公路而行，翻过皂角丫，下顶兆，再从顶兆一条小街穿过，顺山而下，至半坡，便到松林了。

这于我是再熟悉不过了，少时求学于开阳一中，家和校之间的往返必过松林。一晃四十多年过去了，松林早通了公路，汽车能开到这个山寨来了。说它是山寨，其实连山寨都算不上，斜坡之腰，突出一平台，平台还不怎么整齐规矩，十几户人家的住房几乎都是青瓦顶、长三间、旁带厢房或猪牛圈的全木房屋，或高或低地立在那里，炊烟袅袅，鸡犬相闻。唯有寨子边上的那十余株高大虬劲的松柏，在微微的山风中，沙沙作响，似乎在告诉人们，这里曾经的一切。

下车进寨，看到一户人家正在大兴土木，将原来的长三间大房拆旧翻新。一问是李家的后人，正是我们要访问的人，他教过书，很热情。先领着我们看他们弟兄翻修的房子，确有些"修旧如旧"的韵味。他还领我们看了他收藏的几块匾，是清乾隆年间的老物件了，有文物价值。他说待他的房屋修完后要搞一个展览室，向世人展示一下松林李氏一族曾经的辉煌。谈到李立元时，他显得更是兴奋，滔滔不绝起来。他讲了李立元有一年清明节回松林老家祭祖扫墓的故事。

那是清光绪三十四年（1908年）春，正在四川宁远府（其治所在今西昌）任知府的李立元，特告假回故乡松林扫墓，路途中偶感风寒，每餐进食不

大山之中有松林

香，家人便问李立元想吃什么？他随口说了句"肚饥好吃"。于是，家人尽选鸡脯肉或炖汤或爆炒。李立元还是吃得很少。家人又问其故，李立元笑了，说："我不该说得太文雅，让你们误会了。其实我是说，肚子饥饿了，什么都好吃。"大家都笑了。

"听说你们李家有一道传统菜，叫'金榜题名'？"我问。

"是的。其实就是清蒸猪蹄髈，应该算是开阳的传统菜品，因为我们松林李家出的举人、进士以及后来的留学国外的人较多，人们就把清蒸蹄髈附会成了我们李家的传统菜了。"这位松林李姓后人的回答无不充满自豪。

的确应该自豪，翻开《开阳县志》你会看到松林李氏一族的辉煌。

李若琳，立元之祖父，清乾隆甲寅科举人，历任山东济阳、鱼台、历城、新城及福建漳浦等知县，很有政绩，后升澎湖通判。著有《脚春堂集》。

李鼎荣，立元之父，清道光壬子科举人。历任毕节县教谕，遵义府教

松林小寨

授，后以军功赐花翎同知。

李立成，元立之弟，光绪辛丑优贡，后留学日本，日本东京帝国大学毕业，官都匀府教授。

李立才，立元之弟，光绪廪生，广东法政学堂毕业，历任瓮安、施秉、石阡、荔波等县知县，很有政绩。至今在民国《开阳县志稿》一书中尚能读到其《重修瓮安昭忠祠记》《瓮安表忠亭序》《瓮安县志序》等文章。

再看李立元儿孙辈。

李伯林，立元之子，日本东京帝国大学政治系毕业；李伯壬，立元之子，日本东京帝国大学政治系毕业；李仲通，立元之子，日本东京帝国大学政治系毕业。立元三子，同留学日本，并同校同专业毕业，实属罕见。

李维果，立元之孙，清华大学及美国哥伦比亚大学国际关系学系毕业；李维宁，立元之孙，清华大学音乐学院钢琴科及奥地利音乐学院毕业；李维远，立元之孙，清华大学及美国哥伦比亚大学文学系毕业；李维建，立元之孙，清华大学文学系毕业；李维锦，立元之孙，中国陆军大学毕业；李维益，立元之孙，税务大学毕业；李懋，立元之孙女，燕京大学文学系毕业；李悫，立元之孙女，北平女子师范大学毕业；李忻，立元之孙，清华大学文学系毕业。这其中的李维果清华大学毕业后，公费留美，获柏克莱大学硕士，哥伦比亚大学国际关系学系博士。回国后历任大学教授、蒋介石秘书、国民党中央宣传部部长、行政院秘书长等职。后定居美国。

李立元本人又如何？

贵州自开科举以来，共出举人六千，进士七百，探花一名，状元三名。而三名状元中的夏同和即为李元立的学生。李元立同麻江人夏廷源（同和之父）为同榜举人，夏廷源在四川做了知府，李立元作为幕僚，夏廷源特聘李立元作为其子夏同和的老师。夏同和最终成了光绪皇帝亲点状元，并成为中国以状元身份留学日本的第一人。

李立元，清咸丰八年（1858年）生，字仁宇，号赟孙。自幼聪明好学，才气过人。光绪八年（1882年）中举人，光绪十六年（1890年）中进士。授翰林院编修，后以知府分发四川。先后任成都洋务局提调学务、泸州厘金局总办、顺庆府（治所在今南充）知府、宁远府知府、四川护督署外交科兼邮传科参事，等等。李立元中进士后，官阶不算高，但他都干得有声有色，在历史上留下重重的一笔。他初到四川任成都洋务局提调学务时，正赶上康有为、谭嗣同、梁启超等兴起的"百日维新"运动。李立元对"兴学堂，派留学"的主张极为赞同，多次向四川督抚上书，请求速派"聪秀之士，留学日本，研究明治维新之道"，为救国救民培养人才，他的建议终获采纳，并且还受派为四川留日学生监督，负责选拔优秀生留学日本，那一年他一次性选派了二十名优秀生赴日本留学。

　　他任知府，无论是在顺庆府（今南充），还是在宁远（今西昌）、嘉定府（今乐山），作为地方行政长官，他都以兴利除弊、疏通积案、劾免贪官庸

白云生处有人家

吏、兴建新学堂等为要务。他任宁远知府时，下车伊始，正遇彝族暴动，前去镇压的清军一败涂地，就连清军统兵都仓皇逃遁了。四川巡抚急令李立元以知府兼理军务。他得令后，立即率部深入彝区，以安抚为主，明辨是非，严禁滥杀无辜，为害百姓，并责令清退清兵掠夺的彝族的牛、马、猪、羊等财产，深受彝族民众爱戴，暴动自然平息。

　　宣统三年（1911年）秋，李立元出任嘉定知府。这是一个多事之秋，李立元的政治抱负还未施展，辛亥革命在四川已经风起云涌。1911年9月25日，同盟会员吴玉章、王元杰等在四川荣县宣布独立，建立了第一个县级"革命政权"。同时，声势浩大的保路运动在四川兴起。这是四川人民为了维护铁路权益，同清政府进行的斗争，是辛亥革命武装起义的前奏。保路运动的核心即反对清政府将民办的川汉（四川至湖北）铁路收归"国有"，并将铁路的主权出卖给英、法、德、美四国的银行财团。四川在孙中山领导的同盟会会员的率领下，坚决抗议，各府州、县均成立了"保路同志会"，成都及附近州县举行罢市等。特别是四川总督赵尔丰在成都血腥镇压请愿群众之后，更加激怒了全川人民，各地"保路同志会"纷纷揭竿而起，以武装暴动对抗清政府。作为朝廷命官，已入主嘉定府的李立元，面对这样的局面，实在是难为他了。但他心中仍然有一个信念，一切为了老百姓。当他得知清廷已派出端方统领大军入川剿灭"保路同志军"时，李立元急了，立即上书四川总督，"同志军皆乡民，激义愤，非有他，不可以剿"，并陈述"安蜀方略"。他的谏言无人理会。但他还是竭尽全力保护嘉定城老百姓的生命财产安全。不多久，以1911年10月10日的武昌起义为标志的辛亥革命成功了。四川光复了，成立了军政府。李立元被成都大汉军政府重新任命为嘉定府汉军统领。但此时的李立元已心灰意冷，决意不从。当李立元离开时，嘉定百姓扶老携幼，沿途相送，十里不绝。李立元离去后，老百姓感戴其德，又于嘉定城西为李立元立生祠、塑雕像，永受香火。

　　脱离官场的李立元于成都住了两年，后定居于贵阳城。从此不再过问政治，寄情山水，诗酒唱和。1922年卒于家中，享年六十四岁。李立元为官三十余载，克己奉公，勤政廉政，但他所处的时代，他所服务的朝廷，不能给他提供施展政治才能的时机和环境。那正是一个旧时代终结的时代，他作为朝廷命官无所适从，然而"衣带渐宽终不悔，为伊消得人憔悴"，为官无论职位高低、官大官小、时代新旧，只要一心为民，把百姓福祉放在心间，老百姓就拥戴你，永远记住你！李立元即是这样的官。

这夏天的雨说来就来，当我们看完李家老屋要离开松林时，开始下雨了。那位一直陪我们参观的李家后人对我说，能否在他老屋翻修完成后。题写一副门联？我答应回去想一想。回归途中，我记起了一副名联："世上几百年老家无非积德，天下第一等好事还是读书。"何须再想，此联正好。

钟昌祚

到双流，必过赖陵。

乖西山下，一片平地中有一小山丘，名曰赖陵，离双流街道不远，即在公路边。这是一个在地图上找不到的小地方，但却接纳了一个大人物——革命先烈钟昌祚。

他日有为国家民族牺牲的机会，决不怜惜自己生命而苟活。以天地复载之身，报答亿万百姓，可谓值得，区区小我，何必怜惜！

一百多年前，钟昌祚留学日本时，一次演讲时如是说。这绝非慷慨说辞，而是钟昌祚坚定革命的信念。

钟昌祚，名元黄，字锡周，后改玉山。清同治九年（1870年）生于贵阳府开州（开阳）乖西永兴场（开阳双流镇），虽为诗书传家之望族，但钟昌祚出生时，其家道中落，幼时的钟昌祚由其父钟鸿渐亲自教授，饱读诗书，博览群经，与同乡的何庆崧（戊戌变法中"公车上书"的重要参与者）一起被誉为神童，后肄业于开阳书院。后为州廪贡生（即由州推荐升入国子监肄业的秀才，意思为以人才贡献给皇帝）。

清光绪二十年（1896年），开一代风气的天津人严修任贵州学政，在省城贵阳开设经世学堂，命各府、州、县选拔青年才俊，入经世学堂读书。开州知州陈惟彦特别推荐了已是贡生的钟昌祚，后在全省推荐出的四十名才俊中，

革命先烈钟昌祚

钟昌祚在入学考试时考了第一名，位列榜首。在省城贵阳的经世学堂读书期间，钟昌祚遇到了影响他一生的老师李端棻。

李端棻，字苾园，贵阳人（其母何氏为开阳双流快下人，李端棻为何麟书表兄），清同治年间中进士，历任学政、刑部侍郎等职。光绪二十二年（1896年）疏请建立京师大学堂，后改为北京大学。因此，李端棻即为北京大学的创始人。戊戌变法前，李端棻向光绪皇帝举荐康有为、谭嗣同、梁启超等人，积极支持变法。"百日维新"期间，李端棻深得光绪皇帝信任，被破格擢升礼部尚书。戊戌变法失败后，光绪皇帝遭慈禧太后软禁，李端棻被贬流放新疆。光绪二十七年（1901年），年已七十的李端棻赦归原籍贵阳，受严修之聘主讲于经世学堂。此时的李端棻老而弥坚，仍坚持维新思想，以开化风气为己任。课堂上，李端棻以"卢梭论"为题，教学生作文，只读四书五经的学生自然莫名其妙，他便叫学生抄梁启超等人编的《新民丛报》上所载的《卢梭传》，限三日交卷。这其实是在传播西方的新思想。他还常召集学生到他的私宅，向学生讲述孟德斯鸠的"三权鼎立论"、达尔文的"进化论"、赫胥黎的"天演论"等。这些对成长中的钟昌祚世界观的形成至关重要，钟昌祚立下了拯救国家危亡的宏志。同学在一起议论时，钟昌祚曾说过："中国不出十年必有大革命，而革命非用武力不可！"

因此，钟昌祚由经世学堂转入了刚刚兴办的贵州武备学堂，学习军事。光绪二十八年（1902年），武备学堂毕业的钟昌祚被分配到了兴义管带刘官礼（刘显世之父）部管理军务。作为一名下级军官，他与士卒同甘共苦，赏罚严明，深得士卒爱戴。他常感到军人文化知识的欠缺，有勇无谋，这样的军队是不能打胜仗的。于是他又甘作文化教员，教士兵学文化，自编白话韵文军歌，提高士气。他还把在老师李端棻那里学到的维新变法的新思想向士兵们讲授。但是，由于钟昌祚的言行与刘官礼父子旨趣不合，故钟昌祚辞职去任，离开了兴义。光绪三十一年（1905年），钟昌祚作为官派学生到日本留学。

初到日本，钟昌祚入早稻田大学攻读法政，由于有杨度等人的引见，终于结识了从老师李端棻当年的讲述中知道的康有为，相见恨晚，一见如故。他们常在一起集会纵论时势。因为康有为等人的影响，钟昌祚的革命思想越加成熟。光绪三十三年（1907年），钟昌祚回国，在北京任西警厅警官。同年九月，钟昌祚丁父忧回籍。回到开阳的他当即受聘为开阳劝学所总董、开阳高等小学堂堂长。

宣统元年（1909年），钟昌祚以廪贡生举孝廉方正（贡举的一种，由地方官保举，经吏部考察，任用为州县教职等官，是赐进士的一种）。此时，正是一场大变革爆发的前夕，"黑夜难明赤县天"，尤其是开阳，地处偏远，民生凋敝，一片荒凉，这一切的总根源即在教育的落后，钟昌祚看在眼里、急在心里，必须改变！他在任开阳劝学所总董期间，除了办好县城的开阳高等小学堂，还增设半日学堂于乡镇，令读不起书的农民子弟每天抽出半天听讲上课，家长抽时间旁听旁学，开扫除农村文盲之先河。

钟昌祚墓

　　他常竹笠芒履，身着短衣，进村入户，劝人读书。每逢场期（赶场天），他在州署前（今县城百货大楼处），手持铜铃摇动，聚集行人，然后他立于高处宣讲，大讲读书之好，痛陈国危之忧。或行至乡间，途中见行人稍多，便于囊中取出摇铃，聚众宣讲。娓娓道来，听者无不欢呼雀跃。不知者便道：莫非卖药先生乎？他闻之答道：不错不错，我这个药能医治国家民族的危亡哩！

　　清光绪三十三年（1907年）十月，由钟昌祚、张百麟、周培艺、钟振玉、胡刚等三十余人发起组织的贵州自治学社（又称自治党或自治派），钟昌祚被推为会长。学社为孙中山领导的同盟会在贵州之支系，孙中山接纳该会会员为同盟会会员，担负起组织领导贵州革命之重任。自治学社广结同志，组织分社，遍及全省，拥有会员十余万人。学社办报刊《西南日报》《自治学社杂志》，钟昌祚任社长，积极宣传革命。学社创立法政学堂，钟昌祚任堂长，法政学堂设有法官养成所、自治研究所、司法讲习所、监狱专修科等。学社建议贵阳巡警道贺国昌开办贫民工厂，收容乞丐、游民二百余人。钟昌祚亲率贫民工厂人员从事修沟、清道、运输、种菜、编织、制笔等劳动。又组织妇女习艺所，除习艺外，还读书学习文化知识，等等，这些社会公益事业，在当时产生了非常大的影响。至今还能读到钟昌祚亲撰的《黔垣疏通沟洫碑记》《警务工厂碑记》《贵州省城慈善会救护幼女所劝业女工厂创办周年碑记》等文章。

清宣统三年（1911年），孙中山领导的辛亥革命爆发了，封建王朝在中国两千多年的统治结束了。

1911年11月4日（辛亥年九月十四日），贵州继湖北、湖南、陕西、江西、云南之后，兵不血刃，建立了大汉军政府。贵州大汉军政府设都督府、行政院、枢密院三大机构掌全省军政大权，自治学社的领导人之一的张百麟为枢秘院院长；宪政派主要负责人任可澄为副院长；杨荩诚为都督；周培艺（素园）为行总理。但是，三个月后的1912年2月2日（辛亥年十二月十五日），宪政预备会发动了"二·二"反革命政变，以自治学社成员为主的"贵州大汉军政府"垮台了，军政府主要领导或仓皇逃亡省外，或被杀害。

辛亥革命前，贵州除了钟昌祚、张百麟等人成立的自治学社，还有另外一个重要政治团体——宪政预备会。该团体是由地方绅士、社会名流、上层知识分子组成，被称为"贵族派"或"立宪党"。宪政预备会主张中国实行君主立宪制，不推翻皇帝，只实行改良。因此，该会与清政府保持着紧密的联系，与自治学社的主张背道而驰。辛亥年十月十日武昌首义后，宪政派领导人之一的任可澄即向贵州末代巡抚沈瑜庆建议，调时任靖边正营管带及兴义团防总局局董的刘显世率兵500人入省城护卫。一个月后，贵州"光复"，任可澄转又为大汉军政府的核心人物之一。

对于宪政派这一强大的对手，已经夺取贵州军政大权的革命党自治学社采取宽大怀柔政策，允许宪政党人进入新生政权的核心层，占据大汉军政府的许多重要位置。这是自治学社失败的根本原因。

"二·二"政变，宪政派为了达到彻底消灭贵州的自治学社革命党人的目的，特别致电云南都督蔡锷，请求"代定黔乱"，正中蔡锷欲霸西南之下怀，1912年3月3日，滇军入黔，围攻贵阳自治学社，革命党领袖和贵州新军士兵、贵州陆军小学学生等陷入了危难……

此时，钟昌祚不在贵阳。1911年夏季，钟昌祚代表《西南日报》到北京参加全国报界联合会，并在南京、上海等地为革命奔忙。11月4日，辛亥革命在贵州取得胜利时，钟昌祚虽然不在贵州，但仍被推举为贵州大汉军政府代表，中华民国临时参议员。1912年"二·二"政变时，钟昌祚正在南京，获悉后，心急如焚，于2月3日，与刘荣勋、安健从上海取道香港，再从越南入昆明。2月7日面见蔡锷，恳请取消"出兵贵州，代定黔乱"的决定。2月9日在昆明《民报》上，钟昌祚发表《至滇都督蔡锷书》，揭露贵州宪政党人祸黔扼杀革命之罪恶，请求蔡锷北伐时改道入川，不要惊扰贵州。

钟昌祚的文章在昆明见报日，滇军已入黔境数日了。钟昌祚还是幻想着能劝说滇军停止进军贵州。2月25日，钟昌祚、刘荣勋、安键三人追着滇军到达贵州郎岱。彼时贵州形势更险恶了，宪政党重金收买刺客已杀害了大汉军政府贵州巡防军总统黄泽霖（自治学社成员）、大汉军政府卫队管带彭乐坤等，大汉军政府枢密院院长张百麟藏匿幸免于难，后逃往上海。这一切并未吓到钟昌祚，在刘荣勋、安健都滞留于郎岱的情况下，钟昌祚仍还坚持追索滇军，于3月4日抵达安顺。其实滇军已于前一日即3月3日血洗了贵阳城。到达安顺的钟昌祚又写了《行抵安顺致蔡锷书》，仍然希望"若能冒险调停，万一如愿以偿，少致流血，亦所大快"。一切都太晚了。在钟昌祚到达安顺的第四天，即1912年3月8日，钟昌祚被安顺管带张卓清率兵十余人，将钟昌祚押到安顺城东门外牛场坝杀害。行刑前，钟昌祚向北长叩，拜别老母，然后盘脚坐地，从容长叹道：

我竭我智，我尽力矣！恨不死于革命未成功时，而死于民国成立之后，夫复何言！

钟昌祚牺牲后，由其法政学堂的学生开阳人宋元明亲赴安顺冒险入殓，扶柩回乡，葬于故乡双流之赖陵。民国二年（1913年），民国政府追赠钟昌祚为陆军少将。民国十八年（1921年）再度对其表彰，赠"成人取义"匾。平刚题写"钟先烈昌祚墓"。赖陵，现为省级文物保护单位。

青山有幸埋忠骨，赖陵，成了人们不能忘怀的地方。

许阁书

信手翻到书橱里的一本小册子《辛亥革命》，是20世纪70年代初出版的《中国近代史》丛书之一，读到那段评论辛亥革命的文字，仍觉得很精辟，"辛亥革命只把皇帝赶跑，社会各阶级在国家中的地位没有变，中国仍旧在帝国主义和封建主义压迫之下，社会性质没有变，反革命专政的内容没有变，所以资产阶级所领导的革命，终究是失败了"。

我想到从开阳走出的两个人物，两个为辛亥革命献出宝贵生命的革命英

许阁书墓

烈，一位是前文所述的钟昌祚，另一位是钟昌祚的学生兼战友许阁书。

　　许阁书，名嘉绩，又名禄中，号阁书，清光绪十一年（1885年），出生于贵阳府开州信里上牌庄园，即今开阳县高寨乡新寨村。许阁书可谓名门之后，其远祖许德全江南（江苏）人。元至正十七年（1357年），许德全在扬州归附吴国公朱元璋。元至正二十年（1360年）春，许德全随常遇春攻打杭州而阵亡，赠明威将军，金指挥使司事。朱元璋坐镇南京后，许德全之子许祐因入黔平蛮有功，受封明威将军，并世袭。许祐为许氏一族的入黔始祖。明末，许祐后人许成名任贵州总兵，平定水西安帮彦、水东宋万化叛乱，因年事已高，朝廷准予告归，卒后葬贵阳太慈桥。由于南明朝廷迁至贵州安龙，许成名之子许尽忠官至前军都督府署右都督，加九级，钦命太子少保，佩长宁将军印，浩封光禄大夫。许尽忠之子许延禧，除袭任其父之职而外，特授锦衣卫指挥同知（锦衣卫，明代朝廷设立的特务机构），赠昭义将军。永历十五年（1661年），南

许家桥遗址

明永历王朝被吴三桂灭掉后，中国完全是清朝满族人的天下了，许延禧成了明王朝的末代锦衣卫指挥同知，只得隐居开州信里上牌庄园，也因此许延禧即为许阁书的直系祖先。许阁书有《三月某日祭先人墓有怀》一诗：

先人墓在黔城东，古径苍茫夕照中。

魂返故关悲道黑，泪随残蜡染巾红。

山川有意常为幛，桃李含愁怕蕙风。

久别亲围思不尽，那堪归路踏芳丛。

　　许阁书的祖上隐居于开阳高寨并未如其他南明王朝旧臣"不甘投清，潜踪此土，以死以葬"，后人亦无迹可寻。相反许氏一族在清朝也是有声有色地生活着，清乾隆三十九年（1774年），许延禧后人许有信（许璜），由于经营朱砂水银有方，往来于黔桂两地，获资甚巨，富甲一方，努力为善，出资1700余两白银，始建石桥一座于南贡河上，维修扩修两岸古道460余丈，同时打通了经羊场、新寨、鲁朗、谷光、古林、过南贡河、脚盆坡、顶坝达开州城的通道。这在当时是了不起的善举，更是表明其经济实力。时任开州知州屈曾发因感动而为此事撰序，镌刻于石桥一侧。如此善举，必有善报，许有信之子许联芳高中乾隆甲午科武举人，成为开阳科举中二十五名武举人之一。许有信寿享耄耋，寿终正寝。如今南贡河上尚存石桥残桥一洞，古遗道数十米。当地人仍称之为"许家桥"。

　　许阁书在他的《过南贡河》一诗中写道：

南贡连天水，滔滔不断流。

猿猱啼两岸，鸥鹭傍孤舟。

山径高应险，危桥迹尚留。

偷闲始有日，垂钓浅滩头。

　　"危桥迹尚留"中的"危桥"即指许阁书祖先许有信建的"许家桥"。

　　许阁书之父许灿先，曾考中秀才，但英年早逝。其母许马氏，守节三十二年，抚养阁书与其兄嘉谟（许申之）成长。清宣统二年（1910年），开州知州刘贞安特为此请旌，予以表彰许马氏。阁书自幼聪明好学，诗文俱佳，不到二十岁即由开州州府举荐补博士弟子（即国学博士教授的学生），但不拘小节，风流倜傥。清宣统元年（1909年），拜从日本留学归国到家乡的钟昌祚为师，日受其"革命"思想的熏陶，觉醒精进。宣统二年，四川奉节县（今属重庆市）人刘贞安（字问竹）由进士即用知县，分发贵州，任开州知州。刘贞安曾任贵州书院讲席（教师），为许阁书的老师。刘贞安是一位清正廉洁、注重实际、关心民生的好官，到任不久，即支持开阳松林人李立鉴兴办"开阳茧茶公司"，曾有"开阳贡茶"问世，时人称刘贞安是"疗贫倡实业，茧茶因地宜"。但由于刘贞安正处于大变革的前夕，一年后刘贞安即被迫离开开阳。州人感佩其德，特立碑志爱。从民国《开阳县志稿》中刘贞安给许阁书的两封书信看出，刘贞安的学问及爱国爱民思想对许阁书的影响甚大。《开阳县志稿》评介说："许阁书自师事邑人钟山玉（钟昌祚，字山玉）及奉节刘问竹后，日受其涵育熏陶，已非复吴下阿蒙"，"学养俱进，浸乎儒者气象矣"。

　　许阁书由于深受钟昌祚革命思想的影响，又是师承关系，许阁书顺理成章地加入钟昌祚任社长的自治学社，后转为孙中山领导的同盟会会员，从此投入反清的革命洪流之中。自治学社于1907年在贵阳成立，办有机关刊物《自治杂志》，钟昌祚任社长兼任主编。但受限于当时的条件，《自治杂志》印刷数量有限。当时贵州能够印报纸的"贵州通志书局"又掌控在"宪政派"唐尔镛等人手中，望尘莫及。于是，自治学社只得自筹经费到上海购买印报机，办起了贵州自治学社的机关报《西南日报》，推贵州辛亥革命的主要领导人张百麟任主编，自治学社会员许阁书为主笔，《西南日报》终于在1909年9月正式发刊。《西南日报》和《自治杂志》成了辛亥革命前，贵州新思潮传播的主要阵地，为贵州辛亥革命做了舆论上的准备。许阁书以《西南日报》为阵地，恰如鹰击长空、龙腾深渊、虎啸山林，他自认为是"藉毛锥作警钟，以唤醒世人之睡梦，其觉世之功大矣"。此时的中国正是"山雨欲来风满楼"，革命的烽火遍布五湖四海。贵州虽远离政治中心，却不甘落后。光绪三十三年（1907年），由钟昌祚、张百麟组织的"自治学社"社员发展到十万余人，分布在全省各地。其宗旨为"合群救亡"，推翻腐朽的清朝政府。而由贵州上层资产阶级和士绅组成的"宪政预备会"，他们的口号是"君主立宪"，主张改良保皇，与自治学社是针锋相对的。他们公称"大局不可不顾"，许阁书为此"戏题一绝"，发表于《西南日报》。

大局如斯顾也难，神州莽莽欲偏安。

藩篱尽折高腴失，购得舆图不忍看。

辛亥革命的火种在全省点燃，许阁书日夜繁忙，撰文著诗，激扬文字，引导着贵州的革命。故无暇侍奉老母，就是母亲生日也回不了家，于是作《四月二十六日为慈亲诞辰不能旋里作此寄伯兄申之》一诗：

作客天涯久未归，愧无甘旨奉慈闱。

行纵千里门闾远，糊口四方定省违。

陟屺常悲嗟季子，穷途敢说报春晖。

十年事业虽沦落，教泽时时记断机。

1911年10月10日，辛亥革命爆发，武昌打响第一枪，首义成功，革命党人建立了鄂州军政府，宣布脱离清王朝而独立。二十四天后，即1911年11月3日，贵州鸣枪追随，自治学社联合贵州新军，起义成功，革命党人于次日成立"贵州大汉军政府"。1911年11月8日，由许阁书之胞兄许嘉谟（亦名许申之，供职于开州府与刘贞安情同手足）与同乡人胡天锡、陶汝羹三人作为"贵州大汉军政府"代表，回乡策动开州反正，响应贵州革命党人的起义，改组开州州政府。许阁书亦同其他革命党人一样欢欣鼓舞。

贵州大汉军政府以许阁书在革命中的功绩，特任命许阁书为修文县县令（县长）。但到任才两个月，"措施未竟，即为忌者所摈抑"，许阁书索性辞职，退处闲居，回乡侍奉老母，纵情于山水田园之间。这一时期亦是许阁书诗歌创作最旺盛的时期，《春晴》一首可为代表作：

风和日暖燕声柔，桃李花开色色幽。
沉醉客眠荒草冢，踏青人上翠微楼。
纸鸢断处闻喧语，骏马归时快远游。
谁倚绿窗吹短笛，余音不绝动离愁。

然而，贵州的辛亥革命并未因许阁书一样的革命党人的隐退而获得成功，正如那本小册子《辛亥革命》所言"（1911年）十一月四日，贵阳革命胜利后，革命派内部发生争论，一派认为对反动派必须镇压，另一派认为宜'取宽大主义，免增怨毒'，结果'宽大主义'占了上风，决定在新成立的革命政权中，革命派和立宪派各占一半名额。革命党人一抬脚，就走错了第一步……立宪派就利用这支军队（地方军阀），发动叛乱，捕杀大批革命党人，再进一步勾结云南军阀唐继尧，把革命党的主要骨干，几乎斩尽杀绝"。

1913年，已隐退的许阁书仍被反动军阀追踪暗杀于开阳龙岗镇三棵杉，时年仅二十八岁。

家乡没有忘记他，如今在离开阳龙岗街市不远的干洞坡，尚能看到"许公阁书之墓"。

王大英

认识王大英，是在20世纪90年代初。当时，供职于开阳县教育局的我，每次随领导到距离开阳县城100来公里的高寨苗族布依族乡平寨民族小学，总能见到热情爽朗的王大英老师，忙前忙后、忙里忙外。她招呼着学生，让我们看她亲自编排的芦笙舞、响铃舞、跳圆等。舞蹈动作粗犷刚劲，简洁明快，全无舞台上的矫揉造作。那就是苗族能歌善舞的传统展现。

每次见到王大英，我喜欢跟她学几句苗语中的日常用语。清水江边的这支小花苗，语言极富表现力，有音乐感。我戏称她是"三语教学"的老师。从20世纪90年代起，所有中小学都要求用普通话教学。王大英教的大都是初入学的苗家儿童，一般都不懂汉话，上课得将苗话译成当地汉话，再用普通话教学。

有研究表明，苗族在湘、川、滇、黔等地区多达170多种。在远古，他们原本为一个支系——蚩尤部落。黄帝、炎帝、蚩尤三帝争霸时，战于涿鹿之野，蚩尤战败被擒杀，其部落随即自北向南（主要是西南）逃亡迁徙。在这个迁徙过程中，又在各自的落脚点定居下来。由于定居的环境不同、遭遇各异，故而形成的习俗和语言就有所不同。不是微殊，而是迥别。例如，在贵州开阳县，一县之内就有三种不同的苗族，主要区别在服饰和语言上。一是以禾丰布依族苗族乡的半边山、青杠林等地苗族为代表，称"角角苗"（女性头发加木梳，梳成角形），语言称上川河语系；二是以禾丰布依族苗族乡的深水村民组、高寨苗族布依族乡的牌坊村等地的苗族为代表，称"长裙苗"或"盘头苗"，语言称下川河语系；三是以高寨苗族布依族乡平寨的苗族为代表，称

"小花苗"或"短裙苗"，语言称洛伯河次方言语系。唯王大英的平寨小花苗，无论语言，还是服饰，保存得极其丰富完整。即使到了社会发展变化突飞猛进的现在，王大英的同胞们说起汉话来，虽然流畅，但仍带有浓浓的苗腔苗调。

其实，王大英早就是名人了。这位地地道道的平寨小花苗妇女，从1977年7月，被评为开阳县教育先进工作者开始，到2016年11月，被授予"贵州省民族语言文字先进工作者"，王大英先后荣获了国家、省、市、县的三十余次奖励表彰。其中，两次获国家级的表彰，即1983年4月，被评为"全国优秀班主任"，出席在北京召开的"全国优秀班主任"表彰大会；2004年6月，荣获第五届"全国十佳春蕾园丁"的称号，又一次出席在北京召开的表彰大会。从1994年10月起，王大英享受国务院特殊津贴。从1993年起，王大英连任了三届开阳县政协委员。这一个个荣耀的后面充满了王大英的汗水和心血！

王大英又实实在在的是一位极普通的人，她普通得像清水江边一株迎风挺拔的巴茅草。媒体上常用"大山苗寨飞出的金凤凰"来形容某人获得的辉煌，而王大英就是从未挪过窝的"金凤凰"，自1964年开阳幼师毕业后，就一直工作在生养她的家乡——平寨苗族乡。幼师毕业回乡的王大英最初被分配在清水江边的顺岩河小学。虽说是小学，却是一间摇摇欲坠的木房，原本是生产队的公用房，破烂不堪不说，竟然没有课桌椅、没有黑板，还一个教师一个学生都没有，完全是白纸一张。王大英硬是凭着热情，翻山越岭，跋山涉水，走村串寨，去动员苗家儿童入学，尤其是女童。一番艰辛之后，终于有了11名学生。苗族同胞们被自家的这位天真活泼的小王老师感动了，主动帮助她维修那间所谓的教室，用石头垒起来搭上木板当课桌，学生自己从家里带来小板凳当座椅。没有黑板，王大英就到附近村民家找来锅烟墨（农家做饭烧柴火时留在大铁锅锅底的烟熏残留物）涂在墙上当黑板。课本、粉笔、作业本、铅笔等，王大英带着学生到中心学校去背。没有费用怎么办呢？王大英就用她当时每月6元钱的工资去支付（从那时到现在，王大英每月工资的三分之一都是用于帮助困难学生的）。自己的吃穿又怎么办呢？吃的回不太远的家里去拿，穿的自己织、绣、染。到了第二个学期，竟有了23个苗家女童入学了，彻底结束了当地（顺岩河）苗家女孩子不上学的历史。经过几年的艰苦努力，到1968年，顺岩河小学有5个年级，近百名学生，但老师还是只有王大英一人，教室也只有那一间。如此状况，王大英只得采用复式班教学法，上午1—3年级学生上课，下午4—5年级学生上课。学生多了，王大英着实高兴，而眼前的实际又让她发愁，那几块木板搭起的课桌早就不够用了。怎么办？她只得卖掉家里养的猪，仅卖了80元钱。一向支持她的丈夫，为了帮王大英渡过难关，又向乡信用社贷款150元。230元钱购买了20套课桌椅和一些作业本，从未坐过这样新的课桌椅的学生们惊呼欢腾起来了。

王大英不仅感动了当地的苗族村民，还激励起村民们学习汉文化的热情。由于种种原因，苗乡文化落后，青壮年文盲甚多，苗胞们吃了无数没有文化的亏。王大英看在眼里，急在心里。1975年8月，王大英排除一切困难，悄无声息地办起了平寨苗乡的第一个苗族村民夜校。为了方便村民们学习，王大英除了在顺岩河小学上课，还在自家堂屋里上课。她亲自编写教材，教苗族村民们识汉字、识数、识秤、算账以及卫生常识、农作物种植等知识。1992年，王大英调离了干了整整二十八年的顺岩河村级小学，到平寨乡级小学任教。她戏称自己"调进城了"。

王大英如此执着地在大山深处的苗族村寨传播着汉文化，更是满腔热情地传承着清水江边本民族优秀的传统文化。我曾问过王大英，在一些偏远的汉族聚居地，女童入学率都很低，平寨的苗族女童入学率怎么会那么高呢？

王大英说："我会我们苗家的蜡染刺绣啊！这是我们苗家妇女的看家本领，女孩从六七岁起就必须跟妈妈学刺绣，开始准备自己的嫁妆。这是我们苗家的规矩。花衣服、背扇、包包、围腰、头帕、鞋子等都得一针一线地绣，绣出各种图样，很好看，但要花很多的时间。我除了教课，在课堂上和课余时间里，我还教刺绣蜡染，布置课后刺绣和蜡染画的作业。1994年9月，在各级各部门的支持下，我在平寨小学开'春蕾女童'班，专收贫困苗族女童，把学刺绣蜡染作为主要课程之一。我还用工资解决她们的午餐问题。我取代了苗姑娘妈妈们的职责，减轻了妈妈们的负担，家长们都很支持，你说女童入学率能不高吗？"

当今的有识之士们，正在呼吁非物质文化遗产进中小学课堂，谁能想到，王大英几十年前就将"非遗"带进课堂了。2016年，王大英被认定为"苗族服饰"的省级"非遗"传承人。这顶桂冠来得迟了些，但王大英并不在乎。2003年就已经正式退休的王大英，并没有停下来，一直在平寨小学教刺绣和蜡染。如今已年逾古稀、儿孙绕膝、四代同堂的王大英本该在家颐养天年，但她哪里闲得下来，还在为苗家的"宝贝"——蜡染刺绣忙碌着。平寨小学还专门开辟一间王大英刺绣蜡染作品陈列室，又兼作教学生的教室。同时，王大英还在平寨村办起了"苗族蜡染刺绣传习所"。

于是，我想重访王大英，再去听听她具有浓浓韵味的苗腔汉话。

电话联系，学校放暑假了。王大英没有在平寨小学，在她的家里。从贵阳出发，驱车前往，跑过一段刚刚修建好的高速路之后，在开阳的龙岗镇出站，再行一段平坦通畅的乡村公路就到了王大英的家——斗虎苗寨了。变化实在是太大了！要在二十多年前走这条路，怎么都得五六个小时才能到达。斗虎苗寨位于清水江边、大山深处。这里恰是开阳县与黔南的龙里、贵定三县交界处。南明河流到这里，被称为顺岩河。沿河两岸都属小花苗族。下了车，举目望去，满眼翠绿，加上今年的雨水充沛，四周郁郁葱葱的树木，绿得亮人。斗虎是一个百来户人家的苗寨，远远望去像一片桑叶，徐徐钻进山的怀抱里。王大英家在斗虎寨的顶端，靠山脚，一幢在这个寨中显得有些寒碜的长三间木房。我们还未进院坝，就见王大英站在大门口了。她知道我们要来，已身着盛装等候在那里。

多年不见，王大英老了，成了完完全全的苗乡健朗的老人。饱经沧桑的脸，笑起来像秋天盛开的一朵金丝菊。不高不矮的身材，显得有些瘦弱，还是

王大英在传授苗绣

那般热情爽朗。

　　"进门三碗酒，这是我们苗家的规矩。"王大英一边笑着说，一边叫我们坐下，并张罗着上酒布菜。

　　酒是必须得喝的。酒，在苗族同胞间，早已成了一种文化，一种礼仪的载体。不喝，不敬不恭心不诚。酒是自酿米酒，又香又甜；菜是自制腊肉香肠，又硬又香。三杯酒落肚，我提出要去看看她的工作室兼陈列室。特别是她刚办起来的传习所。她高兴地答应，并说她的孙女在那里等着呢。

　　王大英家离平寨小学半小时的车程。在车上，王大英要我帮她一个忙。能不能协调一下，把上级有关部门支持她办刺绣蜡染班的经费直接划拨给她。一番交谈后，我才知道，上级有关部门划拨的经费，虽说是专门支持王大英办班的，都必须得按财经制度要求的程序才能开支。她教学所用的耗材一般都是苗家自制的，没有正式发票，不能支付，不能报销。划拨给她的专项经费，用不出去。没有办法，她还是用她的工资去支付。这应该是个不难解决的问题。但对王大英来说却是一个难题。因为，她总是为别人想得多，为自己想得少，自己付出得多，获得得少。特别怕给组织增添麻烦。最后，她对我说："如果这事不好办，那就算了，现在的退休工资已不少，加上国务院津贴，钱不少了，我已知足了。"

王大英的刺绣蜡染陈列室兼教室，设在平寨小学的一间会议室里。传习所离这里不远，是她同孙女一起创办的，除了教在校学生学习的蜡染刺绣，传习所主要是培训当地苗族妇女提高蜡画和刺绣水平，大都是农闲时开班。一脚

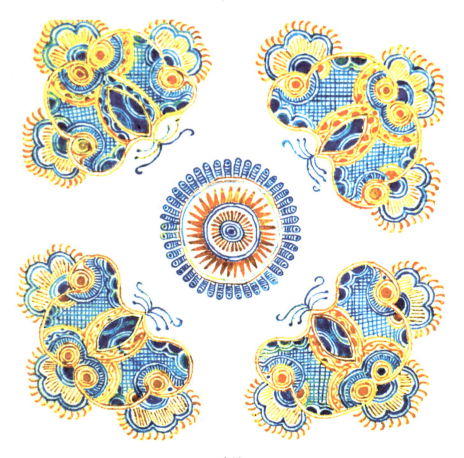

苗绣

踏进传习所的陈列室，我们就被琳琅满目、五彩缤纷的刺绣蜡染作品所吸引了。有悬挂起来的，有摆放在桌上的。王大英带着我们一行一一讲解介绍。大都是成品，衣裙、头帕、背扇、围腰、飘带、围巾、手帕、荷包、手提包、手机套、桌围等，还有蜡染布画，这些都是王大英教学生、培训苗族妇女时选出的优秀作品，展出是为了让学生们在课余时间相互观摩，取长补短。她指导教授出的刺绣蜡染作品，参加贵阳市的刺绣蜡染比赛获过大奖，有的还作为礼品赠给中国台湾，以及日本、法国等地客人。陈展室的一角是一大染缸，满满一缸深蓝色染汁摆在那里，那是制作蜡染用的。陈展室中间一长排形似会议室的桌椅是供教学生刺绣、绘蜡染画用的。形形色色的图案，多是鱼、螃蟹（水车纹）、蝴蝶、锦鸡、云雷纹等图样。

很久很久以前，从一株古老的枫香树洞中飞出一只美丽的蝴蝶。这只蝴蝶生下十二枚蛋。十二枚蛋由鸡孵出十二种生灵，其中老大叫"姜央"，即成了人类的始祖。于是蝴蝶和鸡（锦鸡、神鸟）都是人类的祖先，蝴蝶即是苗族同胞的图腾崇拜。

鱼纹图也一样，在王大英的刺绣或蜡染绘画中，鱼很常见，而且还有"双鱼图"，也称"阴阳鱼纹"。

还有"云雷纹样"，在王大英的刺绣和蜡染图样中也多见。它诉说的应该是宇宙起源的故事，宇宙洪荒，混沌初开。清者上升为天，浊者下降为地。这一故事与主流的汉文化传统中，对宇宙起源传说基本相同。有专家说，苗绣是超越其他四大名绣的。因为苗绣不仅仅是对实体实物的临摹与再现，更是穿越时空超出三维世界的；是反映生命起源，人与万事万物之间关系的一种智慧；是"无字天书"；是"穿在身上的历史"。

正当我们津津有味地欣赏着王大英的刺绣蜡染作品时，一位身着苗装、端着茶水的年轻女子走进了陈列室，她为我们倒茶水。不用介绍，在一举手一投足之间，一看便知，进来的是王大英的孙女。五十年前的王大英就应该是这模样吧。清纯玉立，阳光开朗，她指着陈列室的几件东西说："这些是我的作品，是跟我奶奶学的。"她说话的声音腔调与王大英一模一样，更好听，更悦耳。王大英告诉我们，她孙女已从贵阳师范毕业了，现在也在平寨小学教书。"她眼睛好，刺绣的水平比我高！"王大英说这句话时，充满着自豪和信心。

外面不知什么时候下起了雨，淅淅沥沥的，送来一阵凉爽。我们离开时，王大英祖孙俩站在陈列室门口，笑盈盈地向我们挥手作别。远远望去，不失为一道亮丽的风景。一老一少，连着的是过去、现在和未来。有理由相信，平寨小花苗的刺绣蜡染将会传承得更好，就如同苗族同胞的生活，芝麻开花节节高，日子越过越红火。

我与汪境仁教授的"富硒"缘

硒，生命的火种！

硒，具有保健作用的神奇矿物！

开阳县境内99.9%的土壤每公斤泥土中含有0.17毫克—2.430毫克硒元素，平均含量为全国平均值的2.1倍。开阳县境内土地生长的动植物硒含量恰巧是人体摄入的最佳值。开阳县名副其实的富硒地带，全国少有。开阳为之欢欣鼓舞，开阳因之声名大振，开阳靠之发展潜力巨大。然而，开阳可否还记得探索发现这一重大成果的汪教授呢？

汪教授，名境仁，开阳禾丰乡人氏，贵州师范大学资环系教授。我同汪境仁教授的认识正是从这"富硒"开始的。

那是20世纪90年代末的事。刚到任开阳县禾丰布依族苗族乡党委书记不久的我，就听同事们说，贵州师范大学资源与环境科学系的汪境仁教授很热心家乡的事情，我正打算抽时间拜访汪教授，问道取经。当时的禾丰乡还是一个经济欠发达的农业乡，找出路、谋发展是首要任务。可是，打算是打算，就是抽不出身，因为刚到禾丰，得调查研究一番，才好谋划啊。

一个暮春时节的赶场天，已是下午了，我接待完一批批趁赶场来反映问题的各村群众，正准备走出办公室放松一下，刚站起身，迎面进来一位长者，中等个头，戴一顶鸭舌帽，"劳动布"工作服洗得有些发白了，背一个乳白色大帆布包，一双不常见的翻帮皮鞋，明显穿得有些年头了。他双目炯炯，微笑着朝我点头。

这是谁呢？莫不是哪个地质勘探队到了禾丰？我一边想一边示意长者坐下，我亦重新坐下。

"你是禾丰乡的书记吧！"长者先发话。

"是的。您是……"

"我是贵州师范大学资源与环境科学系的汪境仁，教书的，我也是禾丰人，老家在祖阳村党寨。"

"汪教授！久闻大名。早就想去拜访您的，实在是脱不开身。"我起身离座，同汪教授握手。

"今天冒昧闯来，是有一事相告，就是这禾丰百花茶的事。"汪教授指着他的大帆布包说道。

"这些年，我是每到春季就要买一次这百花茶。我在北京的几位老同学老朋友年年都要这百花茶，还有我们师大的几位同事，都说喝了百花茶，就再不想其他茶了，其实我同他们一样。我是教地质地貌学的，这百花茶独特的香味引起了我与师大实验中心李教授的注意，我们对这茶作了化验检测，结果是：百花茶富含硒元素。接着我们又对禾丰底窝坝出产的大米、长坡村出产的花生等进行化验检测，结果都是富含硒元素。实在难得！你也许不知道，我国72%的土地都属于贫硒或者缺硒土壤，这些地方的农畜产品也就贫硒或者缺硒，而从20世纪70年代开始世界卫生组织已将硒元素列为人体必需的微量元素。硒，特别是天然硒备受人们关注。专家预测21世纪将是硒的世纪，如果禾丰乡是属于富硒地带的话，这将是'金饭碗'啊！"

汪教授井井有条地讲着，那份对家乡深沉的爱明显地写在了他那饱经风霜的脸上。

"教授，我们该怎么做？指条路吧！"我再次握着汪教授的手说。

"我建议对禾丰乡土壤、农畜产品、饮用水和水产品等进行全方位的取样检测化验，探明禾丰乡硒含量及其分布状况。我是搞地质地貌研究的，正在带研究生，我们可以来负责这项工作，只要你们乡里帮助和支持，完成这项工作是没有问题的。"

"谢谢教授，我们一定全力配合！"

汪教授一席话，实在令我醍醐灌顶，作为农业乡的禾丰，汪教授讲的不正是一条可持续发展之路吗？民以食为天，随着社会的进步，有利健康的食品成了人们的第一需求，富硒特色的饮食将是人们的首选，富硒农畜产品开发前景无限。汪教授离开时，还特地给我一份关于富硒的资料。富硒于我是个全新的东西，补上这一课是必须的。

硒，是联合国卫生组织确定的人体必需的微量营养元素之一。1817年，瑞典化学家贝尔采利乌斯，在焙烧黄铁矿制硫酸时，发现在焙烧炉的铅壁上和底部附着有红色的残泥，将残泥加热，即散发出一股似腐烂萝卜的味道。又将残泥进行检测化验，发现一种与碲（Te）元素相似的新元素，叫什么呢？得有个名吧。于是即参照碲（Te）元素的名称将这种新发现的元素命名为硒（Se）。因为碲的本意是地球，硒的本意是月亮，神话故事里地球和月亮是两兄妹，很亲近。这个命名蛮有文学韵味。

硒的物理化学特性介乎于金属与非金属之间。硒在地壳中的含量很稀少，还分散，不联片，并且大多是以重金属硒化物的形式存在，天然硒很少，富硒更少。人体所需的营养素分为常量营养素和微量营养素，人体对微量营养素的需要量是每天以毫克或微克计量的，虽然量微，却是保持人体正常功能所必不可少的。硒就是微量营养素之一，就像人每天必须摄取淀粉、蛋白质和维生素一样，也必须每天摄取适量的硒元素。"二十一世纪将是硒的世纪"耳边又响起汪教授说的话。

在我同汪教授见面的一个星期之后，汪教授领着助手和几名他带的研究生来到禾丰乡，我们表示了热情的欢迎和衷心的谢意，汪教授一行在禾丰开展工作期间的吃、住、行由乡里负责，并抽派专人协助到各村田边地头进行取样工作。汪教授一行稍作安顿后，就立即投入工作。在接下来的一周时间里，汪教授一行对当时禾丰乡境内的十三个行政村各种类型的旱地、水田、坡地、水

汪境仁、李廷辉主编的学术研究论著

源以及各类农畜产品、水产品等进行取样采集，同时还对禾丰乡人（男女老幼）的头发进行了取样采集。

"满载而归"的汪教授一行，将采集到的各类取样立即贵州师范大学实验检测中心，直接交给中心主任李教授，请他在最短的时间内检测出结果。我知道这个检测的过程，除了花费人力以外，还必须得花经费，要消耗药品试剂等，这得需要钱去买。汪教授、李教授都十分理解当时禾丰乡的财政状况，给予了无偿的支持帮助，我们很是感激。

又是一个星期之后，我接到汪教授的电话。他说，贵州师范大学实验检测中心主任李教授在开阳禾丰送样检测结论报告上签署：开阳禾丰乡土壤表层和农畜产品（含水产品和人发）富含硒元素。邀我同乡长一同到贵州师范大学商量有关事宜。我们如约而至。

汪教授对我们说："我们打算将《开阳禾丰乡土壤表层和农畜产品硒含量的地理分布及开发利用研究》，以贵州师范大学资源与环境科学系和开阳禾丰乡政府的名义，向贵州省科技厅申报科研成果，并举行论证会和新闻发布会，想听听二位的意见"。

天大的好事啊！

于是，"开阳禾丰乡土壤表层和农畜产品硒含量的地理分布及开发利用研究"论证会暨新闻发布会，在贵州师范大学学术中心第一会议室如期举行。作为省级科研成果申报，必须按相关规定，由贵州省科技厅指派专家学者进行现场考核论证，现场打分投票，最后形成结论。因此，那天到会的有地质地貌专家、农学专家、化验检测专家、营养学专家，等等，共十一位专家学者。还有驻贵阳的各大媒体记者，以及开阳县有关领导。会议分两部分进行。首先是专家们对研究报告的提问、答辩和审定，然后由我介绍禾丰乡情况和土地资源情况，得出结论之后才是新闻发布。坐在铺着红桌布桌前的十一位专家，十分认真审核着研究报告中提出的每一个数据，并提出疑问。汪教授、李教授认真负责地解释回答专家们的每一个提问。本次论证会的结论是：开阳县禾丰乡土壤表层和农畜产品富含硒元素，极具开发利用价值。此项研究成果由贵州省科技厅到场的领导郑重向各大新闻媒体宣布。

在专家的发言中，我至今还记得那位营养学专家把富硒对人体的作用归纳为十大好处：（1）提高人体免疫力；（2）抗氧化，延缓衰老；（3）保护修复人体细胞；（4）对糖尿病的治疗作用；（5）防癌抗癌；（6）保护眼睛；（7）提高细胞的携氧能力；（8）防治心脑血管疾病；（9）解毒防毒、抗污染；（10）保护肝脏。富硒的这十大功能，不正是生活在节奏加快、压力加大、长期处于"亚健康"状态的现代人所需要的吗？

论证会专家组组长、著名地质学家、贵州师范大学校长何才华教授最后总结时说："如此的科学论证会，在我贵州师范大学学术殿堂里举行，尚属首次，禾丰乡整个区域在地质学上来说，毕竟是一个小范围小区域。但是汪境仁教授的团队联合禾丰乡政府，对这个小区域进行科学普查，在这里找到了在全国范围都稀有的天然富硒元素，这是对这一方老百姓的最大贡献。富硒资源的开发利用前景十分美好。我向你们致敬并表示祝贺！"何校长还走到我身边拉着我的手幽默地说："你可要当好这'富硒书记'啊！"一听此话，我深感肩上的担子更重了。

这一天，是1998年11月25日。

1999年12月，汪教授的《开阳禾丰乡土壤表层和农畜产品硒含量的地理分布及开发利用研究》获贵州省人民政府颁发的科技进步奖。我也同获此奖。

2000年至2001年，开阳县人民政府又聘请汪教授的团队用同样的方法，对全县其他十五个乡镇的土壤表层及农畜产品进行普查，结论是：开阳县全县范围内土壤表层和农畜产品富含硒元素，开阳县境内土壤属富硒地带，汪境仁、李廷辉主编的论著《贵州开阳硒资源开发研究》。2003年，开阳同湖北恩施、陕西紫阳同为中国三大"富硒之乡"，开阳成了硒资源开发的农业大县。

一晃二十余年过去了，开阳的硒资源开发如火如荼，富硒茶、富硒水果、富硒大米、富硒菜油、富硒鸡蛋、富硒腊肉等农产品成了开阳的品牌，尤其是开阳的富硒茶、富硒大米等荣获国家地理保护集体商标，开阳县被誉为"中国富硒农产品之乡"。

汪教授老了，渐渐淡出了人们的视野。我也由于工作的变动，调离了开阳，同汪教授也无缘见面。一天，我的手机上突然响起了一个用座机打来的电话，接听，不用问就听出了是汪教授的声音，仍是那么亲切。

他告诉我，这些年他的身体状况不太好，经常住医院，但头脑还清醒，又有了一些关于开阳硒资源的新研究，想同我聊聊。平淡的话语中，透出的是感人至深的浓浓乡愁！于是，我特别邀请了开阳一位在任的县领导和开阳富硒开发中心负责人一同前往汪教授家。进门坐定，还来不及寒暄，汪教授便滔滔不绝地讲开了，生怕有一丝一毫漏掉。当富硒开发中心负责人汇报了这些年来开阳富硒研究开发的情况时，他明显苍老的脸上露出欣慰的笑容。然后郑重地将一叠早已准备好的开阳硒资源再研发的新资料交给了我们。

当汪教授在他家电梯口送别我们时，我脑海里浮现的却是二十九年前在我的办公室里同汪教授初次见面的情景。

愿汪教授健康长寿。

跋

　　认真拜读了聂舒元老师主笔、开阳县人大常委会推出的《水东人文谭·开阳故事》，深感这是一部很有分量的作品。多年的文化工作实践，让我深深体会到，每个地方都有其独特的文化积淀，但往往缺少发现和彰显。开阳是我的家乡，我小时候知道一点关于开阳的故事，但从历史与文化的角度叙述得如此生动的作品，在我的认知中还是第一部。

　　作为离开家乡多年的中年人，乡愁是一种挥之不去且越来越浓烈的感觉。乡愁之首就是家乡的饮食，因此也曾认真拜读过聂老师写的关于开阳美食的书籍。但美食之后，却想更进一步地了解家乡的历史和文化，其实就是想从人文而非自然的角度搞清楚"我是谁、从哪里来"这个问题。而这更进一步的需求，则被聂老师这一新作满足了。衷心感谢聂老师、感谢开阳县人大常委会，感谢你们作出的不懈努力。

　　谁不说俺家乡好。作为不在开阳的开阳人，不仅逢人便说开阳的山好、水好、吃得好，更要说开阳的人好。开阳人不仅抒写了自己的历史和文化，而且一部分优秀的开阳人还为推动贵州乃至中国的历史进步作出了自己的贡献，值得我们永远铭记。比如刘淑贞，在明朝贵州建省的背景下，审时度势，以极高的政治智慧维护了贵州的稳定，为国家统一作出了积极贡献。比如戴鹿芝，面对洋教肆虐，外抗强权，内抚义军，力保民生，最终杀身成仁，充分彰显了传统士大夫先天下之忧而忧的政治风骨。再比如钟昌祚，作为近代民主革命的先行者之一，更体现了开阳人献身革命的伟大精神。还比如王大英，扎根乡土，教书育人，矢志不渝，是今天最美奋斗者的代表。我曾在开阳县人民会场第一次看到王大英，当她出现在主席台上的一刹那，全场响起热烈掌声。我想，这掌声不仅是对她本人的欢迎，更意味着开阳人对敢于奋斗、甘于奉献的价值认同。一个地方的进步，一定要有这样一群人前赴后继，他们是这个地方的精神高地。感谢聂老师，让这些人在这本书里鲜活起来。当然，像刘淑贞、戴鹿芝、钟昌祚、王大英这样的开阳人还有很多，期待着聂老师做进一步的挖掘，因为他们是开阳人的脊梁，是鼓舞我们坚毅前行的楷模。

一切向前走，都不能忘记走过的路。党的十九届六中全会全面总结了我们党的百年奋斗重大成就和历史经验，就是为了实现中华民族伟大复兴的中国梦而继续奋斗。开阳是中国共产党领导下的具有悠久历史的县，让开阳的未来更加美好，需要我们总结好、回顾好开阳的历史和文化，以更加理性的历史认知、更加自觉的文化认同、更加坚定的发展自信，走好新时代的路。

愿聂舒元老师健康长寿，多出成果，我们衷心祝愿、也衷心期盼。再次感谢开阳县人大常委会的文化担当。

贵州省文化和旅游厅文物保护与考古（革命文物）处处长、

一级调研员　丁凤鸣

2021年12月12日

后　记

　　"讲好开阳故事"，是这句话激励着我写完这本书。这么说，像是在完成一项任务，其实不然，这完全是因"情"而致。这个"情"即是"乡愁"。换句话说，我把"讲好开阳故事"作为对开阳的回报。一九五九年三月，我出生在开阳县城，童年的欢乐、青春的梦想、中年的奋斗全都留在了开阳。后因工作的关系调离开阳十几年，而退休后，我还是回到开阳生活居住，对开阳，一种不离不弃的情结始终在缠绕着我。因为，是开阳这片热土培育了我的浪漫情怀，在这片土地上的摸爬滚打，练就了我的现实关怀、民间情感、底层眼光，也奠定了我生存的底气和读书写作的根基。我套用南宋大诗人辛弃疾的名句，"我见开阳多妩媚，料开阳见我应如是"。

　　写作《水东饮馔谭·开阳味道》就是"讲好开阳故事"的尝试。如果说写《水东饮馔谭·开阳味道》一书还有过迷茫彷徨的话，而写《水东人文谭·开阳故事》底气却是充足的，是信心满满的。讲故事大有学问，如何抓住"看点"，吸引住读者，非要下番功夫不可。《水东饮馔谭·开阳味道》自二〇一八年问世以来，应该说是引起反响、带来社会效应的。例如，成立于二〇二〇年初的"开阳厨师协会"，是一群打拼在开阳大大小小的餐饮行业的年轻人，掌勺的大师傅，大多进过新东方一类的厨师学校，正是读了《水东饮馔谭·开阳味道》一书后才自愿抱团成立"厨师协会"的。他们找到我说，现在他们做起开阳菜来底气十足。因为，看似平常的开阳菜，有理论依据，有传说故事，能吸引人。后来我又把开阳菜的宣传词归纳为"富硒食材，开阳味道"，好记，顺口。因此开阳富硒一条街开业时，"富硒食才，开阳味道"成了开阳餐饮业叫得响的广告词。

"讲好开阳故事"的初试，尝到了甜头，我觉得还有讲下去的必要。机会又来了，二〇二〇年六月，开阳县人大常委会组织开展"开阳县全域旅游"调研，在时任县人大常委会副主任蒋仕敏的率领下，走访考察。这个过程对于我可谓收获满满，由于地理位置的特殊，开阳不愧为"地球同纬度喀斯特地貌上一颗璀璨的绿宝石"的美誉，旅游资源十分丰富，知名度高。同样，开阳历史背景也有其特殊性。开阳人文历史犹如一株高大的树干，全县十六个乡镇就是树干上开放的十六朵异彩纷呈的花朵，这可是开阳"全域旅游""乡村振兴"弥足珍贵的财富，也是全面提高开阳人生活品质的宝贵资源。但是，在调研中我强烈地感受到文化氛围欠缺，有故事而讲得不好。开阳独特而丰富的人文历史文化与旅游仍然是两张皮，没有融合好。"全域旅游"是个全新的概念，文化是旅游的灵魂，应更加突出文化在旅游中的作用。随着调研的逐渐深入，有了想写文章的冲动。全域旅游对于开阳来说，我理解为"把全县作为一个大景区来谋划，所辖十六个乡镇作为十六个景区来构图"。为了配合这一新概念，写一本开阳人文历史读本，"一册在手，全县尽知"，也许对开阳全域旅游的推进有帮助，这一想法又与蒋仕敏副主任的想法不谋而合，她说请我参与开阳全域旅游调研正是这个意思。于是商定，依照前例，她负责照片拍摄，我负责文字写作，又来一次"一拍即合"。

目标已定，拟出写作大纲，思考写作方式方法。这十分重要，介绍开阳人文历史的文章书籍已出了不少，怎样避免"炒冷饭"？例如"马头寨"，是开阳文史写作回避不开的题目，怎么写？于是我想到了现在文坛流行的一种写法，叫"文学与史学相结合"，即以全新的视角、独特的眼光去解读开阳的人文历史，以散文随笔，甚至是报告文学、小说的文学表现手法去"创作"开阳人文历史的每一个故事。而这个"创作"又有别于小说的创作，必须遵守"尊重历史，尊重现实，尊重开阳人文历史研究的新成果"这一原则，杜绝"胡编乱造，道听途说，生搬硬套，夸大其词"的做法，我把这种创作方法叫作"戴着镣铐跳舞"，镣铐不能打开，更不能取下，舞蹈又必须跳得精彩动人。这样的写作简直就是一种跟自己过不去的苦差事，但当一个个故事写出来之后，更会感受到常人感受不到的快乐。

写作的方法和原则锁定，我们又一次对全县文物景点景区、县城以及各乡镇值得一看的地方进行再探访，寻找切入点，查阅相关史籍资料，搜寻新线索。就这样我们边走边拍边写作，历时一年，完成四十余篇文章，共计十七万字，六十余幅照片。全书以《开阳城》开头，再分别从《考古开阳》《同知衙》《开阳港》等篇总说开阳厚重的人文历史。从《城关龙之城》至《米坪麻娘洞》十六篇，则是以全县十六个乡镇为单位，抓住各乡镇有代表性和特殊性的故事进行叙述。《快下》《石家卡》《佘家营》是开阳历史上具有典型意义的三个地方，故独立成篇。还用了九篇文章讲述开阳市级以上的非物质文化遗产的故事，涉及开阳县域内世居的汉族、布依族、苗族等民族的传统节日、民风民俗、传统技艺、以及开阳茶，等等。最后一部分讲"开阳历史名人"的故事，分为"开阳走出的历史名人"和"走进开阳的历史名人"两个内容，这些历史名人都是足以令开阳人引以为骄傲和自豪的。

"讲好开阳故事"一说，我是化用县人大主任李必勇说的"开阳不是没有故事，而是少了能讲好故事的人"，这句话的深层含义即是"开阳独特的文化积淀，缺乏彰显"。此话对我触动很大，为了自己热爱的开阳，一介书生，还能做什么呢？尽力讲好故事吧。必勇同志对"全域旅游"这一调研课题十分重视，亲自安排部署，对写作这本书给予极大的帮助和支持，陈定才、王鸿等，亲自参与考察调研，为写作提供帮助和支持。中国作家协会会员、贵州作家协会原副主席、高级编审罗吉万，中国作协会会员、贵州省作家协会副主席、高级编审杨打铁，中国散文学会会员、作家韩进，贵州新闻图片社高级编辑、作家谢赤樱等，对书稿作了十分认真的修改指导。贵州省文化和旅游厅文物保护与考古（革命文物）处处长丁凤鸣同志，专门为此书写了《跋》，给予支持与鼓励。在此，对上述各位领导、作家、专家表示衷心的感谢！

《水东人文谭·开阳故事》即将问世，能否达到"一册在手，全县尽知"的目的，还是让读者去评说吧！

聂舒元

二〇二一年十二月十三日